Walter Mosley

Auf Abwegen

Walter Mosley

Auf Abwegen

Roman

Aus dem Amerikanischen von Rainer Schmidt

ARGON

Die amerikanische Originalausgabe erschien 2002
unter dem Titel »Bad Boy Brawly Brown«
im Verlag Little, Brown and Company, New York.

This edition published by arrangement with Little, Brown and Company (Inc.), New York, New York, USA.

Deutsche Ausgabe:

Gesetzt aus der Janson
Satz: LVD GmbH, Berlin
Druck und Bindung: Clausen & Bosse, Leck
Printed in Germany
ISBN 3-87024-612-X

www.argon-verlag.de

Für Leroy Mosley

EINS

Mouse ist tot. Diese Worte gingen mir seit drei Monaten jeden Morgen durch den Kopf. *Mouse ist tot, und zwar meinetwegen.*

Als ich mich aufsetzte, drehte Bonnie sich zur Seite und seufzte im Schlaf. Der Himmel vor unserem Schlafzimmerfenster wurde langsam hell.

Ich sah immer noch vor mir, wie Raymond, die Augen offen und blicklos, stocksteif auf dem Rasen vor EttaMaes Haus lag. Ich wälzte mich aus dem Bett und stolperte ins Bad. Die Füße taten mir auch jeden Morgen weh, als ob ich die ganze Nacht herumgelaufen wäre und EttaMae gesucht hätte, um sie zu fragen, wohin sie Ray gebracht hatte, nachdem sie ihn aus dem Krankenhaus geschleppt hatte.

Dann hat er also noch gelebt?, fragte ich die Krankenschwester, die an dem Abend Dienst gehabt hatte.

Nein, sagte sie ungerührt. *Er hatte keinen Puls mehr. Die Stationsschwester hatte eben den Arzt angerufen, damit er ihn für tot erklärt, als diese Irre Arnold eine Nierenschale über den Schädel gehauen und Mr. Alexanders Leichnam auf die Schulter genommen hat.*

Ich wanderte ins Wohnzimmer und zog die Vorhänge auf. Rotes Sonnenlicht blinkte durch die struppigen Palmen am Ende unserer Straße. Ich hatte nie geweint über Raymonds Tod, aber in diesem zerfaserten Licht spiegelte sich ein tiefer Schmerz in meiner Seele.

Ich brauchte über eine halbe Stunde, um mich anzuziehen. Keine zwei Socken, die zusammenpassten, und jedes Hemd schien die falsche Farbe zu haben. Als ich mir die Schuhe zuband, wachte Bonnie auf.

»Was machst du, Easy?«, fragte sie. Sie war in British Guyana geboren, aber ihr Vater war aus Martinique, und deshalb lag in ihrem englischen Akzent die Musik der französischen Sprache.

»Ich zieh mich an«, sagte ich.

»Wo willst du hin?«

»Was glaubst du, wohin ich um diese Tageszeit will? Arbeiten.« Nach diesem roten Licht am fernen Himmel war ich mies drauf.

»Aber heute ist Samstag, Baby.«

»Was?«

Bonnie stieg aus dem Bett und umarmte mich. Ihre nackte Haut war fest und warm.

Ich wand mich los.

»Willst du frühstücken?«, fragte ich.

»Vielleicht später«, sagte sie. »Ich bin erst heute Morgen um zwei von Idlewild reingekommen. Und ich muss heute wieder raus.«

»Dann geh noch mal ins Bett«, sagte ich.

»Bist du dir sicher? Ich meine … musst du über irgendwas reden?«

»Nein. Ist alles in Ordnung. Bin bloß dämlich. Will am Samstag zur Arbeit gehen. Verdammt.«

»Fehlt dir wirklich nichts?«

»Nein. Überhaupt nichts.«

Bonnie hatte eine herrliche Figur. Und sie schämte sich nicht, sich nackt sehen zu lassen. Als ich sah, wie sie die Decke über sich zog, wusste ich wieder, warum ich mich in sie verliebt hatte. Wenn ich nicht so traurig gewesen wäre, hätte ich mich zu ihr unter diese Decke gelegt.

Feathers kleiner gelber Hund Frenchie versteckte sich irgendwo und knurrte mich an, während ich Würstchen und Eier briet. Für meine kleine Tochter war er die Liebe ihres Lebens, und deshalb akzeptierte ich seinen Hass. Er gab mir die Schuld am Tod seiner ersten Besitzerin, Idabell Turner; ich gab mir die Schuld am Tod meines besten Freundes.

Ich saß am Frühstückstisch, rauchte eine Chesterfield und fragte mich, ob EttaMae wieder runter nach Houston gezogen war. Ich hatte immer noch Freunde da unten im Fifth Ward. Vielleicht, wenn ich an Lenora Circel schriebe und eine Zeile über Etta einschöbe – *grüß Etta von mir* oder *sag Etta alles Liebe* … Wenn sie dann zurückschriebe, würde ich vielleicht was erfahren.

»Hi, Dad.«

Meine Hand zuckte und schnippte dabei zwei Zoll Zigarettenasche auf die Eier.

Da stand Jesus vor mir.

»Ich hab dir gesagt, du sollst dich nicht so ranschleichen, Junge.«

»Ich hab doch hi gesagt«, wandte er ein.

Die Eier waren versaut, aber ich hatte sowieso keinen Hunger. Und ich konnte auch nicht lange wütend auf Jesus sein. Kann sein, dass ich ihn zu mir genommen hatte, als er klein war, aber in Wahrheit hatte er *mich* adoptiert. Jesus arbeitete hart dafür, dass bei uns zu Hause alles reibungslos lief, und seine Liebe zu mir war stärker als Blut.

»Was machst du heute?«, fragte ich ihn.

»Nichts. Rumhängen.«

»Setz dich«, sagte ich.

Jesus bewegte den Stuhl nicht, als er sich setzte; er hatte genug Platz, um sich unter den Tisch zu schieben. Er verschwendete niemals eine Bewegung – oder ein Wort.

»Ich werde die Schule schmeißen«, sagte er.

»Wie war das?«

Seine dunklen Augen starrten mich an. Er hatte die samtige, eierschalenbraune Haut und das glatte schwarze Haar von Leuten, die seit Jahrtausenden im Südwesten lebten.

»Du hast doch bloß noch anderthalb Jahre bis zum Examen«, sagte ich. »Ein Abschlusszeugnis wird dir helfen, einen Job zu finden. Und wenn du dich ranhältst, könntest du ein Stipendium für die Uni in L. A. kriegen.«

Er schaute auf meine Hände.

»Wieso denn?«, fragte ich.

»Weiß ich nicht«, sagte er. »Ich will da einfach nicht mehr sein. Ich will nicht dauernd da sein.«

»Glaubst du, ich geh gern arbeiten?«

»Gern genug«, sagte er. »Denn wenn du es nicht gern tätest, würdest du aufhören.«

Ich merkte, dass sein Entschluss feststand, dass er über diese Entscheidung lange nachgedacht hatte. Wahrscheinlich hatte er die Papiere schon unterschriftsbereit für mich unter seinem Bett.

Nein, wollte ich sagen, er würde mindestens das eine Jahr schon noch durchhalten müssen. Aber da klingelte das Telefon. Es war ein lautes Klingeln, besonders um halb sieben in der Frühe.

Ich hinkte zur Theke, und Jesus ging auf bloßen Füßen lautlos hinaus.

»Hallo?«

»Easy?« Eine Männerstimme.

»John? Bist du das?«

»Ich bin in Schwierigkeiten, und du musst mir einen Gefallen tun«, sagte John hastig. Er hatte es vorher geprobt, genau wie Jesus.

Mein Herz schlug schneller. Der kleine gelbe Hund schob die Nase unter dem Küchenschrank hervor.

Ich weiß nicht, ob es die Stimme eines alten Freundes oder sein sorgenvoller Ton war, was mich zu mir brachte.

Aber plötzlich fühlte ich mich nicht mehr elend oder traurig.

»Was brauchst du, John?«

»Kannst du nicht rüber zur Baustelle kommen, Easy? Ich will dir in die Augen sehen, wenn ich dir sage, was wir wollen.«

»Oh«, sagte ich und dachte über das *wir* nach und über die Tatsache, dass das, was John mir zu sagen hatte, so ernst war, dass er es nicht am Telefon besprechen konnte. »Na klar. Sobald ich's schaffe.«

Mit einem kribbelnden Gefühl im Bauch legte ich auf. Ich spürte das Grinsen auf meinen Lippen.

»Wer war das?«, fragte Bonnie. Sie stand in der Schlafzimmertür, halb in einen Frotteebademantel gewickelt. Sie war schöner, als irgendein Mann es verdient haben konnte.

»John.«

»Der Barkeeper?«

»Musst du wirklich heute weg?«, fragte ich.

»Sorry. Aber nach diesem Flug hab ich eine ganze Woche frei.«

»So lange kann ich nicht warten.«

Ich hob sie hoch und trug sie wieder ins Schlafzimmer.

»Easy, was hast du vor?«

Ich warf sie aufs Bett und machte die Küchentür zu. Dann zog ich mir die Hose aus und stellte mich über sie.

»Easy, was ist denn in dich gefahren?«

Mein Gesichtsausdruck beantwortete alle Einwände wegen der Kinder oder ihres Schlafbedürfnisses, die sie noch hätte haben können.

Ich hätte meine plötzliche Leidenschaft nicht erklären können. Ich wusste nur, dass der Geruch dieser Frau, ihr Geschmack und die Schönheit ihrer Haut an meiner Haut und meiner Zunge etwas war, das ich nie zuvor im Leben gekannt hatte. Es war, als entdeckte ich an diesem Morgen zum ersten Mal, was Sex war.

ZWEI

Jesus, Feather, Bonnie und ich setzten uns um neun an den Frühstückstisch. Jesus hatte Pfannkuchen aus einer Fertigmischung gemacht, während wir noch im Bett waren, und damit wieder einmal bewiesen, dass er ein besserer Sohn war, als ich verdiente.

»Diese Pfannkuchen waren köstlich«, sagte Bonnie zu dem Jungen.

»Ich will die Schule hinschmeißen«, antwortete er.

»Geht sie da nicht kaputt?«, fragte Feather, und dann kicherte sie.

Ich gluckste, und Bonnie schaute mich streng an.

»Wann hast du das denn beschlossen?«, fragte Bonnie.

»Weiß nicht«, sagte er. »Kürzlich.«

»Hast du davon gewusst, Easy?«

»Er hat's mir heute Morgen erzählt.«

»Ich glaube, darüber müssen wir reden.«

Jesus wählte diesen Augenblick, um aufzustehen und die Küche zu verlassen. Es kam selten vor, dass er seinen Ärger so zeigte. Ich wollte ihn aufhalten, wollte ihn zurück zum Tisch holen und über seine Ausbildung sprechen. Aber ich verspürte immer noch dieses fiebrige Kribbeln. Ich wäre am liebsten auch weggelaufen.

»Jesus«, rief Bonnie. Aber er tat, als hörte er sie nicht.

»Juice, warte«, krähte die kleine Feather. Sie sprang vom Stuhl und lief zur Tür.

»Feather«, sagte ich.

Sie blieb stehen und drehte sich um. Ihr Gesicht war voll, aber nicht pummelig, und sie hatte buschiges, blondes Haar, helle Haut und negroide Züge. Sie war das Kind eines anderen Mannes, aber ich war der einzige Vater, den sie je gekannt hatte.

»Äm … äh …«, stammelte sie. »Darf ich bitte aufstehen?«

»Na los«, sagte ich, und weg war sie.

Frenchie lief ihr nach. Die Fliegentür war schon wieder zu, aber er kratzte daran, bis sie aufging, und flitzte dann hinaus, um sein kleines Frauchen zu suchen.

Ich schaute zu Bonnie hinüber und sah, dass sie mich anstarrte, als wäre ich ein Marsmensch und soeben aus der Twilight Zone hereingeplatzt.

»Was ist los mit dir, Easy?«

»Er hat's mir erst heute Morgen eröffnet«, erklärte ich. »Und ich kenne Juice. Wenn man glattweg nein sagt, wird er keine Hausaufgaben mehr machen oder vielleicht sogar versuchen, irgendwelchen Mist zu bauen, sodass sie ihn von der Schule verweisen müssen.«

»Also willst du einfach zulassen, dass er sein Leben wegwirft?«

»Ich muss mit ihm reden, Honey. Ich muss herausfinden, was sein Problem ist. Vielleicht finden wir dann einen Weg.«

Ich grinste nicht mehr, aber was ich sagte, hatte einen unbekümmerten Unterton.

»Es geht nicht nur um Jesus. Du benimmst dich merkwürdig heute Morgen.«

»Merkwürdig? Wann hab ich dir das letzte Mal so gut getan?«

»Du hast mir noch nie so gut getan«, sagte sie. Ihre dunklen Augen waren groß und voller Sorge. Bonnie Shay hatte ein Gesicht, dessen Form den afrikanischen Kontinent umfasste. Diese Augen sahen Dinge in mir, die ich mir kaum vorstellen konnte.

»Na, worüber beklagst du dich dann?«

Sie langte über den Tisch und schlang die Arme um meine.

»Was ist los?« Die Frage hatte beim zweiten Mal plötzlich eine Menge Gewicht.

»Nichts ist los. Ich hab bloß beschlossen, noch mal ins Bett zu gehen und meine Frau zu lieben – das ist alles.« Ich wollte meine Arme wegziehen, aber sie war zu stark. »Und ich weiß schon, wie ich mit meinem eigenen Jungen umgehen muss.«

»Was wollte John?«

»Ich weiß nicht. Wirklich nicht. Er sagte nur, ich müsste ihm einen Gefallen tun und ich sollte zu seiner Baustelle runterkommen. Ist wahrscheinlich nur ein Bauproblem. Ich verstehe mehr von dem Zeug als John.«

»Du hast gesagt, er hat dich im letzten Jahr kaum angerufen.«

Ihr Griff lockerte sich ein bisschen. Ich nutzte die Gelegenheit, um meine Arme wegzuziehen. »Und?«

»Hast du nicht gesagt, das habt ihr früher getan?«

»Wovon redest du?«

»Euch Gefallen getan. Hast du nicht gesagt, ihr habt euch gegenseitig Gefallen getan? Dass du, bevor du ehrliche Arbeit hattest, Leuten geholfen hast, die nicht zu den Behörden gehen konnten?«

»Aber so was ist es jetzt nicht«, sagte ich. »John ist ein alter Freund, weiter nichts.«

»Und wieso schläfst du heute Morgen drei Mal mit mir? Wieso sitzt du da und grinst, wenn dein Sohn dir sagt, er will die High School abbrechen?«

Ich hörte ihre Fragen, aber sie waren mir gleichgültig. Wenn ich angenommen hätte, dass sie es mir erlaubt, hätte ich sie noch mal ins Schlafzimmer geschleppt, für Nummer vier.

»Wahrscheinlich hat die Liebe sich irgendwie aufgestaut. Weißt du, ich war abends immer so müde.«

»Du warst traurig, Easy. Traurig wegen deines Freundes. Es macht mir nichts, dass du trauern musst.«

Das war zu viel. Ich stand auf; ich hoffte, dass die Luft über meinem Kopf kühler sein würde. In den paar Monaten seit Raymonds Tod war ich Bonnie näher gekommen, als ich es einer Frau je gewesen war. Sie wusste, wovon ich träumte und was für Immobilien ich hatte, aber über meine Hilflosigkeit konnte ich nicht mit ihr reden – über meine Unfähigkeit, Mouse das Leben zu retten.

»Es ist okay. Kein Grund zur Sorge. Ich war nur ein bisschen durcheinander, als ich wach wurde. Hat mich aus dem Gleis geworfen.«

Bonnie stand auf und strich mir zärtlich mit den Fingern übers Gesicht. Dann schüttelte sie langsam den Kopf und zuckte die Achseln. Damit sagte sie mir, dass der Narr sich selbst der schlimmste Feind ist.

»Ich werde drei oder vier Tage weg sein«, sagte sie. »Je nachdem, wie die Zwischenstopps und das Wetter ausfallen.«

»Oh. Yeah.«

»Ich hab dir gesagt, dass ich ab und zu ein paar Tage weg sein würde«, sagte sie sanft.

Bonnie und ich waren noch nicht lange zusammen. Sie war nur eine Woche nach Mouse' Tod bei mir eingezogen, und schon fühlte ich mich richtungslos und unzufrieden, wenn sie fort war.

»Ist okay«, sagte ich. »Vergiss bloß nicht, wo du zu Hause bist.«

»Vergiss du nicht, wer dich liebt«, sagte sie.

DREI

Ich saß in meinem neuen gebrauchten Pontiac bei offenen Fenstern und mit einer Chesterfield zwischen den Lippen. Irgendwo in meinem Hinterkopf war eine Alarmsirene im Gange. Es war wie das unbehagliche Empfinden nach einem Albtraum, an den man sich nicht erinnern kann. Was mich plagte, hatte keine Gestalt, war mehr Argwohn als Angst. Gleichzeitig war ich froh, dass ich zu den Problemen eines anderen fahren konnte. Ein Gefühl des Entzückens, das über der Bangigkeit lag, ließ mich lächeln. Es war ein Lächeln, das für ein lebenslanges Lachen über den Schmerz stand.

Johns Baugrundstücke lagen an einer unasphaltierten Straße, die noch keinen richtigen Namen hatte. Auf einem Schild, auf dem der Name hätte stehen müssen, stand A229-B. John baute hier sechs Häuser, drei auf jeder Straßenseite. Er gehörte zu einem Konsortium, das Jewelle McDonald zusammengestellt hatte, die Freundin meines Immobilienmaklers Mofass.

Mofass starb seit ein paar Jahren an einem Emphysem. Die Ärzte gaben ihm ungefähr alle halbe Jahre noch drei Monate zu leben. Aber Jewelle hielt ihn in Gang, und aus den paar klapprigen Hütten, die er besessen hatte, hatte sie fast so was wie ein Immobilien-Imperium gemacht. Jewelle hatte sechs oder sieben farbige Geschäftsleute und eine Immobilienfirma aus der City als Investoren für zwei Neubaublocks in Compton gewonnen.

John stand vor dem ersten seiner Häuser an der Nordseite der Straße. Strohhut, T-Shirt und Blue Jeans standen ihm nicht. John war ein Nachtmensch, ein Barkeeper seit seinem sechzehnten Lebensjahr in Texas. Er war größer, stärker und schwärzer als ich, hässlich genug, um schön und stumm wie ein Stein auszusehen.

»Hey, John«, sagte ich durchs Autofenster. Meine Reifen hatten einen Bodennebel aus rotgelbem Staub aufgewirbelt.

»Easy.«

Ich stieg aus und nickte ihm zu. Ausführlicher brauchten alte Freunde wie wir uns nicht zu begrüßen.

»Das Gerüst sieht jedenfalls gut aus«, sagte ich und deutete auf das unfertige Holzgerippe hinter ihm.

»Wird ganz schön«, sagte er. »Die werden alle ganz gut. Mercury und Chapman arbeiten prima.«

John machte eine Geste, und ich sah die beiden Männer auf der anderen Straßenseite. Chapman hämmerte an einem Balken unterhalb des Daches des einen Hauses, und Mercury schob eine Schubkarre mit Schutt vor sich her. Beide Männer waren ehemalige Einbrecher, denen ich in meinem alten Leben mit Gefälligkeiten geholfen hatte. Früher hatten sie ihren Lebensunterhalt damit verdient, dass sie Tunnel in Geschäfte gegraben hatten, und zwar einen Tag vor dem Zahltag, wenn sie sich sicher sein konnten, dass der Safe mit Bargeld voll gestopft war.

Es war ein gutes Leben gewesen, und sie waren nicht gierig geworden – zwei Jobs im Jahr, davon hatten sie ein gutes Auskommen gehabt. Aber eines Tages hatten sie sich eine Dockarbeiter-Löhnung in Redondo Beach vorgenommen. In dem Safe war mehr Geld gewesen, als für die Lohnzahlung nötig war, und binnen einer Woche waren weiße Männer in billigen Anzügen in Watts unterwegs gewesen und hatten nach zwei schwarzen Einbrechern gesucht, die auf Lohngelder spezialisiert waren.

Als ihnen klar wurde, in welcher Lage sie waren, kam Mercury zu mir.

»Wie konntet ihr so blöd sein, euch an den Dockarbeitern zu vergreifen?«, fragte ich ihn. Chapman hatte so viel Angst, dass er das Haus seiner Mutter nicht mehr verließ.

»Woher sollten wir denn wissen, dass das Gangster sind, Mr. Rawlins?«

»Das erkennst du daran, wie sie dir in den Hinterkopf schießen«, sagte ich.

Mercury stöhnte, und ich konnte es ihm nachfühlen. Selbst wenn er weiß gewesen wäre, hätte er kaum Hoffnung haben können, die Sache zu überleben.

Als ich den Vertrauensmann der Dockarbeitergewerkschaft anrief, lachte der mich aus. Das heißt, er lachte, bis ich ihm sagte, dass ich mit Raymond »Mouse« Alexander vorbeikommen würde. Von Mouse hatten sogar die Kriminellen in der weißen Community gehört.

Am Abend des Zusammentreffens trug ich einen Jeans-Overall. Mercury und Chapman waren so unauffällig gekleidet, dass ich mich nicht mal an die Farben erinnern kann. Aber Mouse hatte einen buttergelben Gabardine-Anzug an. Er war ein Killer, damals und immer, aber damals stellte Mouse sich überhaupt nicht in Frage, hatte nicht die geringsten Zweifel.

»Die zwei haben einen Fehler gemacht, Bob«, sagte Mouse zu dem Mann, der sich als Mr. Robert vorgestellt hatte; er trug einen langen Mantel und einen Hut und überragte Mouse, der ohnehin eher klein war und außerdem saß.

»Das genügt nicht …«, begann Mr. Robert in seinem gutturalen East-Coast-Knurren.

Bevor er zu Ende sprechen konnte, sprang Mouse auf, zog seine langnasige .41er Pistole und schoss Robert den Hut vom Kopf. Die beiden Männer, die dahinter standen, griffen nach ihren Kanonen, überlegten es sich aber anders, als sie in die rauchende Mündung von Mouse' Waffe guckten.

Mr. Robert lag auf dem Boden und tastete unter seinem Toupet nach Blut.

»Wie gesagt, Bob«, fuhr Mouse fort, »die beiden haben einen Fehler gemacht. Sie wussten nicht, dass ihr seid, was ihr seid. Das wussten sie nicht. Oder, Jungs?«

»Nein, Sir!«, schrie Mercury wie ein Rekrut beim Appell. Er war ein klobiger Mann mit so fetten Wangen, dass sein Kopf aussah wie eine glänzende schwarze Birne.

»M-m«, grunzte Chapman. Er war hellhäutiger, kleiner und schlauer als Mercury.

»Also …« Mouse lächelte.

Der Gewerkschafter und die drei Gorillas, allesamt weiß, starrten ihn an. Man konnte sehen, dass sie ihn umbringen wollten. Jeder Einzelne dachte, dass sie wahrscheinlich die Oberhand hatten, was die Zahl der Kanonen anging. Und jeder Einzelne wusste, dass der Erste, der sich bewegte, sterben würde.

Ich biss mir auf die Zunge, denn mit einem Kampf hatte ich nicht gerechnet. Ich hatte Raymond mitgebracht, weil ich Eindruck machen, nicht, weil ich gewalttätig werden wollte. Warum sollten diese Männer sauer sein, wenn wir ihnen das Geld doch zurückgeben wollten? Zusammen mit der Versicherung für die legale Lohngeldsumme würde dabei ein netter Profit für sie herausspringen.

»Ich und meine Freunde wollen bloß eins wissen: Wie hoch ist der Finderlohn?«

»Du musst verrückt sein, Nigger«, sagte Robert.

Mouse spannte den Hahn an seiner Pistole. »Was hast du gesagt?«

Der Gangster schaute in Mouse' stahlgraue Augen hinauf. Und er sah dort etwas.

»Zehn Prozent«, brachte er hervor.

Mouse lächelte.

Wir verließen das Lagerhaus am Strand mit dreitausendfünfhundert Dollar in der Tasche. Mouse gab Mercury und Chapman je fünfhundert und teilte den Rest mit mir.

Noch am selben Tag gaben die Einbrecher ihr kriminelles Leben auf. So was hatte ich noch nie gesehen. Normalerweise bleibt ein Dieb ein Dieb – entweder das, oder er wird zum Knastvogel. Aber diese beiden Männer schlugen Wurzeln und fingen ein neues Leben an. Sie heirateten zwei Schwestern, Blesta und Jolie Ridgeway, und wurden Bauarbeiter.

Als ich hörte, dass John baute, brachte ich sie zusammen. Jewelle hatte eine Wanderkolonne zusammengestellt, die bei ihren diversen Investoren von Baustelle zu Baustelle ging. Aber jede Baustelle brauchte einen oder zwei feste Leute, die sich um Details kümmerten und die größeren Jobs vorbereiteten.

»… und jedes Haus wird auch anders«, sagte John eben. »Backstein, Aluverkleidung, Fachwerk. Ein, zwei und drei Schlafzimmer.«

»Du findest es grässlich, nicht wahr, John?«

Eine altvertraute Härte erschien im Gesicht des Ex-Barkeepers, ein Ausdruck, der irgendwie fast glücklich aussah.

»Yeah, Easy. Ich bin hier jeden Tag draußen in der Sonne. Verdammt. Du weißt, ich bin so schon schwarz genug.«

»Wieso machst du es dann, Mann? Glaubst du, du wirst reich?«

»Alva Torres«, sagte er.

Ich kannte Johns Freundin nicht so gut. Sie hatte nicht viel übrig für seine alten Freunde, und deshalb traf er sich mit den meisten nicht mehr. Ab und zu telefonierte er mit mir, aber wir sahen uns kaum noch.

Alva war groß und hager, und ihre Schönheit war rein, makellos und hart – eine Schönheit, entstanden aus dem, was es bedeutete, in diesem Land ein Neger zu sein.

Alva mochte mich nicht, aber das akzeptierte ich, weil

ich John einmal hatte lächeln sehen, bloß weil jemand ihren Namen erwähnte.

»Sie will mich aus dem Nachtleben raus haben, und ich kann nicht nein sagen«, sagte John kleinlaut.

»Und was willst du von mir?«, fragte ich.

»Willst du nicht mit mir nach Hause fahren? Drüben können wir besser reden.«

»Hey, Mr. Rawlins«, rief Mercury Hall. Er kam quer über die gewalzte Schotterstraße auf uns zu und schlug die Hände zusammen wie zwei kreidige Tafelschwämme.

»Mercury.« Ich gab ihm die Hand und lächelte. »Ich sehe, du spielst immer noch den ehrlichen Staatsbürger.«

»O yeah«, verkündete er. »Muss ja.«

»Mr. Rawlins!«, schrie Kenneth Chapman. Er war ein ockerfarbener Mann mit den breiten Gesichtszügen unserer Rasse. Sein Lächeln war das Größte, was ich je an einem menschlichen Mund gesehen hatte.

»Hey, Chapman. Mogel nicht mit den Nägeln da drüben.«

Sein Lachen war riesig.

»Komm schon, Easy«, sagte John.

An seinem Tonfall erkannte ich, dass das, was er von mir wollte, Mühe erfordern würde.

VIER

John und Alva wohnten in einem schachtelförmigen Apartmenthaus in der Nähe von Santa Barbara und Crenshaw. Die Außenwände waren mit weißem Stuck beschmiert, in dem Flitter glitzerte. Hier und da sah man Einschusslöcher, aber das war nichts Ungewöhnliches. Dieser Teil von L. A. war voll von Texanern. Die meisten Texaner tragen eine Waffe. Und wenn man eine Waffe trägt, wird sie früher oder später losgehen.

Treppen und Korridore lagen außen, sodass das Apartmenthaus aussah wie ein billiges Motel. John und ich stiegen hinauf in den zweiten Stock. Während er nach seinem Schlüssel angelte, schaute ich über die Straße hinaus. Drei Geschosse, das war 1964 hoch für L. A. Ich konnte bis nach Downtown sehen: eine kleine Ansammlung von Granitbauten, die aussah wie die Kulisse von tausend Filmen, die ich gesehen hatte.

Gegenüber stand ein neu erbautes, leeres Bürogebäude neben einem Gebrauchtwagenhandel. Sogar das brachte mich zum Lächeln. Ich habe eine Schwäche für gebrauchte Autos. Sie sind wie alte Freunde oder Familienmitglieder, die man liebt, obwohl sie einem dauernd Ärger machen.

»Hier rein, Easy.« John hatte den Schlüssel ins Schloss gefummelt und zog die hölzerne Kassettentür auf. Auf seine Geste hin trat ich ein.

Das Zimmer war so groß wie eine Schiffskabine, kaum breiter als hoch. Die Möbel waren billige Bambusgestelle, mit blauem Kunstleder bespannt, und die Wände glänzten zwar wie angestrichen, aber sie hatten keine nennenswerte Farbe.

Ich setzte mich auf einen hängemattenartigen Fußschemel und betrachtete den Ex-Barkeeper und jetzigen Bauunternehmer.

Er betrat etwas, das ich für einen Schrank gehalten hatte, und fragte: »Was trinkst du?«

Es war die Frage, die ich von John am häufigsten gehört hatte. Meine übliche Antwort war *Whiskey* gewesen, aber inzwischen waren die Tage des Trinkens für mich vorbei.

Ich stand auf, um mir anzusehen, was für eine Bar John aus einem Wandschrank gemacht hatte. Aber was ich fand, war eine Miniaturküche. Ein winziger, zweiflammiger Kocher stand auf einem Kühlschrank, der nicht größer war als ein Picknickkoffer. Die Spüle war ohne Abtropffläche, und es gab keine Regale.

»Das nennen die Küche?«, fragte ich.

»Wir mussten das Haus verkaufen und unser Zeug einlagern«, sagte er, als ob meine Frage damit irgendwie beantwortet wäre. »Um die Bauarbeiter und einen Teil der notariellen Kosten für den Bau zu bezahlen.«

»Verdammt.« Dieser enge kleine Kochschrank haute mich um.

»Hallo, Mr. Rawlins.« Ich brauchte mich nicht umzudrehen. Die Stimme kannte ich.

»Alva.«

Ich will keinen falschen Eindruck von Alva Torres vermitteln. Sie war eine gute Frau, soweit ich das je beurteilen konnte. Sie billigte nur mein altes Leben nicht. Was manche vielleicht als Tauschwirtschaft der Gefälligkeiten bezeichnet hätten, waren für sie kriminelle Aktivitäten.

Sie streckte die Hand aus, zur Begrüßung und vielleicht auch als Friedensangebot.

»Wie geht's?«, fragte ich.

»Setzen Sie sich doch«, sagte sie.

Ich kehrte zurück zu meinem Fußschemel.

»Was ist denn los mit euch?«, fragte ich so liebenswürdig, wie ich konnte.

Die Reaktion war unbehagliches Schweigen. Alva trug einen grauen Hosenanzug, der ihr nicht stand. Sie war eine Frau, die bunte Farben und fließende Linien brauchte. Sie starrte mich an, als hätte ich versucht, sie mit meiner Frage zu beleidigen.

»Es ist 'ne ziemlich lange Geschichte, Easy«, sagte John. »Es hat mit Alva und ihrem ersten Mann zu tun …«

»John«, unterbrach sie ihn.

»Was?«

»Ich weiß nicht. Ich weiß nicht, ob das richtig ist.«

»Gut«, sagte John, und ein bisschen von seiner alten Härte schimmerte plötzlich auf. »Entscheide dich. Easy ist gekommen, um zu helfen, wenn er kann, aber er kann nichts tun, wenn du ihm nicht sagst, was du willst.«

Alva krümmte die langen Finger zu einer knochigen Faust. »Kann ich Ihnen vertrauen, Mr. Rawlins?«

Die Alarmsirene in meinem Kopf, das Kribbeln, der Wind durch die Fenster meines Autos – das alles war bei ihrer Frage wieder da.

»Ich hab keine Ahnung, Honey«, sagte ich. »Ich weiß ja nicht, was Sie brauchen.«

Die Anspannung wich aus Alvas langgliedriger Gestalt, und sie ließ sich auf ein blaues Polsterkissen sinken. John starrte sie hilflos an.

»Mein Exmann«, begann sie. »Aldridge A. Brown. Er hat sich um Brawly gekümmert, als er klein war. Ich konnte das nicht. Ein Junge braucht einen Mann, der ihn anleitet. Das heißt, wenn der Mann dableibt.«

Ich hatte keine Ahnung, von wem sie da redete. Aber sie hatte solche Mühe, auch nur die Worte hervorzubringen, dass ich es einstweilen dabei beließ.

»Aldridge wollte ein guter Vater sein. Er war vielleicht auch ein guter Ehemann – für irgendeine andere Frau –, aber er war einfach … einfach … zu viel für uns.«

Sie verstummte für einen Augenblick, und John setzte sich zu ihr. Er legte ihr die Hand auf die Schulter, und sie sackte an seiner Brust zusammen.

»Reden wir von Ihrem Sohn?«, fragte ich.

»Brawly.« Sie nickte.

»Er hat draußen auf der Baustelle für mich gearbeitet, bis vor zwei Wochen«, sagte John.

Alva vergoss lautlose Tränen, die an Johns schmutzigem T-Shirt herunterrollten, als wäre es aus Wachspapier.

Der Schmerz dieser Frau und die Art, wie ihr Mann ihn mit ihr teilte, hoben mich für einen Augenblick aus mir heraus. In diesem Moment sah ich mich selbst, fiebrig und seelenlos, wie ich im Leid dieser guten Leute schwelgte. Aber die Vision ging vorbei, und für lange Zeit vergaß ich, dass ich sie gehabt hatte.

»Wo ist er hin?«, fragte ich.

Alvas harter Blick war einschüchternd, aber ich schaute nicht weg.

»Deshalb brauchen wir deine Hilfe, Easy«, sagte John. »Er ist ausgezogen, und sie hat Angst – *wir* haben Angst, dass er in Schwierigkeiten sein könnte.«

»Wie alt ist Brawly?«, fragte ich.

»Dreiundzwanzig. Aber er ist noch jung für sein Alter.« Die Zärtlichkeit in ihrer Stimme war außergewöhnlich.

»Dreiundzwanzig! Wie alt sind Sie denn?«

»Ich hab ihn mit sechzehn bekommen. Da war Aldridge so alt wie Brawly jetzt.«

»Entschuldigen Sie die Frage, Honey, aber Sie sehen nicht annähernd aus wie neununddreißig.«

Selbst durch diese steinharte Vollkommenheit fand ein bisschen Eitelkeit ihren Weg nach außen. Ein Lächeln flackerte auf ihren Lippen und erstarb.

»Wieso glaubt ihr, dass er in Schwierigkeiten ist?«, fragte ich. »Ich meine, mit dreiundzwanzig – da kann es doch sein, dass er sich einfach irgendwo amüsiert.«

»Nein, Easy. Nicht dieser Junge«, sagte John. »Er ist ein Grübler. Er war gut auf der High School, aber dann ist er in Schwierigkeiten geraten und ausgestiegen. Jetzt ist er in schlechter Gesellschaft, und Alva macht sich Sorgen.«

»Und ich soll ihn finden?«

Alva richtete sich auf. Als ich den Schmerz in ihrem Gesicht sah, hätte ich mich beinahe abgewandt.

»Ja«, sagte sie. »Und vielleicht können Sie uns irgendwie helfen, ihn wieder nach Hause zu holen.«

»Ich werde tun, was ich kann. Klar.«

»Oh«, sagte sie, und jetzt schaute ich weg.

»Was ist das für 'ne Gesellschaft, von der du da redest?«, fragte ich John.

»Sie nennen sich Großstadtrevolutionäre oder so was.«

»Wie?«

»›Urban Revolutionary Party‹«, sagte Alva. Sie saß jetzt kerzengerade. Jede Spur von Schwäche war wie weggewischt. »Sie nennen sich auch die ›Ersten Menschen‹.«

»Und was sind das für Leute?«

»Sie sagen, sie sind Freiheitskämpfer, aber sie wollen nur Ärger machen«, erklärte Alva. »Sie reden von Kirche und Bürgerrechten, aber wenn es darauf ankommt, geht's ihnen nur um Gewalt und Rache.«

»Wahrscheinlich Kommunisten«, sagte John.

»Er hat ein paar Flugblätter dagelassen, die sie gemacht haben«, sagte Alva. »Ich hole sie Ihnen.«

Sie verschwand durch eine Tür gegenüber der, durch die wir hereingekommen waren.

»Du musst das hinkriegen, Easy«, sgte John, als sie draußen war.

»Wie meinst du das?«

»Brawly muss da unversehrt rauskommen.«

»Wie soll ich dir so was versprechen, wenn er mit Schlägern rumläuft? Du weißt selbst, dass es besser ist, ihn gar nicht erst zu suchen. Entweder wächst er da raus, oder er kommt unter die Räder. So ist es mit allen jungen Schwarzen.«

Er wusste, dass ich Recht hatte.

Alva kam zurück. Sie drückte sich vier oder fünf billig gemachte Flugblätter an die Brust.

»Hier sind sie.« Sie machte keine Anstalten, sie mir zu geben.

»Kann ich sie haben?«, fragte ich.

Sie schwankte leicht zurück. Schließlich nahm John sie ihr ab.

»Hier«, sagte er und reichte mir die zerknitterten Blätter.

»Was wollen Sie von mir, Alva?«, fragte ich laut und deutlich.

»Ich will, dass Sie Brawly finden.«

»Mehr nicht? Wenn er bei diesen Leuten hier ist, dann könnten Sie oder John das selbst tun.«

»Ich will, dass Sie mit ihm reden, Easy«, sagte sie. »Wenn er uns sähe, würde er noch wütender werden. Ich will wissen, dass ihm nichts fehlt, und vielleicht, wenn er auf Sie hört … vielleicht …«

»Rauszufinden, wo er ist, ist kein Problem«, sagte ich. »Aber was er macht und wie's ihm geht – da muss man schon ein bisschen genauer hingucken. Ich werde zu ihm gehen, und dann komme ich wieder her und sage Ihnen, was ich denke. Wenn er vernünftig mit sich reden lässt, bringe ich ihn vielleicht sogar mit.«

»Wir werden dich jetzt gleich bezahlen, Easy.« John hielt die Hand hoch, als müsste er sich gegen einen Angriff verteidigen.

»Ladet mich und die Kids und Bonnie zum Essen ein. Dann habt ihr mich bezahlt.«

John lachte. »Immer noch der Alte, was, Easy?«

»Was funktioniert, soll man nicht reparieren.« Es tat gut, mit meinem Freund zu plänkeln. »Alva«, sagte ich dann, »ich brauche noch zwei Dinge von Ihnen.«

»Was?«

»Als Erstes brauche ich ein Bild von Brawly. Und dann will ich wissen, was Ihr Mann damit zu tun hat.«

»Nichts«, sagte sie. »Aldridge hat nichts damit zu tun. Warum?«

»Weiß ich nicht. Sie haben von ihm angefangen. Sie und John.«

»Er hat es gesagt.« Sie klang wie eine schuldbewusste Schülerin, die sich vor einem strengen Lehrer rechtfertigt. »Mir ging es nur um Brawly.«

»Glauben Sie, er könnte bei seinem Vater sein?«

»Niemals.«

»Ich dachte, Sie hätten gesagt, er war ein guter Vater? Er hätte Brawly erzogen?«

»Brawly ist Aldridge weggelaufen, als er vierzehn war. Er ist zu meiner Cousine gezogen; die wohnte damals oben in Riverside. Irgendwas ist zwischen ihm und seinem Vater vorgefallen, und er ist weggelaufen. Ich glaube nicht, dass sie sich seitdem wieder gesehen haben.«

»Brawly hat bei einer Cousine gewohnt? Warum ist er nicht zu Ihnen gekommen?«

»Das hat mit all dem nichts zu tun, Easy«, sagte John. Er war zu Alva gegangen und hatte sie in den Arm genommen. »Das sind uralte Geschichten.«

»Aha. Verstehe. Na, wenn Brawly nicht zu seinem Vater gegangen ist, wie wär's denn mit dieser Cousine?«

»Nein«, sagte Alva.

»Nein was?«

»Er ist nicht bei ihr.«

»Entschuldigung, Miss Torres, aber Sie wissen nicht, wo Brawly ist. Deshalb haben Sie mich gerufen.«

»Lass es gut sein, Easy«, warnte John. »Du hast die Flugblätter. Wir haben dir gesagt, wo er sich rumtreibt.«

»Und wenn er da nicht ist? Wenn ich da nicht an ihn rankomme? Wenn er nun bei dieser Cousine wohnt, und irgendwas ist schief gegangen? Ihr könnt nicht verlangen, dass ich so was mache, und mir dann nichts erzählen.«

Alva ging wieder hinaus. Vielleicht war sie wütend, aber das war mir egal.

»Easy, du weißt nicht alles«, sagte John. »Alva hat schwere Zeiten hinter sich, und diese Sache mit Brawly tut ihr wirklich weh. Sie waren sich erst in den letzten paar Jahren wieder so nah gekommen.«

»Aber ich kann euch nicht helfen, wenn ihr mir von Anfang an die Hände bindet, Mann.«

»Dann hätte ich dich vielleicht nicht anrufen sollen.« Er entließ mich.

Alva war wieder da.

»John«, sagte sie, »er hat Recht. Wenn ich will, dass er mir hilft, muss ich ihm geben, was er braucht.«

Mit diesen Worten reichte sie mir einen abgerissenen Zettel und ein altes Foto von einem sechs- oder siebenjährigen Jungen. Er hatte sehr kurz geschorenes Haar, und er war stämmig und hatte grobe Gesichtszüge, was ihn trotz seines Lächelns ernst und versonnen aussehen ließ.

»Was ist das?«

»Ein Bild von Brawly und Isolda Moores Telefonnummer und Adresse.«

»Diese Isolda ist Ihre Cousine?«

Der Gedanke war Alva offenbar so sehr zuwider, dass sie nur nicken konnte.

»Ich dachte, sie wohnt in Riverside?«

»Sie ist vor ein paar Jahren nach L. A. gezogen. Sie hat Brawly eine Karte mit ihrer Telefonnummer geschickt, aber er hat sie nie angerufen.«

»Und was ist mit diesem Bild?«

»Was soll damit sein?«

»Sie haben gesagt, er ist dreiundzwanzig.«

»Das ist das einzige Bild, das ich habe. Aber er ist es. Das werden Sie schon sehen.«

»Sie hat Recht, Easy«, sagte John. »Brawly sieht heute noch genauso aus. Er ist nur größer.«

»Kennst du irgendeinen Laden, wo er öfter mal rumhängt?«, fragte ich.

»Brawly isst gern«, sagte John. »Da brauchst du bloß nach der größten Futterkrippe zu suchen. Das Hambones gefällt ihm. Das ist bloß einen Block weit von den Typen entfernt, bei denen er ist.«

»Finden Sie ihn für mich, Mr. Rawlins«, sagte Alva. »Ich weiß, dass ich nicht nett zu Ihnen war und dass Sie keinen Grund haben, mir zu helfen. Es tut mir Leid, dass ich Sie bisher nicht gut behandelt hab, aber von jetzt an steht Ihnen meine Tür jederzeit offen.«

Diese offene Tür bedeutete mir mehr als alles Geld, das John mir anbieten konnte. Nach landläufigen Bedingungen war es das Gewicht der Gastgeberin in Gold wert. Wenn sie bereit war, einen so hohen Preis zu zahlen, fragte ich mich, wie hoch wohl die Kosten sein würden.

FÜNF

Auf der Rückfahrt zur Baustelle wechselten John und ich keine zehn Worte. Er war von Natur aus still, aber dieses Schweigen war mürrisch und drückend. Er hatte noch irgendetwas auf dem Herzen. Aber was es auch war, er wollte es mir nicht anvertrauen.

Als ich wegfuhr, hörte ich, wie er den ehemaligen Einbrechern Befehle zubrüllte.

Das Fieber brannte noch immer in mir. Ich kam zum ersten Mal auf den Gedanken, dass ich vielleicht so was wie eine Grippe haben könnte. Ich fuhr drei Häuserblocks weit über unbefestigte Wege, bis ich an die erste asphaltierte Straße kam. Dann hielt ich an, um zu Atem zu kommen. Die Februarluft war kalt, und der Himmel war immer noch blau. Ich war wie ein Kind – so aufgeregt, dass es mir schwer fiel, mich auf irgendetwas anderes als diese Empfindungen zu konzentrieren.

Ich wusste, dass ich mich beruhigen musste. Ich musste nachdenken. John hatte sich an mich gewandt, weil er wusste, dass ich mein Leben lang unter Verzweifelten gewesen war. Ich konnte sehen, wann der Schlag kam. Aber ich konnte nichts sehen, solange ich mich nicht entspannte.

Ich zündete mir eine Zigarette an und nahm einen tiefen Zug. Der Rauch, der sich um das Armaturenbrett schlängelte, brachte mir die kühle Entschlossenheit der Schlange, der er glich.

Die Broschüre war auf Zeitungspapier vervielfältigt und

mit der Hand gefaltet und geheftet. Die Urban Revolutionary Party war eine kulturelle Gruppe, stand da, die Wiedergutmachung und Anerkennung für die Erbauer unserer Welt anstrebte – für afrikanische Männer und Frauen. Sie hatten nichts übrig für *Sklavengesetze*, das heißt für alle Gesetze, die den Schwarzen von den Weißen aufgezwungen wurden, und sie akzeptierten weder Militärdienstpflicht noch eine weiße politische Führung. Die weiße Geschichtsauffassung lehnten sie ab, sogar wenn es die europäische Geschichte betraf. Aber vor allem störten sie sich an Steuern, die für gesellschaftliche Bedürfnisse und Dienste verwandt wurden: *Die Verteilung des Reichtums*, erläuterten die verschwommenen, violetten Wörter, soweit sie unsere Arbeitskraft und die Träume betrifft, die wir kaum zu träumen wagen, ist betrüblich unangemessen.

Ähnliche Ideen hatte ich schon öfter gelesen. Ich hatte zu meiner Zeit überhaupt viel gelesen, und meistens waren es die Romane des weißen Mannes gewesen, aber auch seine Geschichte. Ich war immer scharf auf Geschichte.

Ein Wagen hielt an, während ich mich daran erinnerte, was ich über die Plebs im alten Rom gelesen hatte. Zwei Autotüren wurden zugeschlagen, eine nach der andern, aber ich war damit beschäftigt, mich zu fragen, ob die unterdrückten Völker der Antike auch irgendwelche Broschüren gehabt hatten oder ob sie auf Mundpropaganda angewiesen waren.

Aber als ich die Worte »Steigen Sie aus« hörte, riss es mich in die Gegenwart zurück.

Die Polizisten standen rechts und links von meinem Pontiac. Der eine hatte die Hand auf dem Halfter, der andere hatte tatsächlich seine Pistole gezogen. Meine Hände zuckten hoch wie die Flügel eines flugunfähigen Vogels, den ein plötzliches Geräusch aufgeschreckt hat.

»Kein Problem, Officers«, sagte ich.

»Öffnen Sie mit der linken Hand die Tür«, befahl der

Cop, der mir am nächsten stand. Er war noch jung – sie waren es beide: blasse Jungs mit Pistolen unter Männern, die sich von Broschüren und Armut ernährten.

Ich tat, was er sagte, und stieg dann langsam und vorsichtig aus. Meine Hände blieben in Schulterhöhe.

Der Unterschied zwischen den beiden Cops bestand darin, dass der eine dunkelbrünett und der andere schwarzhaarig war. Sie waren ungefähr so groß wie ich, etwas über eins achtzig. Der Schwarzhaarige spähte durch die offene Tür in den Wagen, während der andere versuchte, mich herumzudrehen und gegen den Wagen zu stoßen. Ich sage *versuchte*, weil ich zwar schon vierundvierzig Jahre alt, aber immer noch kräftig war.

Aber ich drehte mich trotzdem um und legte die Hände auf das Wagendach. Er schob seine Pistole in den Halfter, trat dicht hinter mich und schob die Hände in meine Hosentaschen. Nachdem er ein Weilchen an meinen Schenkeln herumgefingert hatte, klopfte er mir auf die Gesäßtaschen. Ich fühlte mich wie eine Frau, die begrabscht wurde. Es war nicht angenehm. Aber das Schlimmste war sein Atem. Er stank so sehr, dass mir übel wurde. Ich versuchte, durch den Mund zu atmen, aber selbst so schmeckte ich die Krankheit noch, die aus seiner Lunge dünstete.

Als er zurücktrat, hätte ich mich beinahe bedankt.

»Machen Sie den Kofferraum auf«, sagte er.

»Wieso?«

»Was?«

»Hören Sie, Mann.« Das Fieber hatte mich wieder gepackt. »Ich hab bloß dagesessen und gelesen. Und ich parke hier völlig legal. Wieso wollen Sie mich weghaben?«

Statt zu antworten, zog er seinen Schlagstock.

Eine Stimme in meinem Kopf sagte: »Bring ihn um«, und ich wurde innerlich eiskalt.

»Der Schlüssel steckt im Schloss«, sagte ich.

Der braunhaarige Cop beugte sich in den Wagen und zog

den Schlüssel ab. Das ging nicht ganz einfach, denn er hatte seinen Schlagstock ebenfalls gezogen.

Ich musste zusehen, wie sie den Kofferraum öffneten. Sie fanden nur einen platten Ersatzreifen, den ich immer hatte reparieren wollen, und einen Werkzeugkasten voller Werkzeug. Der schwarzhaarige Cop schlug den Kofferraumdeckel zu.

»An den Baustellen hier draußen hat es Diebstähle und Vandalismus gegeben«, sagte sein Partner. »Wir behalten die Sache nur ein bisschen im Auge.«

Ich nahm mir vor, Jewelle zu fragen, was hier wirklich los war.

Als ich bei Isolda Moores Haus angekommen war, parkte ich wegen der Cops ein ganzes Stück weiter unten. Ich war wütend auf mich selbst, weil ich nicht aufgepasst hatte. Wenn ich wieder auf der Straße arbeiten wollte, musste ich schon besser vorbereitet sein.

Alvas Cousine wohnte in der Harcourt Avenue, nicht weit vom Rimpau Boulevard, in einem der Phantasiehäuser der Arbeiterklasse von L. A., pulverblau, klein und überall rund. Es gab praktisch keine gerade Linie an dem Haus. Die Dachtraufe war wellenförmig geschnitten. Sogar die Fensterrahmen waren unregelmäßig und nirgends geradlinig. Die Haustür war von hüfthohen Türmchen aus weißem Stuck flankiert.

Ich stieß das weiß gestrichene Tor auf und fragte mich, ob Isolda wohl so schön sein würde wie ihre Cousine. Vielleicht würde Brawly an ihrem Küchentisch sitzen, Rippchen essen und über irgendeinen Streit, den er mit Alva oder John gehabt hatte, Dampf ablassen.

Stattdessen stolperte ich über einen Toten, der in der Tür lag, halb drinnen, halb draußen.

Der Mann war dick, vor allem in der Leibesmitte. Er war schwarz und trug eine blaue Arbeitshose und ein blaues Arbeitshemd, das ihm fast ganz vom Rücken gerissen worden war. Sein Hinterkopf war eingeschlagen, und auch auf dem Rücken waren tiefe, blutige Wunden, die der Knüppel hinterlassen hatte. Er sah aus wie der Kadaver eines gestrandeten Seelöwen, den die Flut zurückgelassen hat.

Dutzende Kolonnen von winzigen Ameisen marschierten auf der Leiche herum, hin und her. Wenn man ihnen genug Zeit ließe, würden sie sie wahrscheinlich verzehren.

Die Post des Tages ragte unter seinem Bauch hervor.

Die Gesellschaft der Toten stört mich nicht weiter, nicht nach den Frontlinien des Zweiten Weltkrieges. Ich hatte den Tod in allen Farben und Geschlechtern gesehen, in allen Größen und Stadien der Verwesung. Deshalb konnte ich über dieses verschüttete Leben hinwegsteigen und Isoldas pulverblaues, ozeanisches Haus betreten.

Kampf und Flucht hatten ihre unübersehbaren Spuren hinterlassen: umgestürzte Möbel, blutige Hand- und Fußabdrücke an den Wänden und auf dem Boden. Es war ein einfaches Haus mit Holzböden und wenig Möbeln. Die Wände waren weiß, die Einrichtung großenteils in einem hässlichen Violett. Der Sessel und das Sofa waren umgekippt. In der sonnigen Küche war ein Schrank von der Wand gerissen worden, und Porzellan und Gläser lagen zerschlagen auf dem Boden. Ein Blutklecks war in der fließenden Bewegung von der Abtropfplatte ins Spülbecken erstarrt.

Ich verfolgte den Kampf von der Küche, wo er begonnen hatte, ins Wohnzimmer, und von dort zurück zur Haustür, wo der dicke Mann den Wettlauf mit dem Tod verloren hatte.

In der Ecke der kleinen Terrasse vor dem Haus sah ich die Waffe. Es war ein Steakhammer. Ein Hammer aus Edelstahl, dessen Kopf ein Würfel von etwa zehn Zentimetern Kantenlänge mit scharfkantig gezackten Flächen war, mit denen man zähes Fleisch zart klopfen konnte. Der Hammer war glitschig von dunklem Schleim.

Ich ging zurück ins Haus und in das Schlafzimmer der Frau. Hier waren die vorherrschenden Farben Weiß und Rosa. Das säuberlich gemachte Bett war mit einer Satintagesdecke überzogen, und am Kopfende stapelten sich kleine Steppkissen. Der Raum war so unschuldsvoll, dass er im Vergleich mit dem Chaos in den anderen Teilen des Hauses regelrecht gespenstisch wirkte.

An Isoldas Kommodenspiegel waren vier Bilder mit Klebstreifen befestigt. Eins zeigte einen stämmigen Mann – vielleicht den Toten, aber das konnte ich nicht sagen, ohne ihn umzudrehen. Auf den nächsten beiden war Brawly, einmal als Teenager und dann als Erwachsener. Auf dem letzten Foto sah ich eine gut aussehende Frau von Ende dreißig im Badeanzug; sie lachte Brawly an, der sich das Wasser aus den Augen rieb. Das Bild war in der Nähe des Santa Monica Pier aufgenommen worden.

In einer Schublade fand ich einen rot-schwarzen Umschlag mit Fotos. Auf den meisten posierte die Frau im Bikini. Sie sah ziemlich einladend aus. Das Komische war, dass die Bilder drinnen gemacht worden waren, in einem Zimmer, das ich in diesem Haus nicht gesehen hatte. Auf einem lag sie auf dem Bett, die Beine gespreizt, den Rücken durchgebogen. Ihr strahlendes Lächeln hätte einen achtzigjährigen Mann noch einmal zum Vater machen können.

Während ich noch die Fotos anstarrte, wurde irgendwo eine Autotür zugeschlagen. Zuerst war es nur ein fernes Geräusch, das mir nichts sagte. Dann dachte ich aus irgendeinem Grund an die Schwarzweißfotos, die ich einmal in einem Buch über das alte Rom gesehen hatte. Ich fragte mich, wieso ich ausgerechnet jetzt ans Colosseum dachte. Dann fielen mir die Cops ein. Ich lief nach vorn und spähte zwischen den violetten Vorhängen hindurch nach draußen.

Als ich die vier Polizisten sah, war ich für einen Moment platt. Die Tatsache, dass man zwei Streifenwagen geschickt hatte, bedeutete, dass jemand die Leiche gesehen und angerufen hatte. Ich verspürte dieses hilflose Gib's-auf-Gefühl, das mich manchmal überkommt.

Aber es ging schnell vorbei.

Weglaufen war eine Schnapsidee, aber ich machte mich tatkräftig an ihre Verwirklichung. Ich steckte die Bilder ein und lief in die Küche und zur Hintertür. Ich benutzte meinen Hemdzipfel als Handschuh, um den Türknauf zu drehen. Beim Hinauslaufen hörte ich eine Männerstimme: »Vorsicht, Drake. Mann am Boden.«

Geduckt rannte ich durch den kahlen Garten zum Zaun. Über diese Hürde und durch die Einfahrt des angrenzenden Grundstücks gelangte ich in die nächste Straße. In dieser Gegend waren die meisten Leute, Männer und Frauen, tagsüber arbeiten; deshalb machte ich mir keine allzu großen Sorgen, dass man mich sehen könnte. Ich warf die Fotos in eine Mülltonne, die zur wöchentlichen Leerung bereitstand – nur für den Fall, dass die Cops mich anhalten sollten.

Jetzt hatte ich nur noch ein Problem: Ich musste zu meinem Auto, ohne dass man mich bemerkte. In jeder anderen Stadt wäre das ein Kinderspiel gewesen. Aber nicht in L. A.

Ich ging außen herum und bog zwei Blocks weiter in die Henry Street. Als ich wieder bei Isoldas Block ankam, parkten vier Streifenwagen vor dem Haus. Ein fünfter fuhr an mir vorbei. Sie bremsten, um mich zu beobachten. Ich drehte mich um und schaute sie an, ohne stehen zu bleiben.

Vermutlich war die Aussicht auf echte Action zu verlockend für sie. Ein toter Mann in der Haustür war damals noch eine Neuigkeit.

Beim vierten Versuch brachte ich den Schlüssel ins Zündschloss, und dann fuhr ich unter sorgfältiger Einhaltung der Höchstgeschwindigkeit an dem pulverblauen Traum vorbei. Die Polizisten in ihren dunklen Uniformen erinnerten mich an die Ameisen, die über die Leiche zu ihren Füßen wimmelten.

SECHS

Von dem Augenblick an, als ich Johns Stimme hörte, hatte ich Ärger erwartet. Ich hatte mich sogar drauf gefreut. Aber der Tote hatte mich ein bisschen ernüchtert. So tief wollte ich in den Schmerz eines anderen nicht eindringen. Ich wollte mich auch nicht benutzen lassen. Aber ich bezweifelte, dass John und Alva mich anlügen würden – jedenfalls nicht, wenn es um Mord ging.

Ich beschloss, sie erst anzurufen, wenn ich Brawly wenigstens gesehen hätte. Nicht auszudenken, wohin ihre Phantasie mit ihr durchgehen würde, wenn ich Alva erzählte, dass ich anstelle ihres Sohnes einen Toten gefunden hatte. Ich würde also zum Hauptquartier der Urban Revolutionary Party fahren und hoffen, dass ich den jungen Mann wenigstens zu Gesicht bekäme.

Aber zuerst kam das Essen. Seit Jesus' Pfannkuchen hatte ich nichts mehr zu mir genommen, und Angst machte mir immer Appetit.

Das Hambones war ein Lokal mit traditioneller schwarzer Südstaatenküche an der Hooper Avenue, nicht weit von dort, wo die »Ersten Menschen« ihre Ladenadresse hatten. Ich war seit einer Weile nicht mehr da gewesen, weil die Klientel ziemlich rüde war und ich die letzten Jahre (mit einem einzigen größeren Ausrutscher) damit zugebracht hatte, zu bestreiten, dass ich jemals solchen Umgang gepflegt hatte.

Sam Houston, ein stolzer schwarzer Sohn des Staates Texas, war der Eigentümer. Es war ein lang gestreckter Raum mit Tischen an den Wänden und einer Küche dahinter. Wer im Hambones essen wollte, musste neben seinem Schätzchen sitzen und den Mann gegenüber anschauen.

Sam stand an seinem hüfthohen Tresen im hinteren Teil. Die Küche hinter ihm war voll von seinen Verwandten, ihren Ehepartnern und Freunden.

»Sam«, grüßte ich und ging auf ihn zu.

»Ich wusste, dass sie ihn greifen würden, Easy«, brüllte er. Sams Sprechstimme war ein Gebrüll für jeden normalen Mann.

»Wen greifen?«

»Den Stern von Indien«, sagte er selbstzufrieden und voller Genugtuung. »Mitten aus'm Museum of National History oben in New York City. Ich wusste es.«

Inzwischen war ich an der Theke angekommen. Seine lautstarke Bekanntmachung irritierte mich.

»Was wusstest du?«

»Ich wusste, dass sie so was klauen müssen. Du kannst keinen Millionen-Dollar-Edelstein rumliegen und von jedem alten Motherfucker begaffen lassen. Ich hab's hier im *Examiner* gelesen.« Sam deutete auf einen zerknautschten Zeitungsstapel, der vor ihm auf dem Tresen lag.

»Wovon zum Teufel redest du, Sam?« Ich hatte den Mann seit mindestens zwei Jahren nicht gesehen, aber schon die ersten Worte, die aus seinem Mund kamen, machten mich sauer. »So viel Scheiß in den Nachrichten, und du zerbrichst dir den Kopf über ein gottverdammtes Stückchen Glas?«

»Geht ums Geld, Mann. Musst dich ans Geld halten. Ich hab Mitleid mit diesen Bürgerrechtlern, aber sie sind tot. Und Weiße haben sie umgebracht? Die werden einen weißen Richter zum Tee und ihre Mama zum Abendessen sehen.«

»Wie zum Teufel kommst du darauf?«

»Ich weiß, was ich weiß, Easy. Ich weiß, was ich weiß.«

»Mann, du weißt einen Scheißdreck.«

Der große Mann legte den Kopf schief und grinste mich an, als wollte er sagen: *Erwischt.*

Sam Houston hatte mich immer schon wütend gemacht. Es lag an der Art, wie er alles, was er sah, hörte oder las, einfach nahm und so aussehen ließ, als wäre er ein Experte. Wenn man zu ihm kam und erzählte, dass man eine neue Hohlblockmauer hoch gezogen hatte, dann hielt er einem Vorträge darüber, wie man ein Fundament legte und was für eine Drainage man dafür brauchte. Er hatte nie einen Finger gerührt, aber jetzt würde er einem erzählen, was man alles falsch gemacht hat.

Und viel zu oft hatte er Recht.

Sam war groß, das hab ich schon gesagt, aber dazu kam, dass er einen extrem langen Hals hatte. Seine Haut sah aus wie mittelbraunes Leder mit grauen Akzenten, und er hatte große Kulleraugen, die er dramatisch rollte, ganz gleich, was er gerade sagte oder – seltener – sich sagen ließ.

»Ich sag's dir, Easy. Du brauchst bloß diese Zeitung zu lesen, und du kapierst alles.«

»Ach ja? Wie das?«

»Hast du 'n Wagen?«

»M-hm.«

»Baujahr?«

»Achtundfünfziger Pontiac«, sagte ich.

»Das heißt, wenn du ihn über fünfzig hochjagst, fängt er an zu klappern, stimmt's?«

Woher wusste er das?

»Also«, fuhr Sam fort. »Craig Breedlove hat mit seinem Wagen die fünfhundert Meilen pro Stunde überschritten, auf dem Salzsee. Du fängst bei fünfzig an zu flattern, und er liegt bei fünfhundert noch fett auf der Straße. Da siehst du, wo du stehst. Der weiße Mann hat Autos, die fünfzig Jahre weit in die Zukunft gehören, und du bist kaum aus dem finsteren Mittelalter raus.«

Ich nickte. Ich hätte ihn fragen können, was für einen Wagen er denn fuhr. Ich hätte ihn fragen können, wie schnell er war. Ich hätte ihm seinen langen Hals brechen können. Aber stattdessen nickte ich und bekam das erste der beiden Dinge, die ich im Hambones haben wollte.

Sam drehte sich um und rief: »Clarissa! Bring ein paar von den geschmorten Rippchen für Easy!«

»Okay«, sagte eine junge Frau in pinkfarbenen Shorts und einer pinkfarbenen Bluse. Mit einem grünen Band hatte sie sich die geglätteten Haare zurückgebunden.

»So, Easy«, sagte Sam. »Was führt dich her?«

Sam ließ nicht viele Leute an seiner Theke essen. Man kam hin und bestellte sich was, um es am Platz zu essen oder mitzunehmen. Aber er wollte nicht, dass man herumlungerte und ihm die Sicht versperrte. Die Meisten, die versuchten, ein Gespräch mit ihm anzufangen, mussten sich sagen lassen: »Setz deinen Arsch an den Tisch, Mann. Ich hab keine Zeit rumzualbern. Das hier ist ein Geschäft.«

Die Tatsache, dass er die meisten seiner Gäste niederstarren und niederbrüllen konnte, sagte schon eine Menge. Denn die Leute, die im Hambones verkehrten, ließen sich nicht herumschubsen.

Bevor ich Sams Frage beantwortete, ließ ich meinen Blick durch das Lokal wandern. Drei Männer und vier Frauen waren da; jeder der Männer hatte seine Freundin dabei, und eine der Freundinnen hatte eine Freundin mitgebracht. Die Extra-Frau hatte ein rotes Kleid an, das ihr gepasst haben musste, als sie eine Nummer dünner gewesen war. Aber ich fand, dass es jetzt wahrscheinlich trotzdem besser aussah, wie es sich so um ihre weiblichen Formen spannte. Sie schaute mich an, und wieder spürte ich dieses Fieber. Aber ihr Blick berührte mich nicht. Ich brauchte nicht mehr Liebe, als Bonnie Shay mir geben konnte.

Von den Männern kannte ich keinen, aber ihre Gewalttätigkeit konnte ich spüren: harte Männer in dunklen Anzügen und weißen Hemden mit schmutzigen Kragen und kleinen Brandlöchern von Zigaretten auf der Brust. Gauner, Mörder und Diebe. Ich habe nie verstanden, weshalb Sam sich mit so viel Gefahr umgab.

»Oh, nichts weiter«, sagte ich auf Sams Frage hin.

»Na, na, Easy. Da musst du dir schon was Besseres einfallen lassen. Ich hab dich seit zwei Jahren nicht gesehen. Odell hat mir erzählt, dass du 'n Job bei der Schulbehörde hast und dass du nach West L. A. gezogen bist und ein Haus gekauft hast. Du musst schon was brauchen, wenn du so viele Grenzen überschreitest und hierher zu mir kommst.«

»Bitte«, sagte das pinkfarbene Mädchen und stellte mir einen Riesenteller Rippchen hin.

»Was ist los mit dir, Mädchen?«, fragte Sam erbost.

»Wieso?«, maulte Clarissa.

»Bring ihm ein bisschen Gemüse und Mais. Er ist kein Tier, das hier bloß Fleisch verschlingt. Er braucht 'ne ausgewogene Mahlzeit.« Sam schüttelte enttäuscht den Kopf, und seine Kellnerin zog einen Schmollmund. »Willst du Kohl oder Rübengrün, Easy?«, fragte Sam mich.

»Kohl.«

»Yeah, Mann, ich auch. Weißt du, das Rübengrün ist bitter.« Das letzte Wort sang er, um seinen Abscheu zu betonen. Sam Houston war Texaner bis hinunter zu den Socken.

»Kennst du einen jungen Mann namens Brawly Brown?«, fragte ich, als Clarissa sich verdrückt hatte, um mir mein Gemüse zu holen.

Sam holte eine Flasche Tabasco unter dem Tresen hervor. Ich schraubte sie auf und besprenkelte mein dunkles Fleisch und die Sauce damit.

»Bad Boy Brawly Brown.« Sam seufzte. »Mm, mm, mm. Der Junge bedeutet Ärger, und er weiß es nicht mal.«

»Also kennst du ihn?«

»O ja. Der Junge hat Groll im Herzen, Hummeln in der Hose, Augen, die doppelt so groß sind wie sein Bauch, und sein Herz trieft ihm nur so von der Zunge. Wenn es von etwas zu viel gibt, dann bei Brawly.«

»Dann ist er wie ein großes Kind?«, fragte ich in ehrfürchtigem Ton.

»Er ist einfach zu viel von allem, Easy. Einmal kam er hier rein und erzählte, er meldet sich jetzt zum Militär und wird Fallschirmjäger, irgendwo in Asien. Will ein bisschen gutes Geld verdienen und dann als Ex-GI zum College gehen. Am nächsten Tag ging er in der falschen Richtung die Straße runter, und jetzt ist er 'n Revoluzzer. Will mir erzählen, dass ich ein Sklave bin, der für seinen weißen Herrn arbeitet. Kannst du dir das vorstellen? So 'n Milchbubi kommt hier rein, isst mein Essen und beleidigt mich.«

Clarissa brachte mir einen großen Teller Gemüse mit gepökelten Schweinefleischstückchen. Der Kohl verströmte einen scharfen Gemüsegeruch mit einem Hauch Essig.

»Nein, das kapier ich nicht, Sam. Das hier ist das beste gottverdammte Essen, das ich seit langer Zeit gegessen hab. Seit langer Zeit.« Und das war nicht gelogen. Wenn einer Soul Food richtig macht, ist es Nahrung für den Geist. Und bei diesen Rippchen mit Gemüse schwang mein Geist sich in ungeahnte Höhen empor.

»Okay, Easy. Du hast umsonst gegessen, und ich hab dir deine Fragen beantwortet. Weswegen bist du hier?«

»Brawlys Mom will ihn sehen. Sie hat sich an mich gewandt, und jetzt komme ich zu dir.« Ich sah nicht, aus welchem Grund ich Sam hätte belügen sollen.

»Du weißt also von den ›Ersten Menschen‹?«, fragte er.

Ich nickte, denn mein Mund war mit Kauen beschäftigt.

»Ich hab nicht viel übrig für diesen kommunistischen Bürgerwehr-Blödsinn«, sagte Sam. »Wenn die hier reinkommen und es auf mich abgesehen haben, hab ich 'ne Schrotflinte, mit der ich sie wegpuste.«

»Aber warum sollten sie es auf dich abgesehen haben, Sam? Ich dachte, es sind die Weißen, die sie nicht ausstehen können.«

»Die sind wie alle anderen Ignoranten hier unten, Ease. Sie hassen die Farbigen mehr als die Weißen. Sie sehen einen schwarzen Cop oder Schuldirektor und behaupten, der Mann ist ein Verräter an seiner Rasse und verdient den Tod. Sie gehen rum und sammeln Spenden, und manche Leute hier draußen haben genug Angst, um was auszuspucken. Aber sie kommen nur zu Schwarzen, weißt du.«

»Schutzgeld?« Ich war überrascht.

»Eigentlich nicht. Ich hab nein gesagt, und sie haben bloß gemault. Aber sie sind am Rand des organisierten Verbrechens, weißt du. Am Rand.«

»Wie meinst du das?«

»Einer oder zwei kommen hier rein«, sagte Sam. »Manchmal ist Brawly dabei, manchmal nicht. An der Art, wie sie die Köpfe zusammenstecken und tuscheln, sehe ich, dass sie was planen. Und zwar keine Lunchprogramme für Kinder, wie sie behaupten. Nein. Was die planen, läuft im Dunkel der Nacht.«

»Aha.«

Ich hatte für eine Weile genug gegessen und geredet. Ich wollte über das alles nachdenken, und Sam war nicht der Mann, der einen in Ruhe ließ.

»Danke, Mr. Houston«, sagte ich und richtete mich auf. Ich sah Clarissa hinten, hinter Sam. Sie schaute mich an.

»Die haben jeden Abend gegen sechs 'ne Versammlung«, sagte Sam.

»Was?«

»Die ›Ersten Menschen‹. Die halten ungefähr jeden Abend Vorträge.«

»Hm.« Ich sah zu Clarissa hinüber, und sie senkte den Blick und tat, als hätte sie was zu tun. »Danke für deine Hilfe, Mann.«

SIEBEN

Ich beschloss, zum Haus der »Ersten Menschen« zu gehen und mir anzusehen, was sie da trieben. Sam hatte seine Ansichten, und ich war mir sicher, dass er mir die Wahrheit gesagt hatte, wie er sie sah, aber die Wahrheit – wie mein Onkel Roger immer sagte – ist bloß die Erklärung eines Mannes für das, was er zu verstehen glaubt.

Die Urban Revolutionary Party war flankiert von einem Beauty-Salon und einem Ramschladen. Ein breites Fenster füllte die Fassade aus, aber es war mit einem großen schwarzen Vorhang verschlossen. In der Mitte des Vorhangs war ein gelber Kreis, in den die Silhouette eines Buches und eines Speers hineingestickt war. Die Eingangstür war abgeschlossen, und drinnen rührte sich nichts. Also fuhr ich zur Tunney-Tankstelle ein paar Straßen weiter, um zu tanken. Während sie meine Fenster putzten und einen halben Liter Öl nachfüllten, ging ich zu ihrem Münztelefon.

»Hallo?«, meldete sich ein dünnes Stimmchen.

»Hallo, Feather.«

»Hi, Daddy. Wo bist du?«

»Bei John in der Nähe, Baby. Ich hab noch eine Verabredung, und wahrscheinlich komme ich erst nach Hause, wenn du schon im Bett bist.«

Ihr flehentlicher Ton klang so schmerzlich, dass ich drauf und dran war, Brawly zu vergessen und nach Hause zu fahren.

»Ich komm noch rein und geb dir einen Kuss, wenn ich zu Hause bin, Baby. Mach dir keine Sorgen.«

»Kann ich Hamburger kriegen?«

»Na klar. Sag's Juice.«

»Okay«, sagte sie und verzieh mir alle meine Mängel und Fehler.

»Ist Bonnie schon zum Flughafen gefahren?«, fragte ich.

»Ja.«

»Gut. Ich hab dich lieb, Honey.«

»Ich dich auch, Daddy.«

»Bye.«

Sie legte auf, und der Verlust, den ich plötzlich empfand, reichte bis in meine Kindheit.

Ich verschwendete meine Zeit nicht damit, zu warten, bis die »Ersten Menschen« in die Gänge kamen, sondern ging in einen kleinen Imbiss an der San Pedro und lernte für die Bauführerprüfung. Das war für mich die nächste Sprosse auf der Leiter. Das Lernen gab mir das Gefühl, ich hätte noch einen Fuß in der Arbeitswelt, der ich um Feathers willen angehören musste. Für sie war es nötig, dass jeder Tag war wie der Tag zuvor und dass sie etwas sagen konnte, wenn ihre Freundinnen und Lehrer sie fragten, was ihr Daddy von Beruf sei. Zu einem solchen Mann wurde ich für zwei Stunden, während ich darauf wartete, dass die Nacht anfing.

Irgendwann während meiner dritten Tasse Kaffee dachte ich an den Toten. An diesen Haufen Haut und Knochen, der quer über der Schwelle von Isolda Moores Haus gelegen hatte. Seine Form kam mir plötzlich in den Sinn, und ich hielt sie dort fest und schaute sie an und fragte mich, ob ich mir etwas dabei denken sollte.

Ich fühlte nichts. Weder Anteilnahme für meinen Mitmenschen noch Sorge um meine eigene Sicherheit. Ich hatte ihn nicht umgebracht, und ich bezweifelte, dass irgendjemand mich gesehen hatte, also war es, als wäre ich nie da gewesen.

Die Glastür bei den Urban Revolutionaries stand offen, und drinnen wimmelten Leute umher. Die Sonne war untergegangen, aber Nacht war es noch nicht.

Im Versammlungsraum roch es ein bisschen nach Lack. Nackte Leuchtstoffröhren strahlten grell unter der Decke. Der Boden war aus Kiefernholz, und die Wände waren mit billigen Gipsplatten verkleidet. An der hinteren Wand stand ein eiserner Notenständer. Die dreißig Klappstühle mit ihren Sitzflächen aus verstärkter Pappe waren zur Hälfte besetzt, aber die meisten der gut vierzig Anwesenden waren zu aufgeregt, um zu sitzen.

Die jungen schwarzen Männer und Frauen trugen dunkle Kleidung, redeten und hörten zu, posierten und schauten sich um. Für jemanden, der das barsche Kläffen aus der Seele des amerikanischen Negers nicht kannte, hätten ihre Stimmen zornig geklungen. Aber diese Männer und Frauen waren weit über jeden Zorn hinaus. Was sie zum Ausdruck brachten, war eine Sehnsucht nach Liebe und Rache und etwas, das nicht existierte – und nie existiert hatte. Darum waren sie hier: Aus dem Schweineohr namens Amerika wollten sie die Seidenbörse der Freiheit machen. Sie glaubten an den Geist der Verfassung, nicht an die Weisungen der Ladenkasse.

Wenn ich lange genug geblieben wäre, hätte ich vielleicht auch daran glauben können.

»Bist du ein Cop?«, fragte jemand. Ich brauchte einen Augenblick, um zu begreifen, dass er mit mir redete.

Es war ein dünner, korkbrauner Mann. Er trug eine Brille mit Drahtgestell und ein schwarzes Rollkragen-Shirt, das am Oberkörper kaum umfangreicher war als in den extralangen Ärmeln.

Ich hätte fast gelacht. »Was?«

»Ich hab gefragt, ob du ein Cop bist.«

»Nein.« Ich sah mich im Raum um und stellte fest, dass ein paar Gesichter mir zugewandt waren.

»Das ist schon okay«, sagte der bebrillte Junge.

»Was ist okay?«

»Es ist okay, wenn du ein Cop bist«, erläuterte er. »Jeder Bruder, der eine Gehirnwäsche hinter sich hat, ist uns willkommen. Was du hier heute Abend finden wirst, ist die Wahrheit. Wenn du Bomben und Kanonen suchst, bist du am falschen Ort. Was du finden wirst, sind die wahren Waffen der Revolution: Bildung und Liebe. Das ist die Revolution des Geistes.« Er deutete mit dem Finger auf seinen eigenen Schädel, und die Geste ließ mich an Selbstmord denken.

Er war kein bisschen gut aussehend, aber irgendein Mädchen würde sich in seine Augen verlieben. Und er war sich seiner eigenen Ideen absolut sicher und in sie verliebt.

»Ich bin kein Cop, Bruder. Ich hab unten im Hambones von diesem Laden gehört. Sie haben gesagt, ihr redet hier 'ne Menge Zeug, und ich dachte, ich komm mal rüber und hör's mir an.« Meine Diktion und Grammatik glitten in die Form, die Junior hören sollte.

Er nickte und schüttelte mir die Hand.

»Dann sei willkommen«, sagte er. Sein Lächeln war uneben, aber blitzend wie eine alte, gut gepflegte Klinge. »Mein Name ist Xavier« – er sprach es wie *ex*-avier aus – »Bodan. Ich bin der Parteivorsitzende.«

Dann ließ er mich stehen und begrüßte seine Parteifreunde, während er langsam in den vorderen Teil des Raumes wanderte. Sein Gang hatte eine Beschwingtheit, die seine Jugend betonte.

Ich fragte mich, ob er irgendwo eine Mutter hatte, die ihn suchte.

»Wie heißt du, Mann?«, fragte jemand.

Dieser hier war ein bisschen größer und dunkler, aber fast genauso gekleidet.

»Rawlins.«

»Was suchst du hier?«

»Will mich das jetzt jeder hier fragen?« Ich klang unfreundlich genug, um mich klar auszudrücken. »Weil ich mich nämlich sonst gleich da an den Notenständer stellen und eine öffentliche Bekanntmachung abgeben kann.«

Der Typ war ungefähr dreißig, und sein kugelrunder Kopf und Bauch waren in Form und Größe ungefähr gleich. Er grinste höhnisch und kaute auf einem dicken Klumpen Kaugummi. Ich glaube, er wollte mir Angst machen, aber er kannte nichts außer Kirche und Familie und Clubs wie der Urban Party. An der Art, wie er seinen Mut zusammennahm, sah ich, dass er damit rechnete, Unterstützung zu bekommen.

»Rawlins, sagst du?« Noch einer erschien hinter dem Gummikauer.

Seine Haut war goldbraun, aber alles andere an ihm sagte: weißer Mann. Groß und breitschultrig, ein kantiges, vorspringendes Kinn. Seine Nase war schmal, und das Einzige, was ich über die Farbe seiner Augen sagen konnte, war: *nicht richtig braun*. In seinem welligen Haar war kein Öl. Trotzdem war er ein Schwarzer, jedenfalls nach amerikanischen Maßstäben.

»Yeah«, sagte ich.

»Das hier ist keine Party«, ließ mich der weiß aussehende Schwarze wissen.

»Ist das 'ne Aufforderung zu verschwinden?«

»Lass ihn in Ruhe, Conrad«, sagte eine Frau. Sie trug ein schwarzes Baumwollkleid, das zehn Jahre zuvor als Slip hätte durchgehen können.

»Sieh ihn doch an, Tina«, maulte der Filmstar.

»Das tu ich«, sagte Tina. »Und was ich sehe, ist ein Bruder.«

Inzwischen guckte mich der halbe Raum an. Nicht ganz die Art, wie ich gern meine Geschäfte mache.

Conrad musterte mich von oben bis unten, rümpfte die weiße Nase und verzog verächtlich die weißen Lippen. Aber schließlich zuckte er die Achseln und wandte sich ab. Die Leute fingen wieder an, sich zu unterhalten, und warfen mir nur noch kurze, neugierige Blicke zu.

»Hi«, sagte die junge Frau, die Tina hieß.

»Okay«, sagte ich.

»Alle haben Angst, die Polizei könnte einen schwarzen Spitzel schicken, um uns hochzunehmen.«

»Zu Recht.«

Tina war plötzlich wachsam. Ich wollte nicht, dass sie schlecht über mich dachte. Hübsch war sie nur wegen ihrer Jugend, aber das Kleid sah gut an ihr aus, und sie hatte sich soeben zwischen mich und einen ganzen Raum voll potenziell gewalttätiger Männer und Frauen gestellt.

»Ich rede nicht von mir«, sagte ich. »Ich sage nur, dass die Cops hier unten mit schwarzen Spitzeln arbeiten. Nur so können sie rausfinden, was läuft.«

Tina hatte ihre Fassung noch nicht vollständig wieder gefunden. Sie legte sich die Hände auf die Schultern.

»Ich bin kein Cop«, sagte ich. »Ich wollte nur mal einen Blick hier reinwerfen und hören, was ihr so zu sagen habt.«

Über Tinas Kopf hinweg sah ich Clarissa, die Kellnerin aus dem Hambones, in rosa Top und Shorts hereinkommen. Hinter ihr kam ein fleischiger brauner Mann, der einmal der Junge auf dem Foto in meiner Tasche gewesen war. Sie waren auf der anderen Seite des Raumes. Bevor ich mich entscheiden konnte, ob ich zu ihnen hinübergehen wollte oder nicht, drehten sich alle zu dem Notenständer um. Ein paar Leute klatschten.

Xavier Bodan hatte seinen Platz auf dem behelfsmäßigen Podium eingenommen. Hinter ihm stand ein großer, würdevoll aussehender Mann mit fast glatten, überwiegend grauen Haaren, die er zurückgekämmt hatte wie eine gepflegte Löwenmähne.

»Zeit zum Anfangen«, sang Xavier. »Zeit zum Anfangen. Dies ist die zweihundertdreiunddreißigste Versammlung der Urban Revolutionary Party. Für die Neuen unter euch: Ich bin Xavier Bodan, Sekretär des Exekutivausschusses, und ich glaube vorbehaltlos an den schwarzen Mann und seinen Kampf gegen den Sklavenhalter und seine Hunde.«

Jetzt gab es Applaus.

»Die Frau kämpft genauso, Xavier«, rief eine Stimme.

Der junge Mann grinste und zog den Kopf ein, und das Licht blitzte auf den flachen Gläsern seiner Brille. »Du hast Recht, Schwester Em«, sagte er. »Ohne die Schwestern sind wir nichts.«

Ich warf einen Blick auf Brawly. Er schaute sich stirnrunzelnd um und gab sich wie ein Bodyguard oder ein Wachtmeister.

»Nach dieser Versammlung wird eine Sitzung des Exekutivausschusses stattfinden. Das sind Tina, Conrad, Belton und Swan. Wir sehen uns nachher. Es gibt Verschiedenes zu besprechen – Mittelbeschaffung, unser Bildungsprogramm –, aber ich möchte heute Abend keine zusätzliche Zeit mit Diskussionen und Planungen verbringen. Wir alle wissen, warum wir hier sind: um die Botschaft zu verbreiten und den Kindern zu essen zu geben, um aufrecht zu stehen und einander zu lieben.«

»Sag's uns!« Jemand glaubte, wir wären in der Kirche.

»Heute Abend«, fuhr er fort, »habe ich die Ehre, einen Löwen vorzustellen, einen Meister. Dies ist einer der Männer, die es möglich gemacht haben, dass eine Organisation wie die ›Ersten Menschen‹ entstehen konnte. Er ist unser Beschützer und unser Gewissen. Er hat sich für uns schlagen lassen, bevor viele von uns auf der Welt waren. Er hat in den Käfigen des weißen Mannes geschwitzt, während wir Dreirad gefahren sind und Hüpfen gespielt haben. Er ist unser Leuchtturm …« Das Publikum fing an, ein Geräusch zu machen. Es klang wie ein erwartungsvolles Plappern, eigentlich keine Worte, sondern reine Emotionen, die sich zu Lauten formten. »Er ist 1955 in Selma marschiert« – die Lautstärke des Publikums stieg ein wenig an – »er ist Schulter an Schulter mit Martin Luther King marschiert« – in dem Gemurmel wurden die ersten Lobesworte erkennbar – »er ist das, was wir einmal waren und was wir werden wollen« – jetzt setzte Beifall ein, leise erst, als sei es so geprobt – »er ist Henry Strong.«

Xavier trat beiseite und überließ Strong das Podium.

»Henry Strong«, sagte er noch einmal.

Der Beifall wurde donnernd. Sie schrien und pfiffen. Sie sangen den Namen des älteren Mannes. Sie jubelten, bis er lächelte und die Hände hob. Ich rechnete damit, dass der Führer seine Anerkennung für den Respekt äußern würde, den ihm die Menge und ihr Sprachrohr entgegenbrachten, aber er kannte sein Publikum besser als ich.

»Ich war ein Garvey-Jünger«, verkündete er.

Der Applaus wurde noch stärker.

»Ich war bei den Ersten der ›Ersten Menschen‹.«

»Das sind die Worte!«, rief einer.

»Ich habe die rote Sonne von Dahomey gesehen und im afrikanischen Meer gebadet.«

»Sag's uns!«

»Ich …« Strong legte eine wirkungsvolle Pause ein. »Ich habe den süßen Nektar der Heimat gekostet, und ich bin hier, um euch zu sagen, dass wir Saat sind von den süßesten Blumen der Welt.«

»Achtung!«, schrie jemand. Ich glaube, es war Brawly Brown, denn als ich hinschaute, sah ich, dass er durch die Menge auf eine Tür im hinteren Teil zupflügte, über der »EXIT« stand.

Im selben Augenblick flog die Glastür auf. Die Scheibe zerbrach, aber das hörte ich nicht, weil gleichzeitig auch die große Schaufensterscheibe eingeschlagen wurde. Knüppelschwingende Polizisten mit Schutzhelmen drängten sich herein.

Es müssen an die dreißig Mann gewesen sein.

Die versammelten Leute stutzten einen Moment lang und drehten sich um; sie wussten nicht, was los war.

Ich packte Tina und stürmte wie ein Stier zum Hinterausgang. Als ich die Tür erreicht hatte, gingen die ersten Schläge nieder. Blut floss, und ich wusste, dass es an diesem Abend für Xavier ein paar Ketten mehr zu zerreißen geben würde.

ACHT

»Komm schon, Tina! Schnell!«, schrie Conrad, der Filmstar.

Er saß am Steuer eines limonengrünen 62er Cadillac. Neben ihm war Xavier, und auf dem Rücksitz kauerte Henry Strong hinter der Fensterscheibe. Hinter uns wurde geschrien; ich hörte den Lärm eines Handgemenges und ab und zu dumpfe Schläge und Grunzen.

Ich schob Tina zum Wagen.

»Nicht du!«, schrie Conrad.

»Er hat mich da rausgebracht«, zischte Tina.

Ich drängte einfach weiter, bis ich auf dem Rücksitz saß, und trotz seines unerwünschten Fahrgasts jagte Conrad den Wagen durch die Gasse zwischen zwei Häusern. Er streifte zwei Holzzäune und fuhr eine ganze Mülltonnenfamilie über den Haufen. Schon an seiner Fahrerei erkannte ich, dass Conrad es auf der militärischen Seite der Revolution nie zu etwas bringen würde; hoffentlich sahen Xavier und Strong das auch.

Conrad fuhr durch Nebenstraßen. Er bog so oft um die Ecke, dass ich das Gefühl hatte, im Kreis zu fahren, aber irgendwann kam er auf die Central Avenue, und wir rollten gemächlich in Richtung Florence.

Lange Zeit sagte niemand etwas.

Die jungen Leute waren fertig. Vielleicht hatten sie zum ersten Mal zu schmecken bekommen, was die Welt von ihrem Idealismus und ihrer Wahrheit hielt.

Strong hatte schlicht Angst. Seine Augen waren immer noch schreckgeweitet, und seine Fäuste umklammerten den Saum von Tinas Kleid. Sie hatte anscheinend nichts dagegen. Sie hatte drei Finger auf den großen Knöchel seiner Rechten gelegt. Eine Menge Zärtlichkeit lag in dieser Geste.

Ich hielt den Mund, denn aus meinen eigenen Worten konnte ich nichts Neues erfahren. Razzien machten mir nichts aus. Ich war in Freudenhäusern, Speakeasys und Zockerwinkeln gewesen, wenn die Polizei eingefallen war. Manchmal hatte ich abhauen können, und manchmal hatte ich einen falschen Namen angegeben. Es war nicht weiter spektakulär, wenn man hochgenommen wurde, weil man schwarz war.

Nach einer Weile hielt Conrad an. Er fummelte kurz vorn in seiner Hose herum, und dann drehte er sich um und richtete eine Pistole auf meinen Kopf.

»Hey, Con, was ist los mit dir?«, rief Xavier.

»Conrad!«, sagte Tina.

»Wer bist du, Mann?«, wollte Conrad wissen.

Ich schaute ihm in die Augen und fragte mich, warum ich keine Angst hatte. Einen Moment lang dachte ich, dass ich vielleicht verrückt geworden war – dass Mouse' Tod mir meinen eigenen Überlebensinstinkt geraubt hatte. Aber dann dachte ich, dass es wahrscheinlich das Adrenalin von der Flucht war, was mich so furchtlos machte.

»Easy«, sagte ich.

»Was?«

»Easy. Easy Rawlins.«

»Stecken Sie die Waffe ein, Conrad«, befahl Strong mit gebieterischer Baritonstimme.

»Wir wissen nicht, wer er ist. Vielleicht hat er uns die Bullen auf den Hals gehetzt.«

»Dazu haben sie ihn nicht gebraucht, Conrad«, sagte Tina. »Wir waren in unserem eigenen Laden.«

»Yeah, Mann«, sagte Xavier klagend. »Sei doch vernünftig.«

»Stecken Sie die Waffe ein«, wiederholte Strong.

Conrad gehorchte schließlich. Mir war es egal. Ich dachte inzwischen an Jesus, der die Schule hinschmeißen wollte. Und plötzlich hatte ich das Gefühl, dass ich den Wunsch meines Sohnes verstehen konnte. Das Leben war zu kurz und zu schön, um es in der Gesellschaft von Trotteln zu verbringen.

»Nun, Mr. Rawlins?«, fragte Strong.

»Ich war auf der Suche nach Brawly Brown. Seine Mutter wollte sich vergewissern, dass er nicht in Schwierigkeiten ist.«

»Was soll das heißen?« Conrad würde nie zufrieden sein, ganz gleich, was ich sagte.

»Das soll heißen, dass sie eine Mutter ist und sich Sorgen um ihren Sohn macht. Nach allem, was sie weiß, gehört er zu einer Bande. Also hab ich ihr versprochen, ihn aufzutreiben und ihn zu bitten, sie anzurufen.«

Manchmal ist die Wahrheit genauso gut wie eine Lüge.

»Sie sind uns nicht willkommen, Mr. Rawlins«, sagte Strong schließlich. »Dies ist nicht die Zeit für Barmherzige Samariter und Muttertränen, während die Polizei unsere Seele misshandelt und unseren Leib zerbricht.«

»Ist mir recht, Mann. Wissen Sie, ich möchte auch nicht, dass mein Leib zerbrochen wird. Aber könnten Sie mich zum Hambones zurückfahren? Mein Wagen steht da.« Ich log nicht, aber ich redete auf eine Weise, die die Natur meiner Gedanken verbarg.

»Nein«, sagte Conrad. »Du steigst aus und siehst selber zu, wie du hinkommst.«

Xavier und Tina wichen meinem Blick aus.

»Ich glaube, ich muss ihm zustimmen«, sagte Strong.

»Okay. Von mir aus.« Ich öffnete die Tür und stieg aus. Kaum stand ich auf dem Randstein, fuhr der grüne Caddy an.

Da stand ich nun, mindestens drei Meilen weit von meinem Wagen entfernt, aber nicht unglücklich. Ich ging vier Blocks weit bis zu einem kleinen Imbiss, und dort rief ich bei Ajax Taxi an. Sie schickten sofort einen rot-weißen Wagen, der mich abholte. Ein freundlicher Fahrer namens Arnold Beard aus North Carolina brachte mich zu meinem Auto.

Er wollte nicht wissen, warum ich da draußen und so weit weg von meinem Wagen war, und ich hatte nicht das Bedürfnis, es ihm zu erklären.

Um halb neun war ich zu Hause. Der Fernseher lief mit voller Lautstärke; ich konnte ihn schon draußen auf der Veranda hören. Ich wusste, was ich drinnen vorfinden würde. Feather würde halb auf dem Apparat hocken, und Jesus würde hinter ihr der Länge nach auf dem Sofa liegen und schlafen.

Frenchie, der kleine gelbe Hund, kauerte unter dem Fernseher und knurrte mich an. Ich war so froh, zu Hause zu sein, dass sogar das Geknurre dieses gemeinen Köters mir wie eine Begrüßung vorkam.

»Sschh, Daddy. Juice schläft.« Sie trug ihren hellblauen Pyjama, der mit Bildern von Roy Rogers und Dale Evans übersät war.

»Hey, Cowgirl.«

»Sschh«, machte sie und kicherte dann, als ich sie auf den Arm nahm.

»Machst du den Babysitter für Juice?«

»M-hm.«

Feather schlang mir ihre weichen Arme um den Hals und legte den Kopf unter mein Kinn. Wenn ich abends spät nach Hause kam, schlief sie immer auf meinem Arm ein. Sie tat ihr Bestes, um wach zu bleiben, bis ich kam, aber kaum hatte ich sie aufgenommen, war sie unterwegs ins Land der Träume.

Als ich sie zugedeckt hatte, schlief sie schon fest.

Ich ließ Jesus auf der Couch liegen. Er war schwer wach zu kriegen, und es war Jahre her, dass ich ihn ins Bett schleppen konnte. Schließlich war er fast siebzehn. Irgendwann würde er aufwachen, und dann würde er erst zu Feather und dann zu mir hereinsehen und schlafen gehen.

Ich räumte das Geschirr weg, das Jesus und Feather gespült und auf das Abtropfgitter gestellt hatten. Dann ging ich in mein Schlafzimmer. Frenchie kam mir nach; er knurrte und duckte sich, als ob er mich anspringen wollte. Aber er war nicht größer als eine große Ratte. Er wusste, dass er nicht so viel Schaden anrichten konnte, wie er wollte.

Ich zog mein T-Shirt aus und schaute ihn an, wie er in der Tür stand.

»Was willst du?«

Verwirrung verdrängte für einen Augenblick seinen Hass, aber dann fing er wieder an zu knurren. Ich warf ihm mein T-Shirt über den Kopf, und er kläffte und rannte hinaus.

Es bereitete mir eine Art perverses Vergnügen zu wissen, dass es in meiner Nähe jemanden gab, der ständig meinen Abgang plante. Frenchie hasste mich, das stand fest. Er gab mir die Schuld am Tod seiner Herrin, und Vergebung lag nicht in seiner Natur. Jedes Mal, wenn ich ihn sah, erinnerte er mich daran, dass es immer jemanden gibt, der es auf einen abgesehen hat, und dass man besser auf der Hut ist, weil so was wie *Sicherheit* nicht existiert.

Ich ging ins Bett und fühlte mich einsam. Das war es, was Bonnie in mein Leben gebracht hatte: Einsamkeit. Vor ihr war meine eigene Gesellschaft die beste Gesellschaft für mich. Ich liebte die Kinder, aber sie waren eben Kinder; sie würden erwachsen werden und fortgehen, und ich hatte das Gefühl, dass ich sie auch würde gehen lassen können. Aber jetzt war es, als fehlte in meinem Bett etwas, wenn Bonnie nicht da war. Wenn sie auf ihren Flügen nach Europa und

Afrika unterwegs war, konnte ich nie vernünftig schlafen. Und wenn sie zu Hause war – auch wenn ich mich wegen Raymonds Tod miserabel fühlte –, fand ich in meinen Träumen eine Insel, die mir zum ersten Mal in meinem Leben so etwas wie das Gefühl gab, zu Hause zu sein.

Vorher hatte es eigentlich nie jemanden für mich gegeben. Mit meiner ersten Frau hatte ich nie gesprochen. Damals dachte ich, ein Mann müsse stark und schweigsam sein; er müsse dafür sorgen, dass sie es warm und sicher hat, müsse die Rechnungen bezahlen und Kinder zeugen.

Aber Bonnie hatte das alles verändert. Sie war auf meiner Wellenlänge. Und sie hatte einen unabhängigen Kopf. Sie konnte selbst handeln, ohne dass jemand sein Einverständnis gab. Ich wusste das, denn sie hatte mal einen Mann umgebracht, der sie angegriffen hatte, und dann ihr Leben weitergeführt. Manchmal wachte ich nachts auf und schaute sie an, und dann wusste ich, dass sie die gleiche Grenze überschritten hatte wie ich. Aber ich hatte niemals Angst. Ich fühlte mich wie ein Nomade in alten Zeiten, der sich darauf verlassen konnte, dass seine Frau mit Zähnen und Klauen an seiner Seite gegen die Wilden kämpfen würde.

In dieser Nacht tat ich kein Auge zu, aber nicht nur, weil Bonnie mir fehlte. Meine Schlaflosigkeit hatte auch nichts mit der Razzia zu tun oder mit der Pistole vor meinem Gesicht. All das war nur ein kleiner Teil des Hindernislaufs, aus dem mein ganzes Leben bestand. Ich war mit acht Jahren Waise im tiefen Süden gewesen. Ich hatte mit Männern gekämpft und gewonnen, als ich noch keine Haare unter den Achseln hatte.

Nein, weder die Urban Revolutionary Party noch ihre Feinde, die Cops, beunruhigten mich. Aber mit Toten war es etwas anderes.

In der kühlen Dunkelheit meines Zimmers dachte ich über den Toten nach und über Alvas Bitte, ihren Sohn zu finden. Es wäre ein Leichtes gewesen, einfach zu John zu gehen und ihm zu sagen, dass ein Mord den Rahmen meines Auftrags überstieg. Das brauchte ich ihm nicht mal zu sagen, denn dass im Haus von Alvas Cousine ein Toter gelegen hatte, würde sich herumsprechen. John würde wissen, dass ich mich in solche Probleme nicht hineinziehen lassen konnte. Er wusste, was es bedeutete, sich um ein normales Leben zu bemühen.

Ich beschloss, ihn anzurufen und ihm zu sagen, dass ich bei den »Ersten Menschen« gewesen war, dass ich Brawly gesehen hatte und dass er prima aussah. Inzwischen würde er von dem Mord gehört haben. Er würde mich verstehen.

Ich tat einen tiefen Seufzer und war erleichtert, dass mein Wahnsinn nur ein Zwölfstundeninfekt gewesen war. Aber als ich eindöste, geriet ich unversehens in einen sehr realen Traum. Ich kam in ein Zimmer, wo Mouse an einem kleinen runden Tisch saß. Er trug einen dunklen Anzug und einen Hut mit schmaler Krempe. Ich blieb stehen und erzählte ihm, was ich an diesem Tag erlebt hatte. Er hielt den Blick gesenkt, während ich redete, und hörte mir ernst und würdevoll zu. Als ich fertig war, schaute er auf, und seine grauen Augen glitzerten. Er zuckte die Achseln, als wolle er sagen: *Hey, Mann, wieso machst du dir Sorgen?*

Und wieder spürte ich das Schwindelgefühl im Bauch. Ich wachte mitten in der Nacht auf und merkte, dass ich ein Lachen unterdrückte.

NEUN

»Mouse! Hey, Raymond, warte!«

Er ging einen Block weit vor mir die Straße entlang. Ich ging schneller, aber ich konnte ihn nicht einholen.

»Warte doch, Mann!«, rief ich.

Und dann, plötzlich, drehte er sich um. Er hatte seine Pistole in der Hand und eröffnete das Feuer. Ich erstarrte, denn ich kannte seine tödliche Zielsicherheit. Er schoss fünf oder sechs Mal, und ich stand immer noch. Ich drehte mich um und sah drei Tote auf dem Boden liegen. Als ich wieder zu Mouse hinüberschaute, lächelte er und tippte mit dem Finger an seinen Hut. Dann wandte er sich ab und ging schnell davon. Ich wollte ihm nachlaufen, aber vor lauter Angst konnte ich die Beine nicht bewegen.

»Daddy.«

Ich spürte einen leisen Stups an meinem Arm.

»Daddy, wach auf.« Jesus kniete über mir.

Ich lag neben dem Bett auf dem Boden, teils in Laken und Decke verwickelt. Ich fragte mich, wie ich da hingekommen war. Ich konnte mir nicht vorstellen, dass ich aus dem Bett gefallen sein sollte. Vielleicht hatte ich mich unter dem Bett vor diesen Killern verstecken wollen.

»Onkel John ist da«, sagte der Junge.

»Wie spät ist es?«

»Ungefähr acht.«

»Geh und sag ihm, ich komme in ein paar Minuten.«

Eine Viertelstunde später stakste ich auf verkrampften Füßen in unser kleines Wohnzimmer. John stand da und sah in Overall und Arbeitsstiefeln aus wie ein Fisch auf dem Trockenen.

»Easy.«

»Was kann ich für dich tun, John?«

»Ich brauche deine Hilfe.«

»Haben wir dieses Gespräch nicht schon gestern geführt?«

John zog voller Unbehagen die Schultern hoch.

»Willst du Kaffee oder was essen?«, fragte ich ihn.

»Ich muss auf die Baustelle.«

»Komm trotzdem in die Küche. Ich bin gerade erst aufgewacht.«

»Ich hab keine Zeit zum Kaspern, Easy. Ich brauche deine Hilfe, und zwar sofort.«

Ich wandte ihm den Rücken zu und ging in die Küche.

Ich war morgens immer gern in der Küche, denn dann strömte die Sonne durch die Fenster. Während ich Leitungswasser in die Kaffeemaschine laufen ließ, kam John herein.

»Hey, Mann«, sagte er. »Ich weiß, du hast bis eben geschlafen, aber die Sache ist über Nacht schlimmer geworden.«

Er ließ sich auf einen der Küchenstühle fallen, und ich maß vier gestrichene Esslöffel MJB-Kaffee ab.

»Was ist passiert?«

»Es geht um Brawly. Könnte sein, dass er jemanden umgebracht hat.«

»Wen?«

»Du erinnerst dich, dass Alva von ihrem Exmann gesprochen hat?«

»Yeah.«

»Er wurde gestern ermordet, im Haus ihrer Cousine Isolda.«

»Und woher weißt du, dass Brawly es getan hat?«

»Nicht ich. Isolda. Sie hat Alva gestern Abend angerufen, aber Alva wollte nicht mit ihr sprechen, und da hab ich es getan.«

»Und?«

»Sie sagt, Brawly und sein Vater hätten einen Riesenkrach gehabt und sie hätte versucht, die beiden voneinander fern zu halten, aber sie hätte weggehen müssen, und sie glaubt, die beiden sind sich bei ihr zu Hause über den Weg gelaufen.«

»Sie hat also nicht direkt gesehen, dass Brawly Aldridge umgebracht hat«, sagte ich.

»Ich weiß es nicht«, sagte John. »Ich weiß nicht, was diese Frau gesehen hat und was nicht. Ich weiß nur, dass Alva am Boden zerstört ist, und ich mach mir Sorgen um sie. Große Sorgen.«

»Weswegen genau?«

Ein Schatten zog über Johns ohnehin dunkles Gesicht. Ich hatte das Gefühl, dass er etwas sagen wollte und es dann bleiben ließ.

»Easy, geh einfach zu Isolda, und sprich mit ihr, ja? Sie hat sich irgendwo in der Nähe der Alameda Street verkrochen. Geh einfach hin und rede mit ihr. Und wenn du Brawly irgendwo auftreiben kannst, ruf mich an und sag mir, wo er ist. Um den Rest kümmere ich mich selbst.«

»Okay. Gib mir die Adresse, und ich hör mir an, was sie zu sagen hat.« Wenn es drauf ankam, konnte ich John nicht wegschicken. Ich hatte zu meiner Zeit ein paar Mal in der Klemme gesessen, und John hatte mich nie im Stich gelassen.

»Soll ich mitkommen?«, fragte er.

»Nein. Geh du nur auf deine Baustelle. Nagel ein paar Balken für mich zusammen. Ich rede mit Isolda, und ich finde auch Brawly.«

Johns kraftvolles Gesicht wirkte plötzlich heftig bewegt.

Hätte ich ihn nicht besser gekannt, ich hätte geglaubt, er wollte mich umbringen. So schwer war es damals für Schwarze zu lieben.

»Hallo?« Er meldete sich nach dem siebzehnten Klingeln.

»Jackson?«

»Easy?« Seine Angst war durch die Leitung zu hören. »Easy, woher hast du meine Nummer?«

»Ich hab deine Nummer immer, Jackson. Immer.«

Jetzt schaute er sich um, da war ich mir sicher. Hatte Angst, dass ich an irgendeinem Fenster oder vor seiner Tür stand.

»Keine Sorge, Jackson. Ich stehe nicht vor deiner Haustür.« Ich schwieg kurz. »Auch nicht an deiner Hintertür.«

»Ich hab aus dem Fenster geguckt, Mann«, sagte er. »Mir machst du nichts vor.«

»Wo ist Jesus' Geld, Jackson?«

»Was?«

»Du hast gehört, was ich gesagt hab, Mann. Wo sind die zweihundertzweiundvierzig Dollar, die du unter seinem Bett gefunden hast?«

»Da waren keine zweihundert Dollar«, winselte er. »Scheiße, nicht mal hundertvierzig.«

Jackson Blue war bei weitem der intelligenteste Mensch, den ich kannte, aber wenn er aus der Fassung geriet, konnte ihn ein Kind über den Tisch ziehen.

»Ich will das Geld des Jungen wiederhaben«, sagte ich.

Jackson war ein paar Tage bei uns zu Gast gewesen, als er vor irgendwelchen Gangstern von der Westside auf der Flucht gewesen war. Er hatte auf ihrem Territorium eine Lotterie betrieben, und sie wollten ein paar Pfund von seinem Fleisch. Ich hatte gedacht, ich täte ihm einen Gefallen, bis er mit Jesus' Spardose verschwunden war.

»Na schön. Okay, Mann«, sagte Jackson. »Ich hab's sowieso nur geliehen. Du weißt, dass diese Typen hinter mir her waren. Sie sind's immer noch.«

»Ich könnte vorbeikommen und es abholen«, sagte ich.

Jackson stammelte. Seine Ängstlichkeit brachte mich zum Lachen. Er war immer in Schwierigkeiten und immer mit den Härtesten der Harten zusammen. Und trotzdem hatte er Angst vor seinem eigenen Schatten.

»Woher hast du meine Nummer, Easy?«

Jackson war ein brillanter Denker und so belesen wie kaum ein Universitätsprofessor, aber wenn es darum ging, zu lesen, was in anderen Leuten vorging, war er über die erste Klasse nicht hinausgekommen.

Er hatte ein Mädchen, mit dem er angab. Charlene Lorraine. Aus irgendwelchen verrückten Gründen mochte Charlene den Feigling Jackson und ließ ihn ab und zu in ihr Bett. Sie mochte ihn, aber sie respektierte ihn nicht, sie hatte keine Angst um ihn, ihr lag nichts an ihm. Ich hatte ihr zwanzig Dollar gegeben, nur zwei Wochen nach dem Tag, an dem Raymond Alexander und John F. Kennedy erschossen worden waren, und sie hatte mir seine Nummer gegeben, ohne zu fragen, warum ich sie haben wollte.

»Ich hab ihn bloß einmal gesehen, Easy«, sagte die dralle Miss Lorraine zu mir. »Ich glaube, er hat irgendwo 'ne andere Freundin.«

»Dann bist du eifersüchtig?«

»Eifersüchtig?«, rief sie. »Dann müsste ich eifersüchtig sein, wenn einer meinen kleinen Hund streichelt. Er ist ja ganz niedlich, aber dass er 'n richtiger Mann wär, kann man eigentlich nicht sagen.«

Charlene ließ die Arme so hängen, dass ihr Busen noch weiter vorragte. Sie musterte mich von oben bis unten, aber ich biss nicht an. Nicht, dass ich was dagegen gehabt hätte, mich in ihr Bett ziehen zu lassen, aber da hatte ich schon Bonnie, und andere Frauen waren nicht meine Hauptsorge.

»John hat mir deine Nummer gegeben«, log ich.

»Und woher hat er sie?«

»Das interessiert mich nicht, Jackson. Was mich interessiert, sind Informationen über ein paar Leute, denen du bei deinen Bagatelldelikten über den Weg gelaufen bist.«

»Über was für Leute?«

»Ich möchte, dass du dich umhörst – über Aldridge Brown, Brawly Brown und einen Typen namens Strong, der mit 'ner Gruppe namens Urban Revolutionary Party oder ›die Ersten Menschen‹ rumläuft.«

»Wie jetzt?«, fragte Jackson. »Urban Party oder ›Erste Menschen‹?«

»Sie laufen unter beiden Namen.«

»Und wenn ich das mache, lässt du mich wegen der Spardose in Ruhe?«

»Wenn du das machst, besorge ich dir einen ehrlichen Job, und dann kannst du Jesus sein Geld von deinem ersten Gehalt zurückzahlen.«

»Wie waren die Namen noch mal?«, fragte er.

Ich sagte es ihm.

»Okay. Das könnte ich machen. Yeah. Ruf mich morgen Nachmittag an. Was ich rauskriegen kann, müsste ich bis dahin rausgekriegt haben.«

»Wieso willst du mich nicht anrufen, Blue?«

»Na ja, du weißt schon …«

»Nein, weiß ich nicht. Wieso?«

»Weil Jesus rangehen könnte.«

So war Jackson. Er verbrachte sein Leben mit Mördern, Räubern und Dieben, aber er hatte Angst vor einem sechzehnjährigen Jungen, der noch kleiner war als er.

»Okay, Jackson. Ich ruf dich morgen gegen zwei an. Sieh zu, dass du da bist.«

»Ich kann sonst nirgendwo sein, Easy«, sagte er. »Wirklich nirgendwo.«

ZEHN

Das Mietshaus, in dem Isolda Moore untergekommen war, hatte nicht die geringste Ähnlichkeit mit ihrem eigenen Haus. Die ungestrichene Holztreppe, die zu ihrem Versteck im zweiten Stock hinaufführte, fühlte sich unter meinem Gewicht schwammig an, und die Decke hing durch. Der Flur hatte breit angefangen, aber er wurde immer schmaler, je näher ich Isoldas Tür kam.

Die Fotos an ihrem Kommodenspiegel, selbst die geheimen mit dem Bikini, wurden Miss Moore nicht gerecht. Sie war auf den ersten Blick entzückend, obwohl sie aus dem Gleichgewicht geraten war, weil sie die klemmende Tür hatte aufreißen müssen. Sie war eine hellbraune Frau in einem blau-weiß gepunkteten Kleid. Der Saum reichte bis knapp unter die Knie, und man sah wohlgeformte Beine. Sie trug keinen BH und schien auch keinen zu brauchen. Ihre großen Augen standen dicht zusammen und waren mandelförmig. Ihre Lippen waren vorgewölbt wie in der dauernden Erwartung eines Kusses.

»Ja?«, fragte sie nervös.

»Isolda Moore?«, fragte ich. Sie zögerte; also redete ich weiter. »Ich bin Easy Rawlins. John und Alva wollten, dass ich Sie besuche und Ihnen ein paar Fragen über Brawly stelle.«

Während ich redete, machten meine Augen eine Liste ihrer Eigenschaften.

Die Besorgnis in ihrem Gesicht schmolz dahin, als sie sah, wie ich sie anschaute.

»Kommen Sie rein.«

Das Zimmer hätte in einem Bumshotel in einer Grenzstadt im alten Westen liegen können. Die Wände hatten noch nie einen Pinsel mit Farbe gesehen, und ein Splitter von diesem rauen Boden hätte einen mit Maulsperre ins Krankenhaus befördern können. Aber Isolda hatte alle Möbel, die da waren, ans Fenster gerückt und mit weißen und pastellfarbenen Laken bedeckt. In einer Milchflasche auf dem Fenstersims stand frisch gepflücktes, blühendes Unkraut, und das Arrangement hätte jeden Floristen in der Stadt beschämt den Kopf hängen lassen.

»Trinken Sie Tee, Mr. Rawlins?«

»Was immer Sie haben«, sagte ich.

Sie lächelte und führte mich zu den verhängten Möbeln.

Der Raum war mittelgroß und, wie gesagt, großenteils im Rohzustand. Aber am Fenster hatten Isoldas Designkünste eine kleine Insel des Stils geschaffen. Und der Tee, den sie mir einschenkte, war eiskalt, obwohl nirgends ein Kühlschrank zu sehen war.

»Der Krug steht in einem Eimer voll Eis, den ich aus dem Schnapsladen hole«, sagte sie, als sie mein fragendes Gesicht sah.

»Sie hätten Innenarchitektin werden sollen«, sagte ich.

»Danke.«

Isolda drehte sich auf dem Stuhl, auf dem sie saß, und ich spürte, dass mein Herz einmal aussetzte. Sie besaß all die Fähigkeiten und die Schönheit einer Frau, die mit einem großen Fisch, mit einem Minister oder Gangster, zusammen ist – eine Frau, die einen mächtigen Mann braucht, damit ihre eigenen Talente zur Entfaltung kommen können.

Sie hatte sich so positioniert, dass die Sonne auf ihren Kopf schien und ihre Augen glänzen ließ. Ich muss sie wohl ein bisschen zu heftig angestarrt haben, denn sie wechselte die Stellung und sagte: »Alva und John haben Sie beauftragt, Brawly zu suchen?«

»Ja. Aber eigentlich glaube ich, Alva will, dass ich ihn finde.«

Ich erwähnte Alva, um zu sehen, ob Isolda irgendeinen Groll gegen ihre Cousine hegte.

»Sie muss sich schreckliche Sorgen machen.« Isolda gab mir keinen Hinweis.

»John sagt, Alvas Exmann wurde in Ihrem Haus ermordet aufgefunden.«

Isolda nickte und betrachtete meine Hände.

»Wer hat ihn umgebracht?« Noch einmal versuchte ich, sie aus der Fassung zu bringen.

»Das weiß ich wirklich nicht, Mr. Rawlins.«

»John sagt, Sie glauben, es war Brawly.«

Die Sonne auf ihrem Gesicht machte ihren schmerzlichen Ausdruck unerträglich.

»Brawly und Aldridge hatten seit Jahren Streit, seit … seit Brawly von zu Hause weggelaufen ist. Ich habe versucht, sie wieder zusammenzuführen, aber … aber zwischen ihnen konnte es keinen Frieden geben.«

»Wie ist dieser Streit entstanden?«

»Das hab ich nie gewusst«, sagte sie, aber ich glaubte ihr nicht. »Es ist schon Jahre her. Als ich ihn nach der Prügelei abholte, war sein Kiefer ganz geschwollen, und er flehte mich an, ihn bei mir wohnen zu lassen. Als ich ihn nach seinem Vater fragte, zeigte er mir einen blutigen Zahn, den Aldridge ihm ausgeschlagen hatte.«

»Warum haben Sie sich nicht an seine Mutter gewandt?«

»Hat John Ihnen das nicht erzählt?«

»Alva war dabei. Sie war ein bisschen aufgewühlt.«

»Sie ist … sehr emotional. Das war damals, etwa um die Zeit, als ihr Bruder Leonard umgebracht wurde. Das traf sie so sehr, dass sie einen Nervenzusammenbruch hatte und man sie nach Camarillo bringen musste.«

Isolda wandte mir ihre Lippen zu, und ich musste mich konzentrieren, um zu hören, was sie sagte. Ihre Augen blickten tief in meine, und ich dachte mir, wenn sie kein von Herzen guter Mensch war, dürfte so mancher Mann auf ein paar scharfkantige Klippen gesegelt sein, weil er von ihrem Zauber abgelenkt war.

Vielleicht konnte Alva sie deswegen so wenig leiden.

»Ist Brawly deshalb zu Ihnen gekommen?«, fragte ich. »Weil seine Mutter in der Klinik war?«

Isolda nickte. »Sie war wirklich hinüber. Als Brawly sie besuchte – vor seinem Streit mit Aldridge –, sagte sie zu ihm, sie könne ihn nicht lieben und er solle sie nicht mehr besuchen.«

»Warum haben Sie Alva angerufen, Miss Moore?«

»Nennen Sie mich Issy«, sagte sie. »So nennt man mich meistens.«

»Warum sind Sie nicht in Ihrem eigenen Haus, Issy?«

»Ich war seit ein paar Tagen nicht da. Ich war oben in Riverside, und als ich zurückkam, hatte Brawly – ich meine, Aldridge war tot. Ich bin nicht wieder hingegangen, weil ich Angst um Brawly hatte.« Sie schaute weg. Vielleicht hatte es sie schwer getroffen, aber vielleicht spielte sie auch nur Theater – probte für eine ernsthaftere Vernehmung.

»Warum glauben Sie, dass es Brawly war?«, fragte ich. »Und warum sind Sie nicht zur Polizei gegangen?«

»Aldridge war ein paar Wochen vorher in die Stadt gekommen. Um mich zu sehen.«

»Er war Ihr Freund?«

Isolda richtete den Blick zum Fenster. Wieder funkelten ihre Augen im Licht. Ich bezweifle, dass sie irgendetwas anschaute. Es war ein Blick, der eindeutig nach innen gerichtet war.

»Wir standen uns nah. Ich meine, Aldridge hatte sein eigenes Programm. Wenn er in die Stadt kam, und ich war mit einem Mann zusammen, ließ er mich in Ruhe. Aber wenn ich frei war, blieb er 'ne Weile bei mir.«

»Wusste Alva von Ihnen beiden?« Ich suchte nach irgendeinem roten Faden.

»Ich hab seit zehn Jahren nicht mit Alva gesprochen.«

»Wusste Brawly, dass sein Vater was mit Ihnen laufen hatte?«

Ich hatte gehofft, dass die grobe Ausdrucksweise ihr unter die Haut gehen würde, aber Isolda scherte sich nicht um mich oder das, was ich von ihr dachte.

»Er kam vorbei, als Aldridge hier war, vor ungefähr zwei Wochen. Sie beäugten einander wie zwei wilde Tiere im Laufkäfig, aber ich ließ sie am Tisch sitzen wie zwei normale Menschen. Ich hab Tee gemacht und Brot und Butter auf den Tisch gestellt, und ich hab ihnen gesagt, dass sie Vater und Sohn wären und sich allmählich auch so benehmen sollten.«

Isolda richtete ihren Blick wieder auf mich. Ich hatte nichts gegen diese Aufmerksamkeit. Ich fragte mich, wie diese Männer sich gefühlt haben mochten.

»Anfangs ging es ganz gut«, sagte sie, als hätte ich meine Frage laut gestellt. »Sie haben miteinander geredet und sich gegenseitig gefragt, was sie so getrieben hätten. Einmal hat Brawly sogar gelacht.«

Isoldas Stimme hatte den wehmütigen Unterton der Liebe. Ich fragte mich, ob es Liebe zu Brawly oder zu seinem Vater war.

»Aber dann musste Aldridge die verdammte Flasche rausholen«, sagte Isolda. »Sagte, er wollte drauf trinken, dass sie einander so lange nicht gesehen hätten.«

»War er ein schlimmer Trinker?«, fragte ich.

»Beide«, sagte sie verächtlich. »Beide. Darum hab ich ihnen Tee gemacht. Sie haben auf ihre Versöhnung getrunken. Sie haben auf mich getrunken. Sie haben auf ein langes Leben getrunken, und ich weiß nicht, worauf noch. Dann beging Aldridge den Fehler, auf Brawlys Mutter zu trinken. Brawly sagte zu seinem Vater, er wollte nie wieder ihren Namen aus seinem Mund hören.«

Die letzten Worte sagte sie in dem Ton, den Brawly benutzt haben musste, und ich zuckte zusammen. Ich hatte schon erlebt, dass Betrunkene wegen dieses Tons jemanden umgebracht hatten.

»Dass nicht schon in diesem Augenblick einer von beiden ermordet wurde, lag nur daran, dass ich dazwischenging.« Isolda hob wie zum Schwur die Hand.

Sie zog den linken Ärmel ihres gepunkteten Kleides herunter und entblößte einen hässlichen grünen Bluterguss dicht über dem Ansatz ihrer Brust. Es war ein Fleck, wie man ihn monatelang behält.

»Das musste ich mir einfangen, bevor sie aufhörten«, sagte sie. »Ich hab Brawly zur Tür hinausgeschoben und ihm gesagt, er sollte erst zurückkommen, wenn er gelernt hätte, sich zivilisiert zu benehmen.«

»Und wo waren Sie, als Aldridge umgebracht wurde?«, fragte ich.

»Ich sag doch, in Riverside. Ich hab im Radio gehört, dass in meiner Straße ein Mann ermordet worden war, und da hab ich eine Nachbarin angerufen und gefragt, was passiert wäre. Als ich Bescheid wusste, bin ich sofort hergekommen – für den Fall, dass Brawly mich brauchte.«

»Und warum sind Sie nicht zur Polizei gegangen? Wenn Sie es nicht waren, hatten Sie auch keinen Grund, Angst zu haben.«

»Sind Sie schon mal von den Cops vernommen worden?«, fragte Isolda mich.

Zum ersten Mal trafen sich unsere Blicke wirklich. Und es war kein Mann-und-Frau-Blick, sondern echtes Verstehen.

Ich war schon hundert Mal und öfter »vernommen« worden. Und jedes Mal hatten mein Leben und meine Freiheit auf dem Spiel gestanden. Es war nie darauf angekommen, dass ich unschuldig war oder dass sie mir meine Schuld nicht beweisen konnten. Am schwarzen Brett im Knast hatte nichts von Gleichberechtigung gestanden. Auch nichts von irgendwelchen Zusatzartikeln zur Verfassung.

Der Ärmel ihres Kleides hing immer noch von der Schulter. Die Nähe ihrer Haut ließ meine Fingerspitzen jucken.

»Glauben Sie, Brawly könnte einen Mann von Aldridges Größe überwältigen?«, fragte ich.

»Woher wissen Sie, wie groß er war?«

»Von Alva.« Hoffentlich war er schon fett gewesen, als sie ihn kannte.

»Brawly sieht aus wie ein Junge«, sagte sie. »Im Denken ist er vielleicht auch noch ein Junge. Aber er ist stark, Furcht erregend stark. Einmal, bei einem High-School-Picknick, als Brawly noch bei mir wohnte, haben ein paar Kids gewettet, dass er einen großen Stein nicht aus dem Boden ziehen könnte. Und es war ein großer Stein. Wirklich groß. Brawly hat ihn gestemmt, als ob er aus Pappmaché wäre, nicht aus Granit. Er ist mal mit zwei stämmigen Footballspielern aneinander geraten, und ich hab die Angst in ihren Augen gesehen.«

»Hat Brawly Ihnen diesen blauen Fleck verpasst?«

»Das weiß ich nicht. Es ging alles durcheinander. Sie haben sich hin und her gestoßen und geschoben. Aber wenn er es getan hat, dann nur, weil ich im Weg war.«

»Wo ist er jetzt?«

»Ich weiß es nicht.«

»Hat er Freunde, die Sie kennen?«

»Wieso stellen Sie mir alle diese Fragen? Sind Sie 'n Polizist oder so was?«

»Nur ein Freund von John und Alva, das hab ich doch gesagt. Sie haben mich gebeten, Brawly zu suchen, und das mach ich.«

»Na, ich hab ihn nicht mehr gesehen, seit er vor zwei Wochen bei mir aus dem Haus gegangen ist.«

»Hat er gesagt, wo er hinwollte?«

»Er hat nur gesagt, er würde Aldridge umbringen, wenn er nicht aufpasste.«

»Sie haben mir noch nicht gesagt, ob er Freunde hatte.«

»Da war so ’n weißes Mädchen. BobbiAnne Terrell, glaube ich. Sie waren zusammen auf der High School.«

»Oben in Riverside?«

»Ja.«

»Haben Sie die Nummer?«

»Nein. Vielleicht steht sie im Telefonbuch.«

Irgendwann während unserer Unterhaltung war es kalt geworden zwischen mir und Isolda. Vielleicht, weil ich für Alva arbeitete. Vielleicht auch, weil sie nichts mit mir anfangen konnte.

»Warum haben Sie Alva angerufen, Issy?«

»Um ihr von Aldridge und Brawly zu erzählen. Und um zu hören, ob sie wusste, wo er ist.«

»Warum wollen Sie das wissen?«

»Ich war wie eine Mutter für diesen Jungen, Mr. Rawlins. Und so was geht nicht einfach vorbei.«

ELF

Irgendwann gegen Mittag war ich auf Johns Baustelle. Im selben Block wurden noch andere Häuser gebaut, aber am Sonntag war niemand draußen – niemand außer Johns Kolonne.

Mercury und Chapman saßen auf dem Skelett einer künftigen Vorderveranda und tranken aus kleinen Pappbechern.

»Auch 'n Schluck, Mr. Rawlins?«, fragte Mercury, als ich herankam.

»Was wird John sagen, wenn er sieht, dass ihr hier draußen Schnaps bei der Arbeit trinkt?«

Da ich sie empfohlen hatte, fühlte ich mich irgendwie verantwortlich für das, was sie hier taten.

»John ist Barkeeper, oder?«, quengelte Chapman. »Außerdem ist er vor einer Stunde nach Hause gefahren. Er hat gesagt, wir sehen uns morgen.«

»Sollen wir ihm sagen, dass Sie vorbeigekommen sind, Mr. Rawlins?«, fragte Mercury.

Ich angelte eine Zeitung aus der großen Mülltonne, faltete sie auseinander und breitete sie auf der unvollendeten Veranda aus. Dann setzte ich mich hin.

»Eigentlich ist es ganz gut, dass John nicht mehr da ist. Ich wollte nämlich mal ohne ihn mit euch reden.«

Mercury und Chapman wechselten einen Blick. Ich war froh zu sehen, dass sie beunruhigt waren. Es bedeutete, dass sie meinen Freund beschützen wollten.

»Keine Sorge, Jungs. Es geht nicht gegen John. Im Gegenteil, es geht darum, ihm zu helfen.«

»Was gibt's denn?«, fragte Mercury.

Chapman knetete die Hände und starrte ins Leere.

Sie waren ein gutes Team. Chapman war der Gescheite, aber Mercury hatte Persönlichkeit. Er hatte die Fragen gestellt, während Chapman die Antworten betrachtete.

»Es geht um Brawly«, sagte ich.

»Was ist mit ihm?«

»Was haltet ihr davon?«

»Wovon?«, fragte Mercury.

»Dass er seinen Job geschmissen und den Kontakt zu seiner Mutter abgebrochen hat.«

»Wir wissen nichts über ihr Familienleben, Easy«, sagte Chapman. »Ich meine, nicht mehr als das, was sich in 'ner normalen Unterhaltung ergibt, wenn wir hier arbeiten.«

»Was denn, zum Beispiel?«

Mercury sah Chapman an, und der schob die Unterlippe vor und nickte fast unmerklich.

»Brawly ist ein guter Junge«, sagte Mercury. »Stark wie nur irgendein Motherfucker, aber keiner, der andere rumschubst. Jähzornig ist er. Wenn Brawly der Kragen platzt, geht man besser zur Seite. Einmal wurde er wütend auf John und hätte beinahe …«

Chapman strich mit der Hand über den Mund, und Mercury schaltete sofort.

» … jedenfalls … Brawly ist 'n guter Kerl. Bloß jung und dumm.«

»Inwiefern dumm?«

»Seit ungefähr zwei Monaten redet er jetzt diesen Blödsinn von der Revolutionary Party. John gefiel das nicht, und Alva auch nicht, wenn er so quatschte …«

»Brawly sagt, sie hätten gedroht, sie würden ihn rausschmeißen, wenn er weiter zu diesen Versammlungen ginge«, warf Chapman ein.

Das erinnerte mich an etwas.

»Wo denn rausschmeißen?«, fragte ich. »In die Bude, in der sie wohnen, passen doch keine drei Leute.«

»Sie haben die Miete für ein Studio in dem Gebäude bezahlt, in dem sie wohnen. Unten hat Brawly gewohnt«, sagte Mercury. »Im Erdgeschoss.«

»Ein Studio?«, fragte ich. »Was zum Teufel ist denn das, was John hat?«

»Das ist 'n Anderthalb-Zimmer-Apartment«, sagte Chapman. »Ein Anderthalb-Zimmer-de-luxe-Apartment, wenn man glaubt, was der Verwalter sagt.«

Chapman und Mercury lachten, und ich lachte mit. Es war nur die Spitze des Eisbergs von dem, was in L. A. noch kommen sollte, aber damals war es noch selten genug, um komisch zu sein.

»Was hat Brawly über diese politische Gruppe erzählt?«

»Nicht viel.« Mercury überlegte. »Nicht allzu viel. Es gefiel ihm, dass sie so wütend waren und dass sie was unternehmen wollten. So sind die jungen Leute, wissen Sie, Mr. Rawlins.«

»Hat er je von seinem Vater gesprochen?«

»Ab und zu«, sagte Chapman. »Nicht oft.«

»Yeah.« Mercury starrte auf seine Arbeitsstiefel. »Er hat nur gesagt, er und sein Alter hätten eine – wie soll man mal sagen? – eine Meinungsverschiedenheit. Aber das ist lange her.«

»Sie hatten Streit?«

»So was Ähnliches«, sagte Mercury. »Der Junge hat was davon gesagt, dass sie wegen seiner Mutter Krach gehabt hätten, vor langer Zeit, und der Alte hätte ihn so geschlagen, dass er einen Zahn verloren hätte. Da war er noch 'n Teenager. Dann ist er zu seiner Cousine Issy gegangen. Also, die hab ich ja mal gesehen. Wissen Sie, das ist 'ne Cousine, von der ein Waisenjunge träumen kann.«

Chapman gab sein mächtiges Gelächter von sich. Ich fand es nicht komisch, aber ich wusste, was er meinte.

»Wo hast du Isolda gesehen?«

»Sie kam ab und zu vorbei, um Brawly abzuholen«, erzählte Mercury. »Familienkram, schätz ich – Sie wissen schon. Sie ist mit ihm Burger essen gegangen. Aber immer irgendwie heimlich. Ich glaube, sie und Alva haben sich nicht allzu gut verstanden.«

Jetzt sah Chapman mich an und spreizte halbherzig die Hände: *War's das?*

»Tja«, sagte ich. »Ich glaube, dann solltet ihr jetzt mal wieder an die Arbeit gehen.«

»Glaube ich auch«, sagte Chapman.

Auf der Heimfahrt dachte ich über die komplexen Verflechtungen von Johns Problem nach. Seine Frau, ihr ermordeter Exmann und Bruder, ihr Sohn, der bei ihrer Cousine wohnte, während sie einen Nervenzusammenbruch erlitt, und die schwarzen Revolutionäre mit ihrem hoffnungsvollen Zorn und den Cops im Nacken.

Als ich zu Hause war, war ich bereit für ein Gespräch mit meinem Sohn.

Er war im Garten und stellte gerade drei Sägeböcke auf, jeder gut einen Meter vom nächsten entfernt. Auch ein paar Bretter lagen da, drei Meter lang, gut einen Meter breit und knapp fünf Zentimeter dick.

»Was machst du da?«, fragte ich ihn.

»Ich bau mir ein Boot«, sagte er.

»Woher hast du das Holz?«

»Bei Mr. Galway im Sägewerk gekauft.«

»Hat er's geliefert?«

Jesus nickte.

Das war eine neue Phase in seinem Leben. Jesus hatte noch nie Geld für sich selbst ausgegeben. Seit er klein war, sparte er alles, weil er Angst hatte, ich könnte meinen Job verlieren oder ins Gefängnis kommen. Viermal die Woche arbeitete er nachmittags in einem Supermarkt, packte Lebensmittel ein und brachte Lieferungen zu alten Frauen. Jeder Cent wanderte in die Kaffeedose in seinem Schrank. In seiner Vorstellung war immer alles in Ordnung, denn sollte ich mal ausfallen, würde er einspringen können.

Ich versuchte ihn davon zu überzeugen, dass er sich keine Sorgen zu machen brauchte, dass er sich Spielzeug oder Klamotten oder sonst was kaufen konnte, wenn er wollte. Aber Jesus hatte seine ersten Jahre bei meinem Freund Primo verbracht. In Primos Welt war ein Junge nur die kleinere Ausführung eines Mannes: Er konnte vielleicht nicht so viel tun wie sein größeres Gegenstück, aber man erwartete doch, dass er tat, was er konnte.

»Was für'n Boot?«, fragte ich.

»Segel«, sagte Jesus.

»Weißt du denn, wie man ein Segelboot baut?«

»Da ist 'n Buch.« Jesus deutete auf eine dicke Broschüre, die er aus der Bibliothek geholt hatte. Sie lag auf der Veranda, und auf der aufgeschlagenen Seite sah man drei Sägeböcke, die jeweils gut einen Meter weit auseinander standen. »Da steht, dass man ein Segelboot in hunderteinundsechzig Schritten baut.«

»Komm her und setz dich zu mir.«

Wir setzten uns nebeneinander auf die Betonveranda. Ich schaute Jesus an, und er starrte in das Gras unter seinen nackten Füßen.

»Was soll das mit der Schule und dass du aussteigen willst?«

»Es gefällt mir da nicht«, sagte er.

»Warum nicht?«

»Ich kann die Kids nicht leiden, und die Lehrer auch nicht«, sagte er.

»Du musst schon ein bisschen mehr sagen, wenn du willst, dass ich dich verstehe, Juice. Ich meine, hat dich irgendjemand geärgert?«

»Nein. Die sind bloß blöd.«

»Inwiefern blöd?«

»Ich weiß nicht.«

»Du musst doch irgendein Beispiel haben. Hat jemand in der letzten Woche was Blödes getan?«

Jesus nickte. »Mr. Andrews.«

»Und was hat er getan?« Ich war es gewohnt, Jesus Fragen zu stellen. Er konnte zwar sprechen, seit er zwölf war, aber Worte waren bei ihm immer noch Mangelware.

»Felicity Dorn hat geweint. Sie war traurig, weil ihre Katze gestorben war. Mr. Andrews sagte, sie sollte still sein oder er müsste sie zum stellvertretenden Direktor schicken, und sie würde eine wichtige Klassenarbeit versäumen. Und wenn sie die Arbeit nicht mitschriebe, würde sie wahrscheinlich sitzen bleiben.«

»Er wollte nur nicht, dass sie den Unterricht störte.«

»Aber ihre Mutter ist erst letztes Jahr gestorben«, sagte Jesus und schaute mich an. »Sie konnte doch nichts dazu, dass sie traurig war.«

»Das hat er sicher nicht gewusst.«

»Das sollte er aber wissen. Er ist der Lehrer. Aber er weiß nur, wie die Staaten und ihre Hauptstädte heißen und in welchem Jahr die Präsidenten gestorben sind.«

»Willst du dich von so einem daran hindern lassen, aufs College zu gehen und was zu werden?«

»Er war auch auf'm College«, sagte Jesus, »und bei ihm hat's nicht geholfen.«

Es gelang mir, nicht zu lächeln. Innerlich war ich stolz auf den Mann, zu dem mein Sohn sich entwickelte.

»Aber du kannst nicht beschließen, die Schule hinzuschmeißen, weil ein Lehrer ein Trottel ist«, sagte ich.

»Das ist ja nicht alles. Sie halten mich für dumm.«

»Nein.«

»Doch. Sie wollen mich nicht unterrichten. Sie geben mir Hausaufgaben auf, aber es ist ihnen egal, ob ich sie abgebe. Es gefällt ihnen, dass ich schnell laufe, aber es ist ihnen egal.«

»Wie meinst du das?«

»Ich weiß nicht.«

Jesus stand auf und wollte zu seinen Sägeböcken. Ich berührte seinen Ellenbogen, und er blieb stehen.

»Wir müssen ausführlicher darüber reden, Juice. Wir müssen darüber reden, bis wir beide eine Entscheidung treffen können. Hast du gehört?«

»M-hm.«

»Wie bitte?«

»Ja, Sir.«

»Okay. Dann bau jetzt dein Boot.«

ZWÖLF

Gegen neun hielt ich vor dem Restaurant.

Das Hambones hatte keinen nennenswerten Ausgang. Sie hatten eine Hintertür, die in eine Häuserspalte führte, die Sam als Gasse bezeichnete. Aber das war nur wegen der feuerpolizeilichen Vorschriften; niemand konnte da wirklich rauskommen. Also blieb ich in meinem grünen Pontiac sitzen, der klapperte, wenn ich mehr als fünfzig Meilen pro Stunde fuhr, und wartete.

1964 war das Hambones schon eine Kaschemme, aber in alten Zeiten verkehrten da abends nur die schicksten Männer und Frauen. So war das damals für Schwarze. In die eleganten Clubs in Hollywood und Beverly Hills durften wir nicht gehen. Und in unseren Arbeitergegenden hatten wir keine Läden von dieser Klasse. Also zogen die Männer sich ihre Sonntagsklamotten an, und die Frauen trugen ihren Strassschmuck und Pelze, und dann gingen sie in irgendein Lokal in der Gegend, wo es eine Jukebox gab und einen Anschein von Luxus. Wenn sich das nach ein paar Monaten rumgesprochen hatte, tauchten Musiker dort auf. In den fünfziger Jahren waren Jelly Roll Morton und Lips McGee als Stammgäste in Sam Houstons Laden. Sogar Louis Armstrong war mal da.

Natürlich bringen Musiker ihre eigene Szene mit: Männer, die spielen möchten wie sie, und Frauen, die lieber mit sich spielen lassen. Diese Männer und Frauen gibt es in allen Farben. Und wenn man erst ein paar Weiße dahat, kommen sie bald in Scharen. Denn so schick das Brown Derby auch gewesen sein mag, man fand dort nicht die Freiheit, die ein schwarzer Club zu bieten hatte. Schwarze verstehen etwas vom Freisein. Wer so viele Jahrhunderte lang unterdrückt worden ist wie wir, der kann die Sau rauslassen und tanzen, als gäbe es kein Morgen.

Mouse war es gewesen, der mich mit dem Hambones bekannt machte. Er war keine drei Monate in L. A. gewesen, als er es aufgestöbert hatte.

»Yeah, Ease«, sagte er, »bei den Frauen da unten kommen dir die Tränen, so klasse sind die. Schnaps gibt's keinen, aber der ist sowieso billiger, wenn du ihn in 'ner Tüte mitbringst.«

Das war Anfang der fünfziger Jahre, und ich war solo. Dass Mouse so gefährlich war, hatte den Vorteil, dass die Frauen einfach zu gern mit ihm zusammen waren. Man wusste, wenn man mit Raymond zusammen war, würde immer etwas Unerwartetes passieren.

Wir gingen hin, weil wir eine Frau namens Millie suchten. Millie Perette aus East St. Louis. Sie trug immer eine Kette aus echten rosa Perlen, und sie hatte eine Pistole mit Perlmuttgriff in einer Handtasche, die gerade groß genug für ein Zigarettenetui war.

»Millie macht dich so fertig, dass du heulen möchtest, wenn du am Morgen aufwachst«, erzählte Mouse mir. »Weil es bis zur nächsten Nacht noch so lange dauert.«

Wir kamen gegen Mitternacht an. Wenn die weißen Clubs allmählich zumachten, ging es in Sams Laden gerade noch mal so richtig los. Ich weiß noch, dass ein Trompeter an seinem Tisch saß und spielte, umringt von Frauen. Die Leute tanzten zu der Musik, und sie tranken und küssten auch dazu. Als wir reinkamen, wurde Mouse von allen Seiten begrüßt, als wäre er der Bürgermeister von Watts und nicht ein Neuzugang aus Fifth Ward, Houston, Texas.

Er hatte ein Glas Whiskey in der Hand und eine Furcht erregende .41er Pistole unter seinem taillierten Jackett mit den breiten Schultern und den riesigen Revers. Mouse liebte diese Pistole mehr als jede Frau. Er erzählte mir mal, dass man den Lauf abschrauben konnte und dass er zwölf Läufe hatte. Wenn er jemanden umgebracht hatte, konnte er einfach den Lauf auswechseln, und niemand konnte beweisen, dass das Verbrechen mit seiner Waffe begangen worden war.

Millie saß an der Bar mit einem Schrank von einem Kerl, dunkelbronzebraun, mit Goldzähnen und einem Diamantring und einer Pistole im Gürtel seiner schurwollenen Anzughose. Seine Hand steckte halb in Millies Bluse, und sie lachte fröhlich und trank aus einem Schnapsbecher aus getriebenem Silber.

Als Raymond und ich auf das Pärchen zugingen, war ich alles andere als glücklich. Das Beste, was man von Mouse' Gesellschaft zu erhoffen hatte, war ein unblutiger Abend – und man konnte nicht darauf wetten, dass es ihn geben würde, wenn Geld oder Liebe im Spiel war. Die Leute, die in der Nähe saßen, verdrückten sich, als wir herankamen. Die Gespräche erstarben, aber das merkte der Schrank vielleicht nicht, weil der Trompeter immer noch spielte.

»Millie«, sagte Raymond.

Sie öffnete leicht den Mund und zeigte die Zähne, aber ihr Lächeln hatte eine scharfe Kante, die verriet, dass sie wusste, der Einsatz war soeben erhöht worden.

»Hast du nicht gesagt, du bist oben im Norden, Ray Baby?«, fragte sie. Und obwohl ich mich auf tödliche Gewalttätigkeit gefasst machte, sah ich, was eine so freche Frau so anziehend machte.

»Dachte, ich bleib noch 'n bisschen da und schau mal, ob du tanzen möchtest«, sagte Raymond freundlich.

»Delmont Williams«, sagte der Schrank zu Mouse und hielt ihm die Hand hin.

Ray schaute die Hand an, aber er nahm sie nicht.

Ich bezwang meinen Drang, mich wieder dahin zurückzuziehen, wo ich hergekommen war.

»Woher kommst du, Del?«, fragte Mouse.

»Chi-town ist mein Zuhause«, sagte der Mann stolz. »Seit drei Generationen weg von Mississippi, aber ich esse immer noch Schweineschnauzen und nenne meine Mutter Ma'am.«

»Und seit wann bist du in der Stadt?«, fragte Mouse.

»Was geht dich das an, kleiner Mann?«

»Oh. Ich frag nur.«

Millie begriff allmählich, wie ernst diese Unterhaltung war, aber sie war eher amüsiert als beunruhigt. Dass Männer sich wegen ihres Charmes in die Haare gerieten, war für sie so etwas wie eine Schachtel Pralinen.

»Seit ein, zwei Wochen«, sagte Delmont. »Lange genug, um die schönste Frau von Los Angeles kennen zu lernen.«

Er rieb Millies Brust mit seiner großen Hand. Aber sie spürte es gar nicht, so gebannt war sie von dem Spektakel, das sich hier zu entwickeln versprach.

»Verstehe«, sagte Raymond höflich. »Delmont – richtig?«

»Yeah.«

»Delmont, würdest du mit mir nach draußen gehen?«

»Warum?«

»Weil ich nicht will, dass meine Frau Blutspritzer abkriegt.«

Jetzt kam ein leiser Laut aus Millies Kehle. Ob es Angst oder Heiterkeit, Überraschung oder nur ein kleiner Rülpser war, wusste ich nicht.

Delmont sah Millie an. »Bist du seine Frau?«

»Was glaubst du?«, war ihre Antwort.

Delmont wandte sich wieder Mouse zu. »Verschwinde, bevor ich dir wehtue, Boy.«

»Komm mit nach draußen«, sagte Mouse. »Dann werden wir sehen, was für einen Mann deine Ma'am da gemacht hat.«

Delmont war high vom Whiskey und berauscht von der wilden und schönen Millie Perette, aber ich glaube, in jener letzten Minute kriegte er doch eine Ahnung von dem eisernen Kern in meinem Freund. Aber es genügte nicht, um ihn daran zu hindern aufzustehen. Und es genügte nicht, um ihn daran zu hindern, zur Tür hinauszugehen.

Niemand folgte ihnen nach draußen, denn niemand wollte bei Mouse' Wut Zeuge sein. Sie waren weniger als eine Minute draußen, als man einen Schuss hörte. Zwei Minuten später kam Raymond wieder ins Restaurant. Inzwischen hatte der Trompeter aufgehört zu spielen.

Mouse ging zu Millie und flüsterte ihr ein paar Worte ins Ohr. Sie hopste vom Barhocker und ging mit ihm hinaus. Ich weiß noch, dass sie die Schenkel beim Gehen dicht beieinander hielt, sodass ihr Hintern sich auf eine ganz berauschende Weise hin und her drehte.

Stille floss in ihrem Kielwasser.

Nach einigen Augenblicken gingen ein paar von uns hinaus, um zu sehen, was von dem großen Mann aus Chicago übrig geblieben war. Auf der Straße war er nicht; also gingen wir zwei Türen weiter und bogen dann in den Durchgang zwischen zwei Häusern. Im matten Schein einer Laterne sah ich Delmont. Neben seinem Kopf war eine kleine Blutlache.

Als er sich bewegte und stöhnte, machte ich einen Satz. Dann beugte ich mich über ihn und sah, dass er nur am Ohr verletzt war.

»Nein, Mann«, sagte Mouse ein paar Tage später zu mir, als wir uns schließlich wieder gefunden hatten. »Ich hatte nicht vor, ihn umzubringen. Er war aus Chi, hatte von nichts 'ne Ahnung. Ich hätte nicht mal auf ihn geschossen, aber er musste mich da draußen immer weiter anmachen, als wär ich ein Kind. Aber weißt du, Baby, Millie hat dieser Scheiß wirklich gut gefallen. Sie hat die ganze Nacht nicht genug gekriegt. Ich brauchte sie bloß anzurühren, und sie schrie nach dem Heiligen Geist.«

So saß ich da draußen vor dem Hambones und merkte, dass ich lächelte. Ray hatte ein kurzes Leben gehabt, aber ein Tag davon war bei anderen Leuten so viel wie ein Jahr oder mehr. Ich konnte nie Mitleid mit ihm haben – nur ein schlechtes Gewissen, weil ich ihn am Ende im Stich gelassen hatte.

DREIZEHN

Clarissa kam gegen halb zwölf aus dem Hambones. Es war Sonntagnacht, und das Hambones war nicht mehr so heiß, wie es mal gewesen war. Sie wandte sich nach links und ging die Straße hinunter. Ich ließ sie ungefähr einen Block weit kommen, bevor ich den Motor anließ. Ich fuhr an ihr vorbei, und eine Straße weiter hielt ich auf der anderen Straßenseite an.

Als sie wieder an mir vorbeikam, stellte ich den Motor ab. Ich ließ sie noch einen Block weitergehen, ehe ich ausstieg. Sie ging schnell, und ihre hölzernen Absätze klapperten. Aber ich hatte Gummisohlen, und so konnte ich ihr folgen, ohne dass sie mich hörte.

Sie war nicht nervös, aber wie jede Frau, die halbwegs bei Verstand ist, warf sie ab und zu einen Blick zurück. Ich hielt mich im Schatten auf der anderen Straßenseite, sodass sie mich nicht bemerkte. So gingen wir sechs oder sieben Blocks weit. Dann bog Clarissa nach links in die Byron, und noch einmal anderthalb Blocks weiter hatte sie ein gedrungenes, dreistöckiges Gebäude erreicht, das aussah wie ein überdimensionierter Müllverbrennungsofen. Es war mit kumquatfarbenem Putz bedeckt und schien unter seinem eigenen Gewicht durchzuhängen. Clarissa verschwand durch eine Tür im Erdgeschoss. Hinter einem winzigen Fenster ging das Licht an.

Ich schlich bis zu ihrer Tür und spitzte die Ohren. Das Haus war so billig gebaut, dass ich ihre Schritte hören konnte. Sie öffnete eine Tür, stellte etwas Metallenes hin, wahrscheinlich einen Topf. Etwas wie ein Sessel oder eine Couch ächzte, und dann ging ein Radio an, mitten in dem Song »The Duke of Earl«.

Sie kochte oder machte sich Tee und hörte Musik. Ich nahm mir vor zu warten, bis sie ins Bett ginge.

Clarissas Haus hatte ein Schwestergebäude auf der anderen Straßenseite. An seiner Nordseite war ein kleiner Durchgang, wo die Mülltonnen standen. Ich kletterte hinter die eisernen Deckeltonnen, zündete mir eine Chesterfield an und atmete durch den Mund.

Die Wüstenstille der südkalifornischen Nächte hat mir immer gut gefallen. Im Süden, in Texas und Louisiana, gab's laute Insekten und Nachtvögel und Wind in den Bäumen und weniger leicht identifizierbare Geräusche von den Bewohnern des Sumpflandes. Aber in L. A. hüllte sich die Nacht in Stille, als wäre immer irgendein Raubtier in der Nähe, das nur darauf wartete, sich auf ein schweigendes Opfer zu stürzen.

Ich glaube, in dieser Nacht war ich dieses Raubtier.

Ungefähr eine Stunde lang passierte fast nichts. Eine Spinnenfamilie hatte über meinem Kopf ein System von Netzen ausgespannt, sodass selbst vereinzelte Motten nicht lange durchhielten.

Der Eingang zu Clarissas Apartment wurde von einer Zementlampe beleuchtet, die in den Rasen vor der Haustür eingelassen war. Das Licht in ihrem Fenster blieb an; also blieb ich auf meinem Posten.

Meine Gruen-Uhr mit dem kupfernen Zifferblatt zeigte 0.48, als ein limonengrüner Cadillac erschien und vor Clarissas Haus anhielt. Ich sah den Blechschaden, den der Holzzaun angerichtet hatte, den er am Abend zuvor breitseits gestreift hatte. Der hübsche Conrad saß immer noch am Steuer; er war immer noch angespannt und schaute sich nervös um. Er spähte auch zu mir herüber, aber ich war so tief im Schatten, dass er mich nicht sehen konnte.

Brawly stieg auf der Beifahrerseite aus und sagte etwas durch das hintere Fenster. Mit kreischenden Reifen raste Conrad die Straße hinunter, als glaubte er, dass die Polizei immer noch hinter ihm her sei. Vielleicht war sie es auch.

Brawly klopfte an Clarissas Tür. Sie öffnete und begrüßte ihn mit einem Kuss und einer Umarmung. Brawly war ein klobiger Junge, aber Clarissa schaffte es trotzdem, die Arme um ihn zu schlingen. Sie flüsterte ihm etwas ins Ohr und drückte ihn fest an sich.

Sie verschwanden im Haus, und ich überlegte, was ich als Nächstes tun sollte.

Aber nicht lange. Ich überquerte die Straße und ging zu ihrer Tür. Drinnen war so was wie ein Streit im Gange.

»Du hast meine Frage nicht beantwortet!«, sagte Clarissa eben laut.

Ich klopfte lauter als nötig an die Kassettentür. Es wurde plötzlich still. Ich klopfte noch einmal.

»Wer ist da?«, fragte die Stimme, die am Abend zuvor im revolutionären Hauptquartier Alarm geschlagen hatte.

»Easy Rawlins«, sagte ich laut. »Macht auf.«

»Wer ist das?«

»Macht auf, Brawly, Clarissa.«

Das wirkte. Brawly riss die Tür auf, damit er den Mann sehen konnte, der seinen Namen kannte.

Als die Tür aufging, fühlte ich mich siegreich. Aber als ich aus der Nähe sah, wie groß er war und wie wütend er die Brauen zusammenzog, befürchtete ich, dass aus meinem Triumph unversehens eine Niederlage werden könnte.

»Verdammt, wer bist du?«, fragte er.

»Ein Mann, der an Isoldas Haustür gewesen ist«, sagte ich.

Das schien weder Unbehagen noch Angst bei ihm zu wecken.

»Was hat sie mit dir zu tun?«

»Lass mich rein, Brawly. Wir sollten nicht hier draußen über Mord reden, wo uns jeder hören könnte.«

»Lass ihn rein, Honey«, sagte Clarissa. Sie stand neben ihm.

Er wich zurück, und ich betrat das Apartment.

Es war noch kleiner als Johns und Alvas Wohnung, mehr ein Puppenhaus als das Heim eines Erwachsenen. Wenn ich mich auf den Boden gelegt und die Arme ausgestreckt hätte, hätte ich mit den Fußsohlen die eine und mit den Fingerspitzen die andere Wand berühren können.

»Wer ist das?«, fragte Brawly seine Freundin.

»Er ist ein Freund von Sam«, sagte Clarissa. »Easy Rawlins, wie er gesagt hat.«

»Deine Mama schickt mich«, sagte ich.

In der Ecke des traurigen kleinen Zimmers stand ein großer gelber Sessel. Ich war jetzt seit über einer Stunde auf den Beinen; also nutzte ich die Gelegenheit, um mich zu setzen.

Brawly blieb stehen, und Clarissa hielt sich in seiner Nähe – aus Angst, nahm ich an, dass er die Beherrschung verlieren könnte.

»Und was hast du mitten in der Nacht bei meiner Freundin an die Tür zu hämmern?«

»Ich hab dich gesucht«, sagte ich.

Es war ein guter Augenblick für eine Zigarette. Sie gab mir Selbstvertrauen und entspannte meine Nerven in der Gegenwart dieses Kolosses, dem ich – darum hatte John mich gebeten – nichts tun sollte.

»Verarsch mich nicht, Nigger«, sagte er. Aber die Worte klangen nicht echt. Er war groß, aber er spielte noch, war noch kein Mann, der wirklich auf eigenen Füßen stand.

»Hast du Aldridge Brown abgeschlachtet?«, fragte ich ihn.

»Was …?«

»Aldridge Brown«, sagte ich. »Warst du das, der ihn umgebracht hat?«

Brawly packte mich bei den Armen und hob mich aus dem Sessel. Er hob mich so hoch, dass die Decke nur noch einen Fingerbreit von meinem Kopf entfernt war.

Das Gefühl der Schwerelosigkeit erinnerte mich an die Zeit, als ich ein wehrloses Kind war, fest im Griff eines rauen Erwachsenen und voller Sehnsucht nach festem Boden unter den Füßen.

»Verdammt, was redest du da für 'ne Scheiße?«, fragte er. Seine Stimme war eine ganze Oktave höher geworden.

»Lass mich runter«, sagte ich, ohne über eine einzige Silbe zu stolpern.

»Lass ihn runter, Baby!«, schrie Clarissa.

»Er wurde bei Isolda zu Hause umgebracht«, sagte ich. »Totgeschlagen in der Haustür, gestern Morgen. Liest du keine Zeitung?«

Brawly ließ mich ziemlich sanft wieder runter, aber als er sich auf die braune Couch fallen ließ, fühlte es sich an, als würde der Fußboden einbrechen. Auf jeden Fall erzitterte das ganze Haus. Vermutlich sprangen die Leute aus ihren Betten und befürchteten, dass wieder mal ein Los-Angeles-Erdbeben die Bude durchschüttelte.

»Totgeschlagen?«

»Yeah«, sagte ich. »Ich hab dann mit Isolda gesprochen, und sie hatte nur eins zu erzählen: Dass du dich mit Aldridge geprügelt und zum Schluss gesagt hättest, du würdest ihn umbringen, wenn er je noch einmal den Namen deiner Mutter aussprechen sollte.«

»Dieses Biest«, zischte Clarissa.

»Aber das stimmt nicht«, sagte Brawly. »Ich war bei … ich war gestern Morgen nicht mal in der Stadt.«

Er warf Clarissa einen schuldbewussten Blick zu, aber sie war so aus dem Häuschen, dass sie es gar nicht mitkriegte.

»Du hast Aldridge nicht bei Isolda getroffen?«

»Nicht gestern.«

»Habt ihr beide euch denn vor zwei Wochen bei ihr betrunken und gestritten?«

»Vor zwei Monaten, yeah. Wir haben einen oder zwei gehoben. Die Unterhaltung wurde ’n bisschen hitzig, aber geprügelt haben wir uns nicht. Wenn wir es getan hätten, wäre er schon …« Brawly brauchte den Satz nicht zu Ende zu sprechen. »Ich hab ihn nicht umgebracht, Mann. Das schwöre ich.«

»Jemand hat es aber getan.«

Brawly ließ sich zurücksinken und sah mehr denn je aus wie der Junge auf dem Foto seiner Mutter.

»Er ist tot?«, fragte er noch mal. »Tot?«

»So ist es.«

»Mein Vater?«, fragte er niemanden speziell.

Clarissa hockte sich auf die Armlehne des Sofas und schlang einen Arm um seinen Kopf.

»Mein Vater, mein Dad …«

Es war eine rührende Vorstellung. Vielleicht war es sogar echtes Bedauern, aber ich hatte schon Leute um ihre Lieben weinen sehen, die sie bloß ein paar Stunden zuvor umgebracht hatten. Das Gefühl des Schmerzes war da, ob nun die eigene Hand den letzten Streich geführt hatte oder nicht.

Ich zündete mir noch eine Zigarette an.

»Du weißt nichts darüber?«, fragte ich, als die Tränen getrocknet waren. »Ich meine, du hast nicht mal was gelesen oder im Radio gehört?«

»Brawly war beschäftigt«, sagte Clarissa.

»Halt den Mund«, warnte Brawly sie.

Ich hätte keinen Verdacht geschöpft, wenn er sich an seinen eigenen Ratschlag gehalten hätte.

»Womit beschäftigt?«

»Wer bist du, Mann?«, fragte er.

»’n Freund von Alva Torres, der ihrem Jungen einen Gefallen tun will.«

»Ich hab nichts mit ihr zu tun«, sagte Brawly.

»Aber sie ist deine Mutter, Honey«, sagte Clarissa. »Dein Blut.«

»Und ungefähr der letzte Tropfen, der davon noch da ist«, fügte ich hinzu. »Sie macht sich Sorgen um dich. Als sie mich bat, dich zu suchen, hab ich ihr gesagt, dass sie sich wahrscheinlich keine Sorgen zu machen braucht. Aber jetzt, wo ich gesehen hab, was für'n Saustall dein Leben ist, kann ich verstehen, weshalb sie will, dass du nach Hause kommst.«

»Ich hab kein Zuhause. Sie haben mich rausgeschmissen.«

»Das glaub ich dir nicht einen Augenblick, Söhnchen. Deine Mama liebt dich, auch wenn dir selber nichts an dir liegt.«

»Er hat Recht, Baby«, sagte Clarissa.

»Du hast keine Ahnung, Clarissa. Also versuch nicht, mir was zu erzählen.«

»Die Cops werden dich in die Mangel nehmen, wenn sie glauben, dass du Streit mit ihm hattest«, sagte ich.

»Das ist fast zwei Monate her«, sagte Brawly. »Wir haben uns wieder vertragen.«

»Wo warst du Samstagmorgen?«

»Oben im Norden«, sagte Brawly. »Bin Freitagabend gefahren.«

»Kannst du das beweisen?«

Ein schuldbewusster Ausdruck huschte über das Gesicht des Jungen. Offenbar vermied er es, Clarissa anzusehen.

»Leute haben mich gesehen«, sagte er ausweichend.

»Wer?«

»Wieso muss ich dir antworten? *Fuck*, wer bist du, dass du mitten in der Nacht hier aufkreuzt und mich verhören willst?«

Er stand von der Couch auf, und mein Herz machte einen Doppelschlag, um genug Blut in Umlauf zu bringen, falls ich mich mit ihm schlagen müsste.

»Ich brauche nicht mit dir zu reden.«

»Ich will dir nur helfen, Junge.«

Ich beging den Fehler, ihm die Hand auf die Schultern zu legen.

Brawly stieß mich mit beiden Armen von sich, und ich flog rückwärts. Meine Füße verließen tatsächlich den Boden. Ich spürte, wie die Wand gegen meinen Rücken prallte und wie mein Knöchel sich verrenkte, als mein Fuß wieder Bodenberührung bekam.

»Baby«, sagte Clarissa.

Die Wohnungstür wurde aufgerissen.

Als ich hochschaute, sah ich, dass Brawly auf die Straße hinausstürmte und seine Freundin mitten in der Nacht mit einem fremden Mann allein ließ.

VIERZEHN

Clarissa lief zur Tür, aber sie versuchte nicht, ihn aufzuhalten. Offenbar erlebte sie es nicht zum ersten Mal, dass sein kindischer Zorn seinen gesunden Menschenverstand, ja, sogar sein gesundes Anstandsgefühl außer Kraft setzte.

Ich erwog, dem Jungen nachzulaufen, aber ich bezweifelte, dass meine Worte – oder meine Fäuste – hinreichend Eindruck auf ihn machen würden. Ich hätte ihn niederschießen können, aber das hätten John und Alva vermutlich nicht sehr freundlich aufgenommen.

»Tut mir Leid«, sagte ich; irgendwie wollte ich mich für den Jungen entschuldigen.

»Schon okay. Brawly meint es nicht so. Er wird bloß manchmal so wütend. Ist nicht seine Schuld.«

»Ich hab Alva versprochen, mich davon zu überzeugen, dass alles okay ist mit ihm. Das ist wohl so. Ich meine, du sagst, das ist normal bei ihm, ja?«

Ich wusste nicht, was ich mit Clarissa anfangen sollte. Sie hatte nichts mit meinem Auftrag zu tun, aber jetzt drängte ich mich mitten in der Nacht in ihr Privatleben. Ich machte einen Schritt in Richtung Tür.

»Stimmt das mit Brawlys Vater?«, fragte sie.

»Ja. Jemand hat ihn umgebracht, bei Isolda zu Hause. Sie glaubt, es war Brawly.«

»Hat sie das auch der Polizei erzählt?«

»Ich glaube nicht, dass sie schon mit den Cops gesprochen hat. Sie war nicht in der Stadt, als der Mord passierte – das sagt sie jedenfalls. Danach ist sie nicht wieder nach Hause gegangen.«

»Verdammt«, sagte Clarissa. »Brawly hat wirklich übles Pech mit seiner Familie. Ob sie leben oder tot sind, ob sie bei ihm sind oder nicht, sie bringen ihm nur Ärger.«

»Seine Mutter auch?«

»Sie liebt ihn, ja, aber sie versteht ihn nicht. Sie will ihm vorschreiben, was er tun soll, und sie will nichts hören von den Ideen, die er selber hat.«

»Zum Beispiel?«

»Zum Beispiel über das, woran wir glauben«, sagte sie. »Über das, was die Leute seiner Meinung nach tun sollten.«

»Zum Beispiel mit der Urban Revolutionary Party?«

»Vielleicht.«

Clarissa war ein schmächtiges Mädchen mit kräftigen Gesichtszügen. Ihr Haar war golden überreift. Ihre Augen waren so hellbraun, dass man sie ebenfalls golden hätte nennen können. Sie war in einem Alter, in dem Kleider ihre Figur eher betonten als verhüllten, und ihre Haut schien zu leuchten. Wenn ich sie nur anschaute, fühlte ich heiße Verlegenheit.

»John und Alva glauben, die ›Ersten Menschen‹ sind eine Gang, nichts weiter«, sagte ich. »Deshalb wollten sie, dass ich Brawly suche.«

»Ältere Schwarze haben einfach Angst vor dem, wofür Gruppen wie die ›Ersten Menschen‹ stehen. Sie haben Angst, den Mund aufzumachen und zu fordern, was der Weiße ihnen schuldig ist. Sie verstehen nicht, dass man etwas nur bekommt, wenn man dafür kämpft.«

»Planen die einen Krieg?«, fragte ich.

»Nur, wenn es keine andere Möglichkeit gibt. Was sie wollen, sind bessere Schulen und Arbeitsplätze, Geschichtsbücher, in denen die Wahrheit steht, und Leute, die aussehen wie wir, in der Regierung.«

»Das klingt aber wie 'ne große Bestellung.«

»Es ist nur fair. Und Xavier weiß, dass wir es langsam angehen müssen. Er wollte den Laden zu einem Ort machen, wo die Leute hinkommen und über ihre Probleme reden können. Aber nachdem die Cops reingestürmt sind, werden sie zu viel Angst haben und sich nicht mehr hintrauen.«

»Und jetzt?« Ich wollte es wirklich wissen.

»Jetzt müssen wir einen anderen Weg finden. Das ist alles.«

Da war etwas, das sie nicht aussprach, etwas, das hinter ihren resoluten Worten lauerte.

»Ihr Ding ist also Revolution, nicht Schutz?«, fragte ich.

»Schutz wovor?«

Jetzt lachte ich. Vielleicht wurde ich doch alt.

»Hast du einen Bleistift, Clarissa?«

»Ja, warum?«

»Weil ich dir jetzt meine Telefonnummern aufschreiben werde, unter denen du mich tagsüber und abends erreichen kannst. Ich will mich nicht mit Brawly anlegen. Wenn er glücklich ist mit dem, was er tut, soll mir das recht sein. Aber wenn er in Schwierigkeiten kommt oder wenn du siehst, dass diese Partei nicht das ist, was sie behauptet – dann rufst du mich an. Okay?«

Sie antwortete nicht, aber sie gab mir Papier und Bleistift, und ich notierte meine Telefonnummern bei der Arbeit und zu Hause.

Bevor ich ging, fragte ich sie: »Wieso klingt es, als wärst du wütend auf Isolda? Kennst du sie?«

»Ich weiß, was sie Brawly getan hat«, sagte Clarissa mit höhnisch verzogenem Mund.

»Nämlich?«

»Darüber hab ich nicht zu reden.«

Es war nach ein Uhr nachts. Wenn ich das Leben geführt hätte, das ich mir vorgenommen hatte, wäre ich jetzt nach Hause gefahren und hätte die Kinder zugedeckt. Aber das

Fieber war immer noch in mir, und ich musste mit jemandem reden, von dem ich wusste, dass er nie vor Sonnenaufgang ins Bett ging.

Er wohnte in einer Straße namens Ozone Court, nur einen halben Block weit vom Strand entfernt. Es war nur ein winziges Häuschen mit einem Teerdach, aber er war der einzige Schwarze, den ich kannte, der es geschafft hatte, in dieser Gegend eine Wohnung zu finden. Während ich auf den Klingelknopf drückte, nahm ich mir vor, ihn zu fragen, wie er damit durchkam, in einer ausschließlich weißen Gegend zu wohnen. Aber bei dem, was ich zu hören bekam, war diese Frage sofort vergessen.

»Wer ist da?«, fragte er mit einer barschen Stimme, die möglichst tief klingen sollte. »*Fuck*, was wollen Sie um diese nachtschlafende Zeit?«

Statt zu antworten, drückte ich noch mal auf den Klingelknopf.

»Was denn?« Er hatte die tiefe Stimme aufgegeben. Wenn dieser Ton in seinen Händen steckte, hatte er sie schon hoch über den Kopf gehoben.

»Jackson Blue?«, fragte ich mit einer befehlsgewohnten Stimme, die auch nicht gerade meine eigene war.

»Wer ist da?«

Jetzt musste ich lachen. Der ängstliche Jackson Blue hatte es auf alle Fälle verdient, dass man ihm den einen oder anderen Streich spielte. Seit er Jesus sein Geld geklaut hatte, war mir, als hätte ich das Recht, ihn zu piesacken.

Er riss die Tür auf und funkelte mich an.

Ich lachte noch lauter. Jackson war klein und zierlich, fast so dunkel wie der Himmel über uns, und seine Augen waren hell und strahlend. Diese glänzenden, stets blutunterlaufenen Kugeln starrten mir jetzt entgegen.

»Scheiße, was findest du denn so komisch, Nigger?«

»Lass mich rein, Jackson«, sagte ich. »Es ist kalt hier draußen.«

Er schaute sich um, ob jemand bei mir war, und dann trat er von der Tür zurück und ließ mich rein.

Jacksons Haus klemmte zwischen zwei größeren, aber genauso unauffälligen Häusern. Von außen sah es klein aus, aber drinnen war es ziemlich geräumig. Das lag daran, dass der einzige Raum, aus dem es bestand, eine halbe Treppe tiefer lag als die Haustür. Die Decke war mindestens sechs Meter hoch. Jackson hatte ein großes Bett, einen Tisch, der mit einer Kochplatte zugleich als Küche diente, ein Pult, wie es High-School-Kids benutzen, und drei Wände voller Bücherregale, die bis zur Decke reichten. Jeder Zoll dieser Regale war mit Büchern voll gepackt. Das ganze Zimmer roch nach verschimmeltem Papier. Eine hölzerne Anstreicherleiter stand so, dass der kleine Jackson auch an die oberen Borde reichen konnte.

Die Hintertür war ein Glasschiebefenster mit Blick auf einen Gemüsegarten.

»Woher hast du all diese Bücher, Jackson?«

»Gekauft, größtenteils. Viele davon hab ich jahrelang bei verschiedenen Leuten in der Garage eingelagert. Als ich diese Bude hier hatte, hab ich sie hergebracht.«

Ich setzte mich an den Tisch. Jackson schlängelte sich hinter sein Schuljungenpult.

»Hast du, was ich wollte?«, fragte ich ihn.

»Kommt drauf an.«

»Worauf?«

»Du weißt, dass die Miete hier in der weißen Welt ziemlich hoch ist.«

»Hör mal zu, Jackson. Ich spiele nicht. Wenn du mich übern Tisch ziehen willst, bist du am Ende derjenige, der bezahlt.«

Jackson war nicht beunruhigt. Er kannte mich seit über zwanzig Jahren, und in der ganzen Zeit hatte ich ihm noch nie ein Haar gekrümmt. Wahrscheinlich würde ich es auch jetzt nicht tun.

»Ich muss ein paar Sachen wissen, bevor ich dir erzähle, was ich rausgekriegt hab«, sagte er.

»Yeah, okay. Was denn?«

»Erstens, von wem weißt du, wo ich wohne? Ich hab über das, was du mir am Telefon erzählt hast, nachgedacht, und ich glaube einfach nicht, dass John meine Adresse hatte.«

»Charlene Lorraine hat es mir gesagt.«

»Wie viel musstest du ihr dafür geben?«

»Zwanzig Dollar.«

»Mehr nicht?«

»Nein. Ich hab ihr zwanzig Dollar gegeben und sie gefragt, ob sie dich gesehen hat, und sie sagte, in letzter Zeit nicht mehr so oft, aber soweit sie wüsste, wohntest du im Ozone Court.«

»Wahrscheinlich bloß eifersüchtig, weil ich sie hab sausen lassen.« Jackson bemühte sich, seinen Stolz zu retten.

»Und was noch?«, fragte ich.

»Was bezahlt man dir dafür, dass du rauskriegst, was ich weiß?«

»Ein Familienessen für mich, Bonnie und die Kids.«

»Einen Zocker zockst du nicht ab«, winselte Jackson. »Nein, Bruder. Mir machst du nichts vor.«

»Jackson, warum sollte ich dich anlügen?«

»Weil du die ganze Kohle für dich behalten willst, darum.«

»Welche Kohle?«

»Du erkundigst dich nach den ›Ersten Menschen‹, stimmt's?«

»Ja.«

Jackson war über vierzig, aber er hatte die Figur eines Jungen. Er rutschte an seinem engen Pult zur Seite, zog das Knie bis unters Kinn und lächelte. Er war die Cheshire-Katze aus »Alice im Wunderland«.

»Die planen die Revolution«, sagte er.

»Und? Sonst noch was Neues? Muss doch 'n halbes Dutzend Gruppen geben, die diesen Scheiß erzählen. Aber selbst wenn es stimmte – Waffen und Munition sind nicht deine Branche.«

»Aber das Geld, mit dem man sie kauft.« Jackson grinste.

Die Informationen, die ich zusammengetragen hatte, seit ich mich mit John getroffen hatte, gingen mir durch den Kopf: der Tote, seine Freundin, Brawly und Alva und Clarissa, auch die Polizei, die den Laden gestürmt hatte.

»Wovon redest du, Jackson?«

»Brot und Kugeln, Baby. Brot und Kugeln.«

Jackson hatte einen großen Intellekt, aber eine kleinliche Seele. Brot und Kugeln, Blut und Mut – für ihn war das alles nur Geld.

»Wovon redest du?«, fragte ich noch mal.

»Ich weiß nicht«, sagte Jackson. »Aber ich höre, dass diese Jungs was Großes planen, was wirklich Großes. Und um im großen Maßstab was zu tun, müssen sie von irgendwoher Geld kriegen. Das sagen mir meine Informationen.«

»Mit wem hast du gesprochen?«

»Wieso willst du was über diese Leute wissen?«

Ich erzählte ihm, dass John und Alva mich gebeten hatten, Brawly zu finden.

»Das ist alles?«, fragte er, als ich fertig war.

»Das ist alles, Baby.«

»Du hast also nichts mit dem Geld zu tun?«

»Zunächst mal ist dieses Geld bloß 'ne Vermutung von dir«, sagte ich. »Und selbst wenn du Recht hast – du kennst mich, Blue. Ich bin kein Räuber und kein Dieb.«

»Aber du und Mouse, ihr wart Freunde«, sagte er, als wäre das ein Argument.

»Was zum Teufel hat Mouse damit zu tun?« Es machte mich wütend, bloß seinen Namen zu hören.

»Mouse hat zu seiner Zeit schon den einen oder anderen Raub begangen«, sagte Jackson. »Einmal, heißt es, ist er sonntags losgefahren, den ganzen Weg rauf bis Kansas City,

Missouri, hat da ’ne Bank ausgeraubt und war Freitagabend wieder unten in Watts.«

»Hast du nicht Angst, so über Raymonds Geschäfte zu reden?«

»Warum sollte ich Angst haben? Er ist tot.«

»Kennst du jemanden, der bei der Beerdigung war?«, fragte ich.

Jacksons glatte Stirn legte sich in Falten. »Nein.«

»Wieso glaubst du dann, dass er tot ist?«

»Du hast gesagt, du hast ihn aufgebahrt gesehen.« Jackson fing an zu stottern. »Und … und … und Martha Rimes sagt, er lag tot im Krankenhausbett, bevor … bevor …«

»Sie hat gesagt, er hatte keinen Puls. Aber du weißt, dass sie mit den Fingern danach gefühlt hat. Manchmal ist ein Puls so schwach, dass man ihn mit den Fingern nicht mehr fühlen kann.«

Es war ein Vergnügen, zu sehen, wie Jacksons Augen sich angstvoll weiteten. Er würde sich hüten, wieder so unverblümt über die Angelegenheiten eines Mannes zu reden wie gerade über Mouse’.

»Tut mir Leid«, sagte er. »Erzähl’s keinem, okay, Ease?«

»Du bist hier derjenige, der lernen muss, die Klappe zu halten.«

Einen Augenblick lang schwiegen wir beide. Jackson starrte unser Spiegelbild in der Glastür an und hielt Ausschau nach rachsüchtigen Geistern hinter der Scheibe.

»Hast du was Brauchbares über Brawly erfahren?«, fragte ich dann.

»Er hat ’ne Freundin in der Grand.«

»Byron, meinst du.«

»Nein«, sagte Jackson. »Ich weiß, was ich meine, und ich meine die Grand Avenue, oben beim Sunset.«

»Hast du da ’ne Nummer?«

»Bist du dir sicher, dass du nicht hinter ’nem Vermögen her bist, Easy?«

»Wer hat dir diesen Floh ins Ohr gesetzt?«

»Aldridge A. Brown«, sagte Jackson. »Der.«

»Was ist denn mit ihm?«

»Es heißt, vor dreizehn Jahren hätten Aldridge und ein Partner in der Stadt eine Bank ausgeraubt. Der Partner wurde erschossen, aber Aldridge kam davon.«

Mir gefror das Gehirn, aber ich redete weiter, damit Jackson nicht allzu wissbegierig wurde.

»Aldridge ist tot, Mann. Und wenn er ein Bankräuber war, hätte er nichts mit 'ner politischen Gruppe zu tun gehabt. Leute wie er rauben Banken aus, um Profit zu machen, nicht für die Demokratie.«

»Leute ändern sich.«

»Nicht du«, sagte ich. »Also, hast du die Nummer dieser Freundin?«

Er nannte mir die Adresse, aber er wusste weder Namen noch Apartmentnummer.

»Ich hatte schon Glück, dass ich so viel rauskriegen konnte«, beschwerte er sich.

Statt geradewegs zu meinem Wagen zu gehen, spazierte ich das kurze Stück runter zum Strand. 64 war Santa Monica noch wie eine Kleinstadt. Holzhäuser, in den Grundfarben angestrichen, und kleine Läden, in denen man Firlefanz aus Muscheln kaufen konnte.

Der Mond war hinter einer großen Wolke versteckt, aber meilenweit draußen fiel sein Licht auf das Wasser. Dieses ferne Licht war wie die Hoffnung eines gestrandeten Seemanns – weit weg, und fast unerreichbar.

FÜNFZEHN

Erst gegen fünf schlief ich ein. Ich träumte von einem Toten, der abwechselnd Mouse und Aldridge war, von Brawly Brown und seiner unmenschlichen Kraft, und von einer Revolution in der Straßen von Los Angeles.

Um halb acht wurde ich wach und rief auf der Arbeit an, um mich krankzumelden.

»Sagen Sie Newgate, ich hab diesen Virus«, sagte ich zu Pricilla Howe, seiner sechsten Sekretärin in zweieinhalb Jahren.

»Na klar, Mr. Rawlins«, sagte sie. »Hoffentlich geht's bald besser.«

Danach holte ich die Kinder aus dem Bett. Jesus half Feather beim Anziehen für die Schule, und ich machte Frühstück. Es war einsam ohne Bonnie, aber die Kinder und ich hatten einen Lebensrhythmus, der tadellos funktionierte.

»Wo warst du gestern Abend, Daddy?«, fragte Feather.

»Bei Jackson Blue.«

»Hat er dir mein Geld gegeben?«, fragte Jesus.

»Er sagt, in ein paar Tagen hat er's.«

»Jackson Blue ist ulkig«, rief Feather, und dann fing sie an zu kichern.

Bevor sie fertig war, lachten wir alle so sehr, dass wir unseren Saft verschütteten.

Jesus brachte Feather in die Schule, und ich ging wieder ins Bett.

Im Traum saß ich in einer Bar, als Raymond reinkam.

»Was hast du, Easy?«, fragte er.

»Es geht um John«, sagte ich. »Er will, dass ich den Jungen seiner Freundin rette, aber der Kleine steckt zu tief drin.«

»Bring ihn um«, sagte Mouse.

»Wen?«

»Den Jungen. Erschieß ihn. Sag John, du weißt nicht, was passiert ist. Bring's schnell hinter dich, damit er und seine Frau anfangen können, es zu verschmerzen.«

Raymond wandte sich zum Gehen.

»Ray.«

»Yeah?«

»Tut mir Leid, Mann. Tut mir Leid, dass ich dich im Stich gelassen hab.«

»Du hast mich sterben lassen«, korrigierte er mich. »Du hast mich sterben lassen.«

Der Schmerz, den ich fühlte, war wie eine Verbrennung mit siedendem Fett; weh genug tat es schon von Anfang an, aber dann ging's tief hinein.

Das Klingeln der Türglocke war eine Erleichterung – eine Rettungsleine, die irgendein Fremder mir zuwarf. Ich stieg aus dem Bett und stolperte in Boxershorts zur Tür.

Der Weiße, der draußen stand, trug einen Anzug, der aus der Kleiderkammer der Heilsarmee stammen konnte. Er war eher klein, hatte hellgrüne Augen, und sein Haar trotzte meinem Farbensinn; es konnte rot sein, golden oder braun, je nachdem, wie man es sah.

»Mr. Rawlins?«

»Ja?«

Er zog ein vergammeltes, abgegriffenes Mäppchen mit einem Ausweis und einer Dienstmarke heraus.

»Detective Knorr«, sagte er. »Kann ich reinkommen?«

Es gab eine Menge daran auszusetzen, dass Knorr hier vor meiner Haustür aufkreuzte. Er war nicht nur schäbiger als alles, was ich bisher in Chief Parkers Polizeitruppe gesehen hatte, er war auch allein. Die Polizei von L. A. reiste nicht solo – und wenn doch, dann nur, wenn sie in irgendeinem verdeckten Einsatz unterwegs war. Und selbst wenn es darum gegangen wäre – was konnte er von mir wollen? Ich leitete die Hausmeisterei an einer öffentlichen Junior High School. Ich war Hausbesitzer und Steuerzahler. Ich hatte eben noch im Bett gelegen und geschlafen und hatte mir nichts zuschulden kommen lassen.

Jeder einzelne dieser Gründe wäre ausreichend gewesen, um Officer Knorr wegzuschicken. Aber er hatte mich vor der totalen Verzweiflung meines Traums gerettet, und dafür war ich ihm dankbar.

»Muss ich mich anziehen?«, fragte ich.

»Nicht für mich.«

Ich öffnete die Tür weit und trat zurück, damit der Polizist eintreten konnte.

»Entschuldigung«, sagte ich, »ich bin grade erst aufgestanden. Ich muss aufs Klo.«

In Bademantel und Pantoffeln kam ich zurück. Knorr saß in meinem Sessel.

»Geht's besser?«, fragte er.

»Was kann ich für Sie tun, Officer?«

Knorr saß vorn auf der Kante meines bequemen Sessels. Er war mittelkräftig, hatte kleine Hände und dichte Augenbrauen. Die Brauen hatten die gleiche Farbe wie die Haare auf seinem Kopf, nur dunkler.

»Die Polizei und die Stadt Los Angeles brauchen Ihre Hilfe, Mr. Rawlins.«

»Möchten Sie einen Kaffee?«

Knorr war nicht leicht aus dem Konzept zu bringen. »Gern. Zwei Löffel Milch, einen Löffel Zucker.«

Ich ging in die Küche, und er kam mir nach.

»Warum arbeiten Sie heute nicht, wenn ich fragen darf?«

»War ’n hartes Wochenende«, sagte ich, während ich den Kessel unter den Wasserhahn hielt.

»Partys?« In seinem Lächeln lag weder Wärme noch Humor.

»Ist bloß Pulverkaffee«, sagte ich. »Und Kaffeeweißer.«

»Ausgezeichnet.«

»Und was wollen Sie von mir?«, fragte ich.

Knorrs grüne Augen richteten sich auf den Rasen vor meinem Fenster. Sein kaltes Lächeln strahlte.

»Unter der Oberfläche von Watts kocht das Blut«, sagte er.

Das feine Zischen des Gasbrenners verlieh seinen Worten eine unheimliche Schärfe.

»Was soll das heißen?«

»Die Neger sind heiß auf Veränderung«, sagte er. »Sie wollen, dass die De-facto-Rassentrennung beendet wird. Sie wollen bessere Jobs. Sie wollen wie Kriegshelden behandelt werden, wenn sie aus dem Zweiten Weltkrieg und aus Korea zurückkommen. Manche stellen sogar in Frage, ob sie zum Militär gehen und für ihr Land kämpfen wollen.«

Ich konnte nicht feststellen, ob in seiner Stimme Sarkasmus oder Mitgefühl lag. Sein Tonfall war so unergründlich wie sein Lächeln.

»Auf diesem Gebiet bin ich kein Fachmann, Officer Knorr. Ich bin Hausmeister. Ich bohnere Fußböden und schütte Papierkörbe aus. Kochendes Blut gehört in eine andere Abteilung. Und meinen Militärdienst hab ich geleistet.«

Knorr lächelte.

Der Wasserkessel pfiff. Er fing mit einem matten Zirpen an, das rasch zu einem schrillen Geschrei anschwoll – wie der Notstand, den Knorr befürchtete.

Ich goss den Kaffee in pulverblaue Becher mit eingeprägten roten Rosen. Feather hatte sie in einem kleinen Laden ausgesucht, in dem wir bei einem Tagesausflug in die kleine schwedische Stadt Solvang gewesen waren, nicht weit landeinwärts von Santa Barbara.

Knorr setzte sich mir gegenüber und lächelte durch den aufsteigenden Dampf. Er griff in seine Brusttasche, holte einen kleinen Packen Fotos heraus und gab sie mir.

Es waren körnige Schwarzweißaufnahmen, ein bisschen unscharf, weil die Personen darauf nicht gewusst hatten, dass ein Fotograf da war, und sich deshalb manchmal unerwartet bewegt hatten. Es waren viele verschiedene Leute darauf zu sehen, aber die Konstante war ich: wie ich mit dem hübschen Conrad und dem dünnen Xavier Bodan plauderte, wie ich draußen vor dem Laden der Urban Revolutionary Party stand, wie ich zur Hintertür hinausrannte und Tina am Arm hinter mir her zog und wie ich auf einen Cadillac zulief, von dem ich wusste, dass er grün war.

Das Fieber, das ich zwei Tage zuvor gespürt hatte, kam als Frösteln zurück. Einen Augenblick lang empfand ein dunkler Teil meines Herzens den Drang, Officer Knorr zu erwürgen und über die Staatsgrenze zu verduften.

»Ich hab diese Bilder herumgezeigt und bin auf Ihren Namen gestoßen, Mr. Rawlins.«

»Warum kommen Sie ausgerechnet zu mir?«

»Weil ich alle anderen Namen kenne. Christina Montes, Jasper Xavier Bodan und Anton Breland, der auch als Conrad bekannt ist. Ich kann jeden bei diesem Meeting mit einem Namen und ein paar Aliassen verbinden. Jeden außer Ihnen.«

Ich prägte mir die Namen ein, die ich noch nicht kannte, und bemühte mich gleichzeitig, mich von meinem Atem nicht zu Gewalttätigkeiten hinreißen zu lassen.

»Wo liegt das Problem, Officer? Gibt es irgendein Gesetz, das mir verbietet, zu einem politischen Meeting zu gehen?«

»Was haben Sie da gemacht?«

»Warum?«

»Es könnte von Bedeutung für einen Fall sein, den ich zu bearbeiten habe.«

»Was ist das für ein Fall?«

»Wir haben Grund zu der Annahme, dass diese politischen Aktivisten irgendwelche gewalttätigen Proteste planen, vielleicht sogar so was wie einen bewaffneten Angriff. Das will ich verhindern.«

Es war unmöglich, zu ergründen, was sich hinter dieser kühlen Miene und den sanften Worten verbarg. Glaubte er an das, wonach er mich hier befragte? Oder war es ein raffinierter Trick, mit dem er mir ein Bein stellen oder diesen Kindern irgendetwas anhängen wollte?

»Ich war da, weil ich einen jungen Mann namens Brawly Brown gesucht hab«, sagte ich.

»Warum?«

»Weil seine Mutter sich Sorgen um ihn gemacht hat und ich mich davon überzeugen sollte, dass er gesund und wohlauf ist.«

Knorr zwinkerte mir zu. Ich wusste nicht, ob es ein nervöser Tic war oder ein Zeichen dafür, dass er mit meiner Antwort zufrieden war.

»Haben Sie ihn gefunden?«

»Ich hab ihn am anderen Ende des Raumes gesehen. Dann kam Ihre Panzertruppe durchs Fenster und fing an, den Leuten die Köpfe einzuschlagen.«

»Das war nicht ich. Das war Captain Lorne. Er glaubt, man kann die Neger besiegen, indem man sie auseinander treibt. Ich weiß es besser.«

Allmählich bekam ich ein klares Bild vom Inneren dieses Mannes.

»Sie machen also bloß Fotos, während er unsere Rechte mit Füßen tritt?«

»Rechte«, sagte Knorr. »Diese Leute respektieren nicht, was Amerika ihnen geschenkt hat. Sie verdienen keine Rechte.«

»Das haben Sie nicht zu entscheiden, Officer. Rechte werden durch die Verfassung garantiert; sie unterliegen nicht dem Urteil eines Botenjungen aus der City Hall.«

Wenn das möglich war, wurden Knorrs grüne Augen noch kühler.

»Dieser Junge, dieser Brown«, sagte er, »steht im Mittelpunkt des Problems, das ich bearbeite. Er hat Kontakt mit den Leuten, die einen Aufstand planen.«

Ich fragte mich, ob das, was er da sagte, stimmte. Außerdem fragte ich mich, ob er es selbst glaubte.

»Warum kommen Sie her und erzählen mir das alles, Officer? Sie kennen mich nicht. Nach allem, was Sie wissen, könnte ich Chruschtschows Mann in L. A. sein. Ich könnte Brawly suchen, um ihn für den Krieg zu rekrutieren.«

»Ich habe mit ein paar Leuten über Sie gesprochen, Mr. Rawlins. Easy – so nennt man Sie, stimmt's? Sie haben ein Vorstrafenregister, aber nicht wegen solcher Sachen. Sie arbeiten sauber. Manchmal stehen Sie auf der falschen Seite, aber Sie sind ein loyaler Amerikaner. Ich kenne Ihre Militärdienstakte.«

»Der Krieg ist vorbei«, sagte ich. »Sie haben gewonnen und ich nicht.«

»Diesen Scheiß glauben Sie doch selber nicht«, sagte Knorr. »Denn dann hätten Sie Jesus und Feather nicht …«

Als er die Namen meiner Kinder aussprach, drang eine eisige Übelkeit in meine Eingeweide.

»Sie hätten Ihren Job an der Sojourner Truth Junior High School nicht. Ich habe gehört, Sie sind sogar eingeschritten, als es an Ihrer Schule Bandengewalt gab; Sie haben die Cops gerufen und ihnen die Informationen gegeben, die sie brauchten, um einen Bandenkrieg zu verhindern.«

»Was wollen Sie von mir, Officer?«

Knorr zog eine schmutzige weiße Karte aus der Tasche und legte sie auf den Tisch.

»Das ist meine Nummer«, sagte er. »Rufen Sie mich an,

wenn Sie was haben. Als Informant können Sie wahrscheinlich mit tausend Dollar Belohnung rechnen. Als Amerikaner helfen Sie Ihrem Volk und meinem.«

Ich rührte die Karte nicht an, und ich schaute auch nicht hin.

»War's das?«

»Ja.«

»Warum gehen Sie dann nicht?«

Er schenkte mir ein achtel Nicken und ein kaltes Grinsen, und dann stand er auf und ging zur Tür. Während ich ihm nachsah, kehrten meine Gedanken zu Mouse zurück.

»Bring ihn um«, wisperte mein Freund aus dem Grab.

SECHZEHN

Der Nachmittag sah mich auf der Grand Avenue, unmittelbar nördlich vom Sunset. Die Adresse, die Jackson mir gegeben hatte, war ein großes Backsteingebäude, das eher wie eine Fabrik als ein Wohnhaus aussah. Der Eingang war klein, aber auf dem Klingelschild standen mehr als drei Dutzend Mieter. Ich ging die Liste rauf und runter, bis ich bei dem Namen B. TERRELL hängen blieb. Ich dachte kurz darüber nach, und dann fiel mir Brawlys High-School-Freundin ein.

B. Terrells Apartment war im fünften Stock. Als ich die dritte Treppe hinter mir hatte, atmete ich schwer. Als ich vor ihrer Tür stand, musste ich warten, bis ich wieder Luft kriegte.

Ich klopfte vier Mal. Der Hausflur war leer, und das Türschloss war empfänglich für die drei Spielkarten aus meiner Brieftasche.

B. Terrells Apartment hatte einen gleichförmigen, beinahe knastartigen Schnitt. Es bestand aus vier Räumen, alle gleich groß: Wohnzimmer, Küche, Bad, Schlafzimmer. Jeder Raum war würfelförmig, und zusammen bildeten sie ein großes Quadrat. Jedes Zimmer hatte zwei Türen. Das Wohnzimmer war zu klein, das Bad zu groß. Die Küche bot wenig Spielraum. Nur das Schlafzimmer war so benutzbar, wie es sein sollte.

Die Wohnungstür führte ins Wohnzimmer. Auf einem kleinen Couchtisch stand ein gerahmtes Foto mit einem jüngeren Brawly, Arm in Arm mit einem blonden weißen Mädchen. Sie hatte das gesunde Aussehen einer Skandinavierin, nicht hübsch, aber ganz gut. Sie lächelten und waren offensichtlich verliebt, zumindest in diesem Moment. Auf dem Küchentisch lag Post, die an BobbiAnne Terrell adressiert war. Im Medizinschrank im Bad waren vier Schachteln Kondome und ein Tiegel Vaseline.

Unter dem Bett stand eine schwere, olivgrün angestrichene Metallkiste. Darin fand ich drei Karabiner, sechs .45er Pistolen und zwei M1-Gewehre. Auf dem obersten Regal im Wandschrank stapelten sich Schachteln mit Munition für diese und ein paar andere Waffen.

Ich nahm eine der Pistolen, lud sie und steckte sie in die Tasche meiner Windjacke. Ich hatte das Wohnzimmer halb durchquert und war auf dem Weg zur Tür, als das Schloss klickte und die Tür aufging.

Sie war überrascht, einen großen Schwarzen mitten in ihrem Zimmer zu sehen, aber nicht so überrascht, dass sie geschrien hätte oder weggerannt wäre. Ich war auch überrascht.

»Hallo«, sagte sie, und in ihrem Ton lag eher Neugier als Angst.

Sie sah genauso aus wie auf dem Foto. Sogar das Kleid war dasselbe: ein korallenroter Einteiler mit einer Knopfleiste vorn. Sie hatte eine nette Figur, wenn man seine Frauen ein bisschen fleischig mag. Ihr Gesicht war breit und in der Mitte sommersprossig.

»Hi«, sagte ich.

»Wer sind Sie?«

»Easy«, sagte ich. »Easy Rawlins.«

»Was suchen Sie in meiner Wohnung?«

»Brawly Brown. Die Tür war nicht abgeschlossen, und ich hatte gerade nichts anderes vor; also bin ich hineinspaziert und hab seinen Namen gerufen. Ich wollte gerade wieder gehen, als Sie kamen.«

»Warum suchen Sie Brawly?«

»Viele Leute suchen ihn«, sagte ich. »Aber ich vertrete Alva, seine Mutter.«

BobbiAnne drehte den Türknopf hin und her, aber man konnte natürlich nicht feststellen, ob die Tür wirklich nicht abgeschlossen gewesen war.

»Ich hab überall gesucht«, sagte ich. Ich wollte sie mit Geplauder beruhigen. »Bei den ›Ersten Menschen‹, bei seiner Cousine Isolda …«

»Hat sie Sie geschickt?«, fragte BobbiAnne, und ihre Augen blitzten erbost.

»Nein. Ich hab sie nur besucht. Sie war es, die mir Ihren Namen genannt hat.«

»Dieses Miststück«, sagte BobbiAnne.

»Warum sagen Sie das?«

»Kein Miststück. Bloß krank«, korrigierte sich das nordische Mädel. Sie kam weiter herein; vermutlich entspannte es sie, dass ich an meinem Platz blieb.

»Inwiefern krank?«

»Sie hat Brawly benutzt.«

»Yeah?«

»Was werden Sie tun, wenn Sie Brawly finden?«, fragte sie und änderte damit die Richtung unserer Unterhaltung.

Ich ging zu einem Stuhl und gab ihr damit zu verstehen, dass ich die Unterhaltung ausdehnen wollte.

»Der Junge sitzt in der Patsche«, sagte ich. »Die Polizei glaubt, er ist auf dem besten Weg, ein Radikaler zu werden, Isolda glaubt, er hat seinen Vater umgebracht, und Alva glaubt bloß, er treibt sich mit den falschen Leuten rum. Nach dem, was ich weiß, können sie alle Recht haben.«

Etwas von dem, was ich sagte, beunruhigte das Mädchen. Ein sorgenvoller Ausdruck schlich sich in ihr optimistisches Gesicht, und sie setzte sich mir gegenüber auf das kleine Sofa.

»Sind Sie hier, weil Sie ihn der Polizei ausliefern wollen?«

»Ich sage doch, ich bin hier, weil seine Mutter mich geschickt hat. Mütter liefern ihre Kinder nicht an die Cops aus.«

»Wie haben Sie mich gefunden?«

»Jetzt wechseln Sie zum zweiten Mal das Thema«, sagte ich. »Nicht eben höflich, aber ich sage Ihnen, dass ich Sie nicht gesucht hab. Ich hab mich nach Brawly umgehört und erfahren, dass er eine Freundin hat, die hier wohnt. Als ich Ihren Namen sah, wusste ich, dass Sie es sein müssen, weil Isolda mir erzählt hat, dass Sie auf der High School mit Brawly befreundet waren. Können Sie mir jetzt helfen, den jungen Mr. Brown zu finden?«

BobbiAnne hatte große, aufrechte Brüste und breite Schultern, kristallblaue Augen und einen Bauch, der nur ganz leicht vorgewölbt war. All das bewirkte, dass sie von Augenblick zu Augenblick attraktiver wurde. Sie war ein Mädchen, das einem über Nacht zur Schönheit werden konnte.

Ihr Gesicht war besorgt, aber deshalb wirkte sie noch lange nicht zerbrechlich oder verwundbar. Das gefiel mir.

»Ich weiß nicht, wo Brawly ist«, sagte sie. »Aber soweit ich weiß, ist er nicht in Schwierigkeiten. Nur, dass seine Mutter ihn nicht versteht.«

»Haben Sie in den letzten ein, zwei Tagen mit ihm gesprochen?«

»Er hat angerufen. Er wollte vorbeikommen, sagte er, aber erst müsste er noch zu einem … einem Freund.«

»Anton Breland?« Ich erinnerte mich an das Alias, das Conrad manchmal benutzte.

»Woher kennen Sie ihn?« Jetzt zeigte Miss Terrells Gesicht echte Beunruhigung.

»Bin ihm mal begegnet. Er hat mich mit 'ner Pistole bedroht und mich drei Meilen weit von meinem Wagen ausgesetzt.«

»Oh. Ich konnte ihn nicht leiden, als ich ihn kennen

lernte«, sagte sie. »Aber er und Brawly sind ziemlich gute Freunde geworden. In den letzten sechs Monaten ist er ziemlich heftig auf diese schwarze Kiste abgefahren. Er sagt, ihm sei klar geworden, dass die Schwarzen sich von den Weißen befreien müssten.«

»Und da hat er Sie verlassen?«

»Wie meinen Sie das«

»Na ja«, sagte ich, »ich hab seinen Namen unten nicht gesehen.«

»Wir haben nie zusammen gewohnt.«

»Brawly ist also nicht in irgendwelchen Schwierigkeiten?«

»Nein«, sagte sie zögernd.

»Ich kann ihm nicht helfen, wenn Sie mir nichts sagen.«

»Ich kenne Sie doch nicht mal.«

»Die Frage ist«, sagte ich, »ob Sie Brawly kennen.«

»Was soll das heißen?«

»Das soll heißen, wenn die Polizei kommt und diese Kanonen unter Ihrem Bett findet, wandern Sie ins Gefängnis. Erst recht, wenn sie die M1-Gewehre aus Armeebeständen entdecken.«

»Sie haben meine Wohnung durchsucht?«

»Hören Sie, Mädchen«, sagte ich. »Ich interessiere mich weder für Sie noch für diese Waffen. Ich bin kein Cop, und ich beschäftige mich nicht mit Politik. Ich will nur wissen, wie es Brawly geht, und ihm aus der Patsche helfen, wenn ich kann. Wenn Sie mit dreißig Jahren Knast unterm Bett schlafen wollen, soll mir das recht sein. Aber wenn Sie wissen, was gut für Sie ist, sagen Sie mir, wie ich Brawly finde und ihn zur Vernunft bringe.«

»Ich weiß nichts, Mr. Rawlins.«

»Gehören ihm die Waffen unter dem Bett?«

Sie antwortete nicht.

»Wozu sind sie da?«

»Nur … nur zur Selbstverteidigung. Für alle Fälle.«

»Haben Sie sie angerührt?«

»Was angerührt?«

»Die Waffen.«

»Nein.«

»Tun Sie's auch nicht.« Ich stand auf.

BobbiAnne zuckte am ganzen Körper zusammen, als ich mich so plötzlich bewegte. Es war der erste wirkliche Hinweis darauf, dass sie Angst vor mir hatte.

»Brawly hat Schwierigkeiten«, sagte ich. »Und wenn Sie nicht aufpassen, wird er Sie mit hineinziehen.«

»Ich habe nichts verbrochen.«

»Wenn Sie einen Richter davon überzeugen können, kriegen Sie vielleicht nur fünfzehn Jahre.«

SIEBZEHN

Anton Breland stand im Telefonbuch. Ich suchte ihn in einer Telefonzelle hinter einem Thrifty's Drug Store heraus. Das war gegen zwei Uhr nachmittags an einem Montag. Es konnte kein besseres Indiz dafür geben, dass ich dabei war, auf die schiefe Bahn zu geraten. Während ich dasaß und den Namen auf der weißen Seite anstarrte, versuchte ich mir einzureden, dass ich meine Pflicht John gegenüber getan hatte und dass es Zeit war, wieder zu meinem Job zurückzukehren. Es gab keinen Grund, weshalb ich mich auf die Jagd nach Revoluzzern und Mördern begeben sollte. In sechsunddreißig Stunden würde Bonnie wieder zu Hause sein. Mein Leben konnte wieder schön werden.

Aber dann wurde mir klar, dass meine Gedanken in den letzten paar Tagen nicht von Bedauern über den Tod meines Freundes getrübt gewesen waren. Nur meine Träume offenbarten solche Gefühle. Aber solange ich in Bewegung blieb und versuchte, Brawly Browns Spuren zu entwirren, befand ich mich in einer Art Sicherheitszone, wo die Schuldgefühle mich nicht erreichen konnten.

Ich zündete mir eine Zigarette an und riss die Seite aus dem Telefonbuch.

Anton wohnte in der Shenandoah Street, einer kleinen Nebenstraße abseits der Slauson Avenue, in einem Haus, das aussah wie ein Backsteinbunker. Der Rasen war sauber, aber tot; das zehn Zentimeter hohe Gras war strohgelb. Vermutlich hatte Anton das Interesse an diesem Rasen vor ungefähr vierzehn oder fünfzehn Monaten verloren; aber er war weitergewachsen, weil es mitten in der Regenzeit gewesen war. Als der Sommer kam, war das Gras gestorben, und was übrig war, sah aus wie ein Weizenfeld bei den Pygmäen.

Die Einfahrt war leer, und ein grüner Caddy war nirgends zu sehen. Also beschloss ich, ein Weilchen im Auto zu warten.

Das Haus inmitten dieser toten Wiese sah aus wie viele verlassene Häuser, die ich bei Kriegsende in den Vororten von Berlin gesehen hatte. Nicht wichtig genug, um sie zu bombardieren oder niederzubrennen, aber zu gefährlich, um sie zu bewohnen.

Ich zündete mir wieder eine Zigarette an und wartete.

Es war Winter in Los Angeles – die einzige Jahreszeit, in der der Smog nachlässt. Der Wind wehte aus der Wüste herüber und säuberte den Himmel. Derselbe Wind verwandelte die Wolken in ein ständig wechselndes Skulpturenpanorama vor strahlend blauem Hintergrund. Gerade pirschte da noch ein einäugiger Löwe auf die Berge zu, und schon im nächsten Moment wurde er zu einem vielarmigen Ameisenfresser, der sich auf die Hinterbeine erhob und seine Klauen spreizte.

Ich musste lächeln beim Anblick dieser treibenden Giganten. Ich war zu klein, als dass sie mich bemerken konnten, nur ein schwarzer Punkt unterhalb ihres Reiches. Das gab mir die Illusion von Sicherheit.

Als ich Anton alias Conrads grünen Cadillac ankommen und ihn so nonchalant aussteigen sah, wurde mir klar, dass alle Sicherheit Illusion ist.

Conrad betrat seinen Vorgarten wie ein kleiner König, der ein so gutes Leben führte, wie man es unter Armen erwarten konnte. Während er auf seine Haustür zuschlenderte, überlegte ich, was ich als Nächstes tun wollte. Conrad hatte eine Waffe und benutzte sie bedenkenlos. Er traf seine Entscheidungen ohne Rücksicht auf die Sicherheit seiner Freunde, der Umstehenden oder seiner selbst. Ich konnte nicht einfach klingeln – womöglich würde er mich durch die Tür erschießen. Andererseits, jetzt einfach auf ihn zuzugehen würde auch Probleme bringen. Er wäre dämlich genug, hier draußen am helllichten Tag mit seiner Kanone herumzufuchteln. Ich wäre vielleicht in der Lage, sie ihm wegzunehmen, aber die Nachbarn könnten das Gerangel sehen und eingreifen.

Während ich noch überlegte, stieg ein Weißer aus einem nagelneuen Ford, der einen halben Block weiter parkte. Den Wagen hatte ich schon bemerkt, aber nicht den Mann darin. Er hatte offensichtlich ebenfalls auf Conrad gewartet. Der Mann trug einen grünen Anzug wie aus einem Comic-Heft, und er ging erst verstohlen, aber dann sehr schnell.

Conrad hatte eben seine Tür aufgeschlossen, als er den Weißen hinter sich spürte oder vielleicht auch hörte. Bevor er sich ganz umdrehen konnte, verpasste der Weiße ihm einen Hieb an die Schläfe, und der arrogante junge Mann kippte in sein Haus. Sofort schloss sich die Tür hinter ihnen, und ich saß draußen und konnte die neue Lage überdenken.

Mein erster Gedanke war, zur Ecke runterzufahren, aus irgendeiner Telefonzelle die Polizei anzurufen und zu verschwinden. Selbst in alten Zeiten, als ich zu den festen Einrichtungen der zwielichtigeren Seite von Watts gehört hatte, war ich klug genug gewesen, mich nicht in die Angelegenheiten der Straße einzumischen.

Und das hier war eindeutig eine Sache der Straße. Der Weiße in dem grünen Anzug war weder ein Cop noch ein Revolutionär, und er war kein Mitglied des Ku-Klux-Klan und kein eifersüchtiger Ehemann. Er war da, weil er irgendeine kriminelle Buchhaltung zu führen hatte, die mit dem

Strick statt mit dem Hauptbuch und mit dem Schlagring statt mit der Rechenmaschine operierte.

Ich hätte verschwinden sollen, aber ich hatte auch eine Angelegenheit zu erledigen. Da war mein Freund John, der etwas brauchte. Da war das Fieber, das in meinem Herzen brannte wie ein Scheiterhaufen für den toten Mouse.

Ich wartete ungefähr fünfzehn Sekunden und ging dann zum Nachbarhaus. Ich drückte auf die Klingel, aber niemand kam. Ich klopfte laut – für alle Fälle.

Es war ein Holzhaus im Rancho-Stil, frisch angestrichen und von einem schönen, zarten Rasen umgeben. Hinten im Garten war ein großes Gemüsebeet, aber die meisten Pflanzen waren tot, nur ein zäher Tomatenstrauch hatte noch ungefähr die Hälfte seiner grünen Blätter, und eine mittelgroße, tiefrote Frucht hing an einem der oberen Zweige. Ein nervöser Hunger nagte in meinen Eingeweiden, und so pflückte ich die Tomate. In kalifornischen Supermärkten gab es niemals so süße Tomaten, sondern immer nur welche, die in Treibhäusern gewachsen waren, ohne die Hilfe der Natur.

Während ich noch auf dem süßen Fruchtfleisch kaute, hob ich einen Terrakottatopf auf, der auf der Veranda des Ranchhauses stand, und sprang über den hüfthohen Drahtzaun auf Conrads Grundstück. Lautlos schlich ich zur Hintertür und legte mein Ohr daran.

»Bitte!«, schrie ein Mann. »Ich hab's bis Sonntag. Sonntagmorgen, ich schwöre.«

Ich hörte einen dumpfen Schlag, dann ein Stöhnen, dann einen lauteren dumpfen Schlag, als jemand zu Boden fiel.

»Mr. London will deine Niggersprüche nicht hören, Anton«, sagte eine andere Stimme.

Conrad stöhnte wieder, und ich hatte den Verdacht, dass er einen Fußtritt in die Rippen bekommen hatte.

»Sonntag, Mann. Sonntag, ich schwöre.«, winselte Conrad. »Es ist alles geregelt.«

Wieder ein dumpfer Schlag. Wieder ein Stöhnen.

»Ich weiß, dass du bezahlen wirst, Nigger«, sagte der Weiße. »Ich weiß es, weil du nie wieder vergessen wirst, jemanden zu bezahlen, wenn ich dir erst den Arsch verbrannt hab.«

Wenn der Gorilla bei seinem normalen Auftrag geblieben wäre, nämlich einem säumigen Schuldner eine ordentliche Tracht Prügel zu verpassen – kann sein, dass ich abgewartet hätte, bis er fertig war. Das war die beste Möglichkeit für mich: zu warten, bis er Anton weich geklopft hätte. Wenn er dann weg wäre, könnte ich hineinspazieren und ein paar Fragen über Brawly stellen. Aber alles, was mit Strick und Feuer zu tun hatte, wenn es um schwarz-weiße Beziehungen ging, rollte mir die Zehennägel auf.

Conrad hatte keine hintere Veranda, nur eine Tür mit zwei Betonstufen. Ich zerschmetterte den Topf auf den Stufen und drückte mich dann mit dem Rücken an die Backsteinwand. Als Erstes trat Totenstille ein, und dann kamen schnelle Schritte auf die Tür zu. Als er herausstürzte, traf ich ihn seitlich am Kinn, und zwar mit einer rechten Geraden, die alle bösen Absichten eines Archie Moore in sich trug. Ich ließ eine Linke folgen, und dann zwei rechte Haken. Der letzte Schlag ging ins Leere, weil der Weiße in dem lächerlichen Anzug schon am Boden lag. Seine Augen waren offen, aber ich bezweifle, dass er viel sah.

Ich hob ihn bei seinen schrillen Revers hoch und ließ gerade lange genug los, um ihm noch eine machtvolle Rechte zu verpassen. Als er k. o. war, trat ich ihn noch zweimal. Ich trat ihn nicht aus Rache oder Wut, zumindest nicht nur. Das hier war ein gefährlicher Mann, der wusste, wie man jemandem Schmerzen zufügte, und wahrscheinlich auch, wie man tötete. Die Wucht dieser Tritte würde ihn langsamer machen, wenn er das Bewusstsein wieder fände.

Ich zog die Pistole aus seinem Gürtel, schleifte ihn ins Haus und machte die Tür zu.

Conrad hatte sich aufgerichtet und stützte sich mit der rechten Hand auf. Die Finger seiner linken umklammerten unsicher eine Pistole. Ich pflückte sie ihm aus der Hand und steckte sie zu der Kanone des Gangsters in meine Tasche.

Das Gewicht der drei Pistolen in meiner Tasche ließ mich lächeln. Es erinnerte mich an eine gut genützte, vergeudete Jugend in Houston. So manche Nacht hatte ich da die Waffen meiner Freunde bei mir getragen, wenn die Gefahr bestand, dass sie festgenommen oder durchsucht wurden.

Diverse Gerüche wehten durch die Luft. Ein Mülleimer, der schon vor drei Tagen hätte geleert, eine Toilette, die am Morgen hätte abgezogen werden müssen.

Conrad wand sich am Boden und rang mit Schwerkraft und Gleichgewicht. Der Gangster lag da wie tot, aber er atmete noch.

Ich ging in die Knie und kniff Conrad sehr fest in die Wange. Der schmerzhafte Schreck brachte ihn vollends zu Bewusstsein.

»Was?«

»Du wärst jetzt vielleicht tot«, sagte ich. »Wenn ich nicht gewesen wäre.«

»Was?«

»Dein Freund da drüben.«

Conrad drehte den Kopf und warf einen Blick auf den Angreifer, der neben ihm auf dem Boden lag. Dann kippte er um.

»Scheiße«, sagte er.

In der Ecke war eine Tür, die zu der duftenden Toilette führte. Ich durchsuchte den bewusstlosen Gangster nach weiteren Waffen, schleifte ihn dann ins Bad und schloss die Tür. Das Toilettenfenster war ungefähr so groß wie ein Kuhschädel, zu klein, als dass ein ausgewachsener Mann hätte hinauskriechen können; also klemmte ich nur einen Stahlrohrstuhl unter den Türknopf, damit ich mir sicher sein konnte, dass wir nicht gestört wurden.

Conrad hatte sich so weit aufgerappelt, dass er mit dem Rücken an der Wand lehnte. Wir waren in einem dunklen Raum, der früher eine Küche gewesen war. *Dunkel*, weil das Licht nur von einem kleinen Fenster und zwei 40-Watt-Birnen kam, und *früher*, weil der Herd ausgebaut, der Kühlschrank offen und der Stecker herausgezogen war; auf allen Borden wie auch in der Spüle stapelten sich Bücher und Zeitschriften, Farbdosen und diverses Werkzeug. Außer dem Stahlrohrstuhl (mit dem ich den Gorilla eingesperrt hatte) gab es noch einen rohen Holztisch mit einer Schreibmaschine und einigen Blättern Papier.

Conrad funkelte mich an.

»Ich kenn dich«, sagte er.

»Das bedeutet vermutlich, dass er dir deinen Verstand nicht komplett aus dem Schädel geprügelt hat.«

»Was machst du hier?«, fragte er. »Ich meine, wie hast du mich gefunden?«

»Was passiert am Samstag?«, fragte ich ihn.

Bei Conrads Versuch, eine Unschuldsmiene zu produzieren, hätte ich am liebsten gelacht.

»Du weißt schon«, sagte ich. »Du hast dem Mann, der dich verhauen hat, erzählt, dass du deine Schulden am Sonntag bezahlen würdest und dass alles geregelt wär. Also hast du Samstag was vor.«

»Ich ... ich ... ich hab bloß geredet, Bruder. Damit er mir nicht in den Arsch tritt.« Conrad schaute weg, damit ich die Lüge in seinem Blick nicht sah.

»Ach so«, sagte ich. »Ich dachte schon, es hätte was mit den geklauten Waffen zu tun, die du und Brawly bei Bobbi-Anne untergestellt habt.«

Conrad versuchte nicht aufzustehen; er schaute mir in die Augen, ohne mit der Wimper zu zucken.

»Du und Xavier, plant ihr so was wie einen Krieg?«, fragte

ich, nur um den Anschein eines Gesprächs aufrechtzuerhalten.

»Nein. Nein. Ich werd die Dinger verschieben, das ist alles. Werd sie verschieben und das Geld mit Bad Boy teilen. Am Samstag.«

Ich hatte eine Eingebung. »Was hast du mir über Aldridge Brown zu erzählen?«

Wieder huschte sein Blick zur Seite.

»Hast du ihn umgebracht, oder war es Brawly?«

»*Fuck*, Mann, ich weiß nicht, wovon du redest. Ich hab den Namen Alvin Brown noch nie gehört.«

»Wo ist Brawly?«

»Ich weiß es nicht.«

»Hat er irgendwo ein Zimmer?«

»Ich seh ihn nur bei den Meetings.«

»Hast du auch die Kanonen bei den Meetings gesammelt?«

»Ich brauch nicht mit dir zu reden«, sagte er wütend. Offenbar rappelte er sich innerlich auf, wollte etwas unternehmen.

»Die Cops glauben, ihr wollt die City Hall in die Luft sprengen, Anton.«

»Woher weißt du das? Bist du ein Cop?«

Ich zog das Eisen des Gangsters aus der Tasche. Es war eine langnasige .22er, ein Killerkaliber. Ich spannte den Hahn, und Conrads hübsches kaukasisches Gesicht erbleichte.

»Hoch mit dir«, sagte ich, und er gehorchte sofort.

»Schuhe und Socken ausziehen.«

Auch diesen Befehl befolgte er.

»Mach deine Taschen leer«, sagte ich. »Und leg alles auf den Tisch.«

Jetzt hörte man, dass sich in der Toilette etwas bewegte. Conrad warf einen furchtsamen Blick zur Tür.

»Okay, gehen wir«, sagte ich.

»Wohin?«

»Zu meinem Wagen.«

Wir verließen das Haus und gingen zu meinem Wagen. Ich hielt mich dicht neben Conrad und drückte ihm die Waffe in die Seite. Ich ließ ihn an der Fahrerseite einsteigen und auf den Beifahrersitz rutschen.

»Diese Kanone macht nicht mehr Krach als eine Platzpatrone.« Ich drückte ihm die Mündung fest in die Rippen. »Aber sie reißt dir die Eingeweide auseinander.«

Beim Fahren stellte ich ihm noch einmal dieselben Fragen. Er erzählte mir wieder, dass er und Brawly im Waffengeschäft seien und dass sie die Ware am Samstag verschieben würden, damit er seine Spielschulden bei Angel London bezahlen könnte, einem Buchmacher in Redondo Beach.

Ich hatte ein verzwicktes Problem. In Conrads Bad klemmte ein halb bewusstloser Killer. Der Killer hasste mich jetzt mehr, als er Conrad hasste. Ich durfte nicht zulassen, dass er mich sah oder Conrad nach mir befragte. Andererseits, wenn ich Conrad wieder in sein Haus ließe, würde er den Gangster vielleicht durch die Tür oder durchs Fenster erschießen. In dem einen Fall wäre ich also die Zielscheibe eines Killers, im anderen hätte ich Beihilfe zu einem Mord begangen.

Also beschloss ich, mit Conrad nach Griffith Park raufzufahren. Er schwitzte und rechnete offensichtlich damit, dass ich ihn umbringen würde. Entsprechend groß war der Seufzer der Erleichterung, als ich ihn hoch oben auf einer Anhöhe aus dem Wagen schmiss. Er meckerte nicht mal darüber, dass ich ihn ohne Brieftasche und ohne Schuhe aussetzte.

»Beim nächsten Mal fährst du mich vielleicht zu meinem Wagen zurück, wenn ich dich darum bitte«, sagte ich, ehe ich wegfuhr.

Ich bezweifelte, dass Conrad nach Hause zurückgehen würde, und ich war mir sicher, dass der Gangster bereits auf der Straße war und nach meinem Namen forschte.

ACHTZEHN

Jesus, Feather und ich kamen ungefähr gleichzeitig nach Hause. Ich las die beiden auf, als sie an der Ecke Pico und Genesee aus dem blauen Bus stiegen.

Feather hatte Hausaufgaben, die ihre Konzentration so sehr beanspruchten, dass sie sich nicht mal Zeit für ihren Snack nahm, ehe sie sich am Küchentisch in die Arbeit stürzte.

»Das ist ein Buch über ein Mädchen, das im Krieg gekämpft hat«, erzählte sie mir. »In Franzland. Ich muss es lesen und einen Aufsatz drüber schreiben.«

»Was für ein Mädchen?«

»Joan Arks.«

»Hatte sie ein Gewehr?«, fragte ich.

»Nein. M-m. Ein Schwert. Ein großes Schwert.«

»Und hat sie den Leuten die Köpfe abgeschlagen?«

»Nein. Sie hat es bloß über den Kopf gehalten und ist den Feinden nachgelaufen, und die haben Angst gekriegt und sind weggerannt.«

Es war ein richtiges Buch, ungefähr dreißig Seiten Großdruck, und ungefähr alle sechs Seiten kam eine Schwarzweißillustration. Auf dem Cover war Johanna mit hoch erhobenem Schwert zu sehen; vor ihr knieten Männer, und hinter ihr jubelten andere. Feather studierte jede Seite mit hingerissener Aufmerksamkeit.

»Willst du Erdnussbutter und Gelee, Sis?«, fragte Jesus sie.

»Mm, m-hm.«

Er machte ihr das Sandwich und schenkte ihr ein Glas Milch ein, während ich Reis aufsetzte und den eingefrorenen Ochsenschwanz, den ich in der vergangenen Woche gekocht hatte, aus dem Tiefkühlfach nahm. Ich hatte auch noch eine Schüssel grüne Bohnen mit Eisbein im Eis. Als Feather ihr Sandwich gegessen hatte und das Essen auf dem Herd kochte, gingen Jesus und ich in den Garten zu seinen Sägeböcken und den langen Brettern.

»Du hast immer noch vor, dieses Boot zu bauen, hm?«

»Ja.«

»Und was ist mit der Schule?«

»Ich weiß nicht«, sagte er.

»Wenn du aussteigen willst, muss ich das unterschreiben, nicht wahr?«

»Yeah.«

»Dann musst du mir ins Gesicht schauen und mit mir sprechen, denn ich sehe überhaupt nicht ein, warum du nicht zur Schule gehen kannst, wenn das anscheinend jedes andere Kind in Los Angeles kann.«

»Nicht jedes«, sagte er.

»Nein. Schwangere Mädchen und jugendliche Straftäter nicht. Kinder, die beim Film sind, und kleine Kinder ohne Eltern, die ihnen zeigen, was richtig ist, auch nicht. Aber alle andern schaffen es.«

Jesus wandte sich ab. Wahrscheinlich wollte er gehen, aber ich hielt ihn beim Arm fest, ehe er einen Schritt tun konnte.

»Sprich mit mir.«

Er setzte sich ins Gras, und ich setzte mich neben ihn. Als er anfing, sich vor und zurück zu wiegen, legte ich ihm eine Hand aufs Knie.

»Ich liebe dich, Junge«, sagte ich. »Du weißt, ich hab auch meine Eltern verloren, als ich klein war. Ich weiß, wie es ist auf der Straße. Deshalb will ich, dass du eine Ausbildung kriegst. Die ich nie hatte.«

Er hörte auf zu wippen und sah mir in die Augen.

»Ich kann in der Schule nicht lernen«, sagte er.

»Natürlich kannst du das«, sagte ich.

»Nein.« Tonfall und Gesicht duldeten keinen Widerspruch. »Ich will ihnen nicht mehr zuhören. Die tun so, als müssten wir ihnen zuhören und alles glauben. Aber sie sagen falsche Sachen. Sie schließen die Tore ab. Ich will da nicht mehr sein.«

»Aber du hast nur noch ein bisschen mehr als ein Jahr.«

»Ich will mein Boot bauen.«

»Wirst du auf der Schule bleiben und dir große Mühe geben, wenn ich es sage?«

Er zögerte kurz. »Wahrscheinlich ja.«

»Dann lass mich ein paar Tage drüber nachdenken.«

Beim Abendessen hatten wir eine Menge Spaß. Feather unterhielt uns mit Auszügen aus »Joan Arks«, und nach dem Essen las sie uns ihren Aufsatz vor. Jesus ging früh ins Bett und las sein Buch, um zu lernen, wie man ein einmastiges Segelboot baute. Feather und ich sahen uns die *Andy Griffith Show* an. Sie liebte den kleinen Opie.

»Weil er so nett ist«, sagte sie.

»Daddy? Daddy.«

Ich war eben ins Lagerhaus des Friedhofs gegangen, wo Dutzende von belegten Särgen aufgestapelt auf die Beerdigung warteten. Anscheinend war ich der Einzige da, und ich hatte nur eine Schaufel, aber ich war dafür verantwortlich, alle diese toten Seelen zu bestatten. Ich schaute von einem Sarg zum andern, aber auf keinem der kleinen bronzenen Namensschilder am Fußende jeder Kiste stand Raymonds Name.

Jemand rief meinen Namen. Jemand hielt mir eine Schaufel entgegen. Ich sollte weitergraben.

»Was?«, sagte ich. Und dann fiel es mir ein: Ich war verantwortlich für die Beerdigungen, ich war der Totengräber für alle toten schwarzen Männer und Frauen.

»Daddy.«

»Was?«

»Du schläfst, Daddy.«

Ich machte die Augen auf. Aus dem Fernseher kam statisches Rauschen. Feather drückte mir beide Hände auf die Brust.

»Wir sind eingeschlafen«, sagte sie.

Ich trug sie in ihr Zimmer und legte sie angezogen unter die Decke.

Das Telefon klingelte, aber zuerst dachte ich, es sei der Wecker. Wer hatte den Wecker überhaupt gestellt? Ich rief Bonnies Namen. Ich wusste, dass sie es gewesen sein musste; sie hatte irgendeinen früheren Flug gekriegt und den Wecker gestellt, und jetzt würde sie einfach durchschlafen.

»Bonny, stell das Ding ab«, sagte ich.

Dann fiel mir ein, dass Bonnie nicht da war. Sie war irgendwo in einem Flugzeug. Ich stellte mir ein Flugzeug vor, hoch oben am Himmel. Ich saß auf dem Pilotensitz und schaute durch die breiten Fenster hinaus auf das tiefblaue Panorama. Die Weite über mir war grenzenlos.

Dann klingelte das Telefon noch einmal.

»Mr. Rawlins?«, fragte eine tiefe Stimme, als ich mich meldete.

»Wer ist da?«

»Henry Strong«, erklärte er.

»Mann, wie spät ist es?«

»Ich muss Sie sprechen, Mr. Rawlins. Dringend.«

Ich schaute zum Nachttisch hinüber. Die türkisblau leuchtenden Zahlen auf der Uhr lauteten 3 : 15. Ich blinzelte und wollte wieder in diesen weiten Himmel hinübergleiten.

»Mr. Rawlins, sind Sie wach?«

»An der Central in Florence ist ein Doughnut-Laden«, sagte ich. »Die haben die ganze Nacht geöffnet, wegen der Goodyear-Fabrik da unten.«

»Ich kenne ihn.«

»Bin in ’ner Dreiviertelstunde da.« Ich legte auf.

Ich drehte mich auf den Rücken und atmete tief durch. *Friedhöfe und blauer Himmel*. Diese Worte gingen mir durch den Kopf. Ein guter Titel für einen Bluessong im Düsenzeitalter.

NEUNZEHN

Ich zog Arbeitsklamotten an, damit ich unter den Gästen von Mariah's Doughnuts & Deli nicht auffiel. Ich schaffte es in fünfundzwanzig Minuten, und ab und zu klapperte mein Auto unterwegs.

Strong war nicht da, als ich kam. Aber das große Lokal war halb voll mit Arbeitern und Arbeiterinnen, die Zigaretten rauchten und Kaffee tranken.

Es war tief im schwarzen Teil der Stadt, aber hier trafen sich alle Rassen von L. A. Schwarze und Weiße, Gelbe und Braune, alle saßen zusammen und redeten. Abkömmlinge Norwegens, Nigerias und Nippons, alle sprachen dieselbe Sprache und vertrugen sich bestens.

»Kaffee«, sagte ich zu Bingham, der hinter dem Tresen im Mariah's Nachtdienst hatte.

»Wie willst du ihn haben, Easy?«

»So schwarz, wie es geht.«

Er kümmerte sich um meinen Kaffee, und ich ließ den Blick über die rund drei Dutzend Nachtschichtarbeiter wandern. Das Goodyear-Werk in der Nähe arbeitete vierundzwanzig Stunden am Tag und dreihundertfünfundsechzig Tage im Jahr. Die Leute, die hier arbeiteten, führten ein einfaches, geradliniges Leben. Anderthalb Stunden vor Schichtbeginn standen sie auf, dann arbeiteten sie acht Stunden und machten vielleicht noch ein paar Überstunden. Sie waren Bürger eines Landes, das die größeren Kriege des Jahrhunderts gewonnen hatte, und jetzt genossen sie die

Früchte dieser Siege: besinnungslose Plackerei und genug von allem, was sie kaufen wollten.

Alle in diesem Raum sahen aus, als gehörten sie hierher. Niemand schaute mich an, und niemand schaute weg.

Ich setzte mich an einen kleinen Tisch in der Nähe der Kasse und schlürfte den starken Kaffee. Jedes Wort, das gesprochen, jede Tasse, die laut auf den Tisch gestellt wurde, war eine Explosion in meinen Ohren. Meine Fingerspitzen waren gefühllos, und wenn ich den Kopf zu schnell bewegte, zitterte alles vor meinen Augen.

Nach der dritten Tasse Kaffee legte sich das allmählich.

Strong kam um 4 : 19 durch die Tür. Er hatte versucht, sich dem Anlass entsprechend zu kleiden, und trug eine schwarze Freizeithose und ein gerade geschnittenes dunkelblaues Hemd mit orangefarbenen Streifen rings um den Saum. Aber sein Kopf war zu elegant für diese Sachen, und die Sachen waren zu sportlich für den Vierundzwanzig-Stunden-Imbiss. Strong hätte nirgendwo hingepasst, wo er nicht im Mittelpunkt der Aufmerksamkeit stand.

»Kaffee?«, fragte ich ihn.

Ich winkte Bingham, und der beauftragte einen Kellner, uns heiße Beignets und zwei Tassen Kaffee zu bringen.

»Sie haben einfach aufgelegt«, sagte Strong.

»Und Sie haben mich aus dem Tiefschlaf geweckt.«

Es blieb bei diesem Patt, bis der junge Mann uns das Frühstück gebracht hatte.

»Ich muss mit Ihnen sprechen, Rawlins.«

»Darum bin ich hier.«

»Aber nicht hier. Hier sind zu viele Ohren.«

»Hier werden sie nicht zuhören, Mann.« Ich durchtränkte jedes Wort mit meiner ländlichen Erziehung. »Hier kümmert sich jeder um seinen eigenen Kram. Für uns interessiert sich niemand.«

Strong hatte ein langes Gesicht mit tiefen, seelenvollen Augen. Diese Augen brachte er gegen mich in Stellung.

»Bedeutet Ihnen Rasse etwas, Mr. Rawlins?«

»Ich gehe selten zum Pferderennen.«

»Das meine ich nicht.«

»Ich weiß, was Sie meinen. Sie sind einer von diesen pharisäerhaften Negern, die versuchen, alles nach ihren eigenen Regeln zu erklären. Aber ich bin bloß ein ganz gewöhnlicher Schwarzer, der tut, was er kann in einer Welt, in der der Weiße de facto König ist. Ich hab 'n Haus mit'm Baum im Vorgarten. Es ist mein Baum, ich kann ihn absägen, wenn ich will, und trotzdem können Sie immer noch nicht sagen, dass es 'n Negerbaum ist. Es ist einfach 'ne Kiefer.«

Ich hatte ihm alles gegeben, was er brauchte, um sich ein Bild von mir zu machen. Wenn Strong clever genug war, um mich zu verstehen, würde ich ihn ernst nehmen müssen. Wenn nicht … tja, mal sehen.

Er rieb sich mit den Fingern über die Lippen und verdaute, was ich gesagt hatte. Dabei starrte er mir noch tiefer in die Augen. Dann lächelte er. Er grinste.

»Okay«, sagte er. »Ich versuche nicht, Sie zu bekehren. Ich wollte nur wissen, wo Sie in Bezug auf die ›Ersten Menschen‹ stehen.«

»Nächste Frage«, sagte ich.

»Was haben Sie mit Brawly Brown zu tun?«

»Ich suche ihn. Für seine Mutter, wie ich schon gesagt hab.«

»Ist das alles?«

Strong war größer als ich und ungefähr dreißig Pfund schwerer. In seiner Frage lag ein Hauch von Drohung. Aber ich hatte keine Angst.

»Das ist Zeitverschwendung hier«, sagte ich.

Ich lehnte mich zurück und biss in eins der besten Beignets, die ich je gegessen hatte.

»Ich mache mir Sorgen wegen Brawly«, sagte Strong.

»Weshalb?«

»Ich glaube, dass er zu einem radikalen Flügel in Xaviers

Gruppe gehört. Ihrem Namen zum Trotz ist die Urban Revolutionary Party eine kulturelle Organisation, Mr. Rawlins. Sie will bessere Ausbildungsmöglichkeiten für unsere Kinder, ordentliche Ernährung, politischen Einfluss für die Gemeinde. Aber ein paar von unseren jungen Leuten sehen die Fortschritte mit Ungeduld. Sie sind zornig und wollen um sich schlagen. Ich glaube, dass Brawly zu diesen Elementen gehört.«

»Woher hatten Sie meine Nummer, Mr. Strong?«

»Von Tina.«

»Ich hab Tina meine Nummer nicht gegeben.«

»Nein, aber Sie haben sie Clarissa gegeben. Sie ist zu Tina gegangen, nachdem Sie bei ihr zu Hause waren. Sie macht sich ebenfalls Sorgen um Brawly.«

»Sie macht sich Sorgen um seine Sicherheit, während Sie sich Sorgen machen, weil er Ihnen schaden könnte.«

»Nicht mir, aber der Gruppe. Sie haben gesehen, was die Polizei neulich abends getan hat. Sie wissen, wozu sie fähig ist. Wenn wir nur auf die Straße gehen und die Leute drängen, zur Wahl zu gehen, schlagen sie unsere Türen ein und werfen uns ins Gefängnis. Was, glauben Sie, werden sie tun, wenn wir bis an die Zähne bewaffnete Guerilla-Kommandos bilden?«

»Und das ist es, was Brawly vorhat?«

»Ich bin mir nicht sicher«, sagte Strong mit der ganzen Ehrlichkeit eines hungrigen Krokodils. »Aber ich weiß, dass sie versuchen, Geld aufzutreiben, um Waffen zu kaufen.«

»Vielleicht wollen sie das Geld doch auch für die Schule.«

»Reden Sie keinen Scheiß, Mann.«

»Okay, okay«, sagte ich. »Sie müssen's ja wissen.«

»Warum suchen Sie Brawly Brown?«, fragte er.

»Im Auftrag seiner Mutter.«

In früheren Jahren, als ich Leuten Gefälligkeiten erwiesen hatte, hatte ich andauernd gelogen. Einen falschen Namen angegeben, nie zugegeben, was meine wahren Absichten waren. In der Regel hatten die Leute meine Lügen geglaubt. Jetzt sagte ich zum ersten Mal konsequent die Wahrheit, und das Resultat war, dass kein Mensch mir glaubte.

»Wenn das stimmt«, sagte Strong, »dann sollten Sie Brawly auftreiben und nach Hause bringen. Denn der Weg, auf dem er jetzt ist, führt auf jeden Fall in ein frühes Grab.«

»Da sind wir uns zumindest in einem Punkt einig«, sagte ich. »Ich würde nichts lieber tun, als Brawly an einen Tisch mit seiner Mutter zu setzen. Aber, wissen Sie, ich hab den Jungen einmal getroffen – und da hat er mich quer durchs Zimmer geworfen, und ich glaube, er war nicht mal sauer.«

»Vielleicht, wenn ich mitkäme«, sagte Strong. »Vielleicht würde er auf mich hören.«

»Glauben Sie?«

»Einen Versuch wäre es wert. Dieser Brawly ist ein Hitzkopf. Wenn er aus dem Spiel wäre, könnte ich die andern vielleicht zur Vernunft bringen. Und wenn Sie seine Mutter vertreten, lässt er sich vielleicht umstimmen.«

Nach meinem Eindruck war Brawly eher von brutaler Stärke oder blinder Hoffnung bestimmt – als treibende Kraft sah ich ihn eigentlich nicht. Aber was wusste ich schon? Und selbst wenn ich zu Recht argwöhnisch war, war das noch kein Grund, Strong zurückzuweisen. Wenn er bereit war, mir zu helfen, war ich bereit, mir helfen zu lassen.

»Ich weiß, wo er ist«, sagte Strong.

»Wo?«

»Ich könnte Sie hinbringen.«

Er übernahm die Rechnung, und dann ging er mit mir zu seinem Wagen, der auf der anderen Straßenseite parkte. Es war ein alter Crown Victoria, so schön wie an dem Tag, als er vom Band gerollt war. Der Radikalenführer war eitel mit seinem Auto. Aus irgendeinem Grund gefiel er mir gleich besser.

Aber etwas in meinem Hinterkopf ließ mir keine Ruhe.

Unterwegs fragte ich Strong: »Sind Xavier und Brawly befreundet?«

»Das weiß ich eigentlich nicht.«

»Nicht? Ich hätte gedacht, das Oberhaupt einer Gruppe wie die ›Ersten Menschen‹ wüsste, was seine Leute tun und wie sie miteinander auskommen.«

»Ich bin nicht das Oberhaupt dieser Organisation. Im Gegenteil, streng genommen bin ich nicht mal Mitglied.«

»Nicht? Warum behandeln die Sie dann wie 'ne Art König?«

»Ich bin ein Aktivist aus der Bay Area. Ich wohne in Oakland. Ich habe dort eine kleine Anhängerschaft.«

»Aber sie sagten, Sie hätten die ›Ersten Menschen‹ begründet.«

»Das war nur eine großzügige Schmeichelei«, sagte er. »Ich war gut befreundet mit einem Mann namens Harney, Phillip Harney. Er war ihr spirituelles Vorbild. Seine Aura hat auf mich abgefärbt.«

Wir fuhren in Richtung Compton, vorbei an Rosecrans Avenue und Alondra Boulevard. Johns Baustelle war in der Nähe. Der nagende Zweifel war immer noch da.

Als der Asphalt zu Schotter wurde, warf ich einen Blick auf das vorläufige Straßenschild. A227-F. Es leuchtete mir ein, dass Brawly sich in einem leeren Haus in der Nähe der Baustelle verstecken würde, auf der er so lange gearbeitet hatte. Er kannte die Gegend, kannte die Sicherheitssysteme, kannte die Arbeitszeiten.

Dann ging mir ein Licht auf. Strong war nicht der Mann, der für irgendeinen Fremden die Rechnung übernahm. Für ein hübsches Mädchen vielleicht oder für irgendeinen Politiker, aber nicht für einen Mann, den er nicht kannte, und nicht für eine Fliege in seiner Suppe wie Brawly.

Es war noch nicht fünf, und der Himmel war dunkel. Wir hielten vor einem fast fertigen Haus. Als Strong den Motor abstellte, hatte ich schon Herzklopfen. Ich war aufgeregt, kurz vor dem Ende meiner Suche, aber ich war auch misstrauisch.

»Gehen wir«, sagte Strong.

»Wohin?«

»Ins Haus.«

»Entschuldigen Sie, dass ich Zweifel äußere, Mr. Strong, aber das ist eigentlich nicht genau das, was ich mir vorgestellt hatte. Ich meine, warum ist das Haus so dunkel?«

»Es ist dunkel, weil sie uns nicht erwarten«, sagte er in vernünftigem, nüchternem Ton.

»Wer, sie?«, fragte ich ebenso nüchtern, wenn auch ein bisschen angespannter.

Das war der Augenblick, in dem Strong die Pistole zog.

»Wir haben nur ein, zwei Fragen, Mr. Rawlins.«

Ich unterließ es, den »Ersten Menschen« anzugreifen. Wie gesagt, er war groß. Selbst wenn er unbewaffnet gewesen wäre, wäre ich vielleicht nicht mit ihm fertig geworden.

»Aussteigen«, befahl er.

Ich öffnete meine Tür. Er stand dicht neben mir und gab mir keine Gelegenheit, ihm die Tür vor die Brust zu schlagen oder wegzulaufen.

Wir gingen auf einem Weg, der eines Tages aus Zement sein würde, auf die Haustür zu.

»Sie brauchen sich nicht zu beunruhigen, Mr. Rawlins«, sagte Strong. »Wir wollen uns nur vergewissern, dass Sie wirklich sind, was Sie sagen.«

Ich hätte ihm gern geglaubt, aber die Tatsache, dass im Haus kein Licht brannte, ließ mich an seinen Absichten zweifeln.

Wir hatten den Weg halb hinter uns, als die Haustür nach innen aufging. Ich konnte nicht ins Haus sehen, aber ich hörte ein Geräusch: ein Klicken und einen Knall. Dann schrie der selbst ernannte Vorkämpfer der Rasse: »Nein!«

Sechs Monate Fronteinsatz unter Omar Bradley und Patton retteten mir das Leben. Ich warf mich zu Boden, rollte mich zweimal um mich selbst, war wieder auf den Beinen und rannte im Zickzack am künftigen Nachbarhaus entlang. Strong war hinter mir und verschwendete seine Kräfte, indem er um sein liebes Leben brüllte. Die ganze Zeit wurde geschossen. Kugeln schwirrten an meinem Kopf vorbei. Strongs Geschrei brach mit einem schrillen Ton ab. Ich schlug einen Haken nach rechts und ging hinter einem Haus in Deckung. Dann spähte ich in die Richtung, wo Strong gewesen war. Er lag reglos am Boden. Ein Mann stand bei ihm und schoss ihm aus nächster Nähe in den Kopf. Im Bruchteil einer Sekunde nahm ich dieses Bild in mich auf. Dann stürmte ich seitlich am Haus vorbei, sprang über eine Rolle Teerpappe und rannte weiter, so schnell ich konnte. Ich hörte mindestens zwei Männer schreien, und dreimal wurde hinter mir her geschossen. Aber ich rannte weiter.

Nach zwei Blocks fing ich an zu keuchen. Vielleicht zehn Meter weiter bekam ich schreckliche Schmerzen in der Brust. Ich schwenkte nach rechts und ließ mich neben einer unvollendeten Veranda zu Boden fallen. Ich lag platt im Schatten der Nachtbeleuchtung, und mein Keuchen hörte sich an wie zwei Vinylschallplatten, die heftig aneinander gerieben wurden. Fast hätte ich das Bewusstsein verloren.

Nach ein paar Minuten fuhr ein Auto langsam vorbei – ohne rotes Blinklicht, deshalb war ich mir ziemlich sicher, dass es nicht die Cops waren. Sie brauchten fünfzehn Sekunden, um vorbeizurollen.

Als sie weg waren und ich wieder zu Atem gekommen war, ging ich sechs Blocks weit bis zur Hauptstraße. Inzwischen war es kurz nach fünf, und die ersten Busse waren unterwegs. Der Bus, in den ich stieg, war keine vier Blocks weit gekommen, als sechs Polizeiwagen mit heulenden Sirenen und blinkendem Rotlicht in die entgegengesetzte Richtung rasten, auf die Gegend zu, in der ich beinahe gestorben wäre.

ZWANZIG

Ich holte meinen Wagen vom Parkplatz beim Mariah's und fuhr hinunter zur Sojourner Truth Junior High. Ich parkte und hob die Hände vor die Augen. Sie zitterten nicht.

Dann ging ich zum Hausmeisterbungalow. Wir nannten ihn Meisterbau, als Abkürzung und vielleicht auch, um anzudeuten, wer diese Schule in Wirklichkeit in Gang hielt. Es war noch nicht mal sechs Uhr. In den nächsten anderthalb Stunden würde mich niemand stören.

Die Hausmeisterei war ein Lagerhaus für Putzmaterial, Schlösser und Schlüssel, Papierkram und Werkzeug. Tagsüber waren zwölf und in der Nachtschicht fünf Hausmeister nötig, um die hundertzweiunddreißig Klassenzimmer, zwei Umkleide- und Duschräume, Turnhalle, Garten, Aula und siebzehn Büros der Schule zu warten. Wir hatten vierzehn Gebäude, einen oberen und einen unteren Schulhof und achtzehn Tore, die jeden Tag ab- und wieder aufgeschlossen werden mussten, um die Schüler drinnen, und auch, um sie draußen zu halten.

In meinem Bürokabuff gab es einen verschrammten Eschenholzschreibtisch, einen grün gepolsterten Drehstuhl, zwei Aktenschränke und fünf Schlüsselbunde mit jeweils knapp dreihundert Schlüsseln, die an einem Haken an der Wand hingen.

Ich schaltete die Zwölf-Tassen-Kaffeemaschine ein und zündete mir eine Chesterfield an, die ich sofort wieder ausdrückte, weil mir bei der Rennerei klar geworden war, dass das Rauchen mich auch ohne Herzkrankheiten und Lungenkrebs umbringen konnte, wie es dauernd in der Zeitung stand. Wer so kurzatmig war wie ich, würde sicher bald sterben, wenn er es nicht schaffte, im Wettlauf des Daseins die Nase vorn zu behalten.

Der Kaffee war erstklassig. Nicht zu stark, aber voll vom Aroma des Lebens. Er enthielt den Geschmack meines Überlebens. Hier saß ich, lebendig und sicher geborgen am Busen von Sojourner Truth Junior High.

Ich fragte mich, wer Strong umgebracht hatte und warum. Waren es seine Bundesgenossen, die mich, wie er glaubte, befragen wollten? Hatten seine Freunde auch ihm eine Falle gestellt? Oder war es eine ganz andere Gruppe gewesen, die gegen Strong und seine »Ersten Menschen« operierte?

Als ich gehört hatte, wie die Kugel in die Kammer rastete, hatten alle meine Sinne die Flucht ergriffen und meinen Körper aufgefordert, ihnen zu folgen. Ich hatte den Mann, der Strong erschossen hatte, nicht lange genug gesehen, um auch nur eine ganz allgemeine Beschreibung abgeben zu können. Größe, Gewicht, sogar die Hautfarbe waren mir unbekannt. Was ich hauptsächlich gesehen hatte, war das Mündungsfeuer seiner Pistole.

Nur eins war sicher: Strong war tot. Ich hatte kein schlechtes Gewissen, weil ich nicht zurückgelaufen war. Er war nicht zu retten gewesen. Und selbst wenn ich ihm hätte helfen können: Er hatte mich mit einer Waffe bedroht. Meine einzige Sorge war, dass jemand mich auf die Abschussliste gesetzt haben könnte. Dass ich jemandem so viel Angst eingejagt hatte, dass er mich umbringen musste.

Die Leute, die auf uns geschossen hatten, hatten uns jedenfalls beide umbringen wollen. Fast genauso sicher war es, dass sie diejenigen gewesen waren, die danach mit dem Wagen durch die Gegend fuhren und mich suchten. Vielleicht nahmen sie an, Strong hätte mir etwas erzählt.

Ein normaler Angehöriger der Arbeiterklasse wäre in meiner Lage starr vor Angst gewesen. Aber ich hatte schon Schlimmeres durchgemacht.

Schon meine Kindheit war ähnlich rau gewesen. Oft war ich mir sicher gewesen, dass jemand mich umbringen wollte. Aber die Gefahren von morgen waren nie so dringlich gewesen wie die Notwendigkeit, den heutigen Tag zu überstehen. Deshalb konnte ich den Gedanken an die Killer einstweilen beiseite schieben und meinen Rundgang durch die Schule machen.

Jedes Tor, das abgeschlossen zu sein hatte, war abgeschlossen. Jeder Mülleimer war ausgeleert. Kein Papier flog auf den Schulhöfen herum, kein Licht brannte in den Klassenzimmern. Meine Leute arbeiteten fleißig. Es waren die frühen Sechziger, eine Zeit, als Männer und Frauen noch wussten, dass sie fleißig arbeiten mussten, wenn sie ihre Miete bezahlen und ihre hungrige Brut ernähren wollten.

Aus dem Rahmen fiel nur die Metallwerkstatt im Werkstattkomplex. Sämtliche Stühle und sogar die großen Stahltische waren auf den Gang geschafft und aufeinander gestapelt worden, als hätten wir Sommer und müssten die Böden abziehen und bohnern.

Ich stand im breiten Flur und fragte mich, welches Hochwasser oder welcher Stromausfall meine Kolonne veranlasst haben konnte, einen solchen Aufwand zu treiben.

»Mr. Rawlins«, sagte jemand hinter mir.

Ich sprang gut einen Meter hoch und verrenkte mir fast die Schulter, als ich mich umdrehte. Es war mein Hausmeister von der Frühschicht, Archie »Ace« Muldoon, ein kleiner Weißer mit schütterem Haar, der im dunklen Flur fast zu leuchten schien. Er hatte die »White Sox«-Baseballkappe abgenommen, aus Respekt vor seinem Boss – mir.

»Ace, du willst mich wohl zu Tode erschrecken.«

»Sorry, Mr. Rawlins. Ich wollte bloß nachsehen, ob Terrance die Abziehmaschine schon runtergebracht hat.«

»Die Abziehmaschine? Wer hat denn gesagt, dass ihr die Böden abziehen sollt?«

»Newgate.« Ace sprach den Namen aus, als wäre es ein ganzer Satz – ein Satz, der neunzig Prozent unserer Probleme in der Schule erklärte.

»Was ist denn los mit ihm?«

»Er war bei mir und wollte wissen, wo Sie sind«, erzählte Ace. »Als ich ihm sagte, dass Sie krank sind, ist er fast lila geworden. Ich sag Ihnen, ich hab noch nie gesehen, dass einer wegen so 'ner Kleinigkeit so kurz vor dem Schlaganfall stand.«

»Und was hat der Fußboden in der Metallwerkstatt damit zu tun, dass ich krank bin?«

»Ich musste ihn in alle Räume führen, die ich zu reinigen habe. Ich hab ihn durch die Werkstätten geführt, weil ich dachte, er hat bald keine Lust mehr, hinter all die schweren Maschinen zu gucken. Ich wollte Ihnen keine Probleme machen.«

Ace stammte von armen weißen Landarbeitern im Mittelwesten ab. Eine Zeit lang hatte ich geglaubt, er hätte es auf meinen Job abgesehen. Ich brauchte eine Weile, bis ich begriff, dass er mich als seinen Boss respektierte.

»Ich hab keine Probleme, Ace. Aber was für 'ne Laus ist ihm über die Leber gelaufen?«

»Er fing an, hinter die schweren Maschinen zu gucken, und sah, dass sich an den Kanten ein bisschen Wachs angesammelt hatte. Ich hab ihm gesagt, dass wir spezielles Gerät brauchten, um die schweren Dinger zu bewegen, aber er schüttelte immer bloß den Kopf und meinte, es wär ja nicht meine Schuld, sondern der Supervisor wär verantwortlich für diesen Dreck.« Das letzte Wort sprach Ace voller Tadel aus. Ich glaube, er konnte Newgate noch weniger leiden als ich.

»Mach dir keine Sorgen, Ace. Wenn Burns und Peña kommen, sag ihnen, sie sollen dir helfen, die Möbel wieder in die Werkstatt zu schaffen, bevor der Unterricht anfängt.«

»Okay, Boss.« Ace ging davon. Es machte ihn glücklich dass er dem arroganten Direktor einen Strich durch die Rechnung machen konnte.

Es war kurz nach sieben. Ich wusste, dass Newgate durch das Gebäude pirschen und nach Kids suchen würde, die rauchten oder es auf irgendeiner Bank miteinander trieben. Hiram Newgate erwischte einen zu gern dabei, dass man irgendetwas falsch machte. Man konnte ein Heiliger sein, ohne dass er es je bemerkte, aber hattest du auch nur einen Flecken auf deiner Leopardenfelljacke, saß er dir innerhalb von einer Sekunde im Genick.

»Rawlins, ich möchte Sie sprechen«, rief er drei Sekunden, nachdem ich durch den Osteingang hineingeschlendert war. Zwischen ihm und mir lag die Hälfte des langen Korridors.

»Worüber, Hiram?«, rief ich zurück.

Direktor Hiram Newgate hatte es nicht gern, wenn man ihn mit *Mister* anredete. Aber dass man ihn beim Vornamen nannte, konnte er erst recht nicht ausstehen.

Als der lange, hagere Mann den Flur entlang auf mich zumarschiert kam, sah er aus, als wollte er seine Jacke hinwerfen und sich mit mir prügeln. Ich lächelte und zog in unschuldsvoller Erwartung die Brauen hoch.

Er trug einen dunkelblauen Anzug von Brooks Brothers und ein weißes Hemd mit einem zarten Hauch von Rosa. Auf seiner dunklen Krawatte saß, leicht seitlich versetzt, ein weißer Diamant, und seine Schuhe waren entweder neu oder ein perfektes Beispiel für Hochglanzpolitur.

Direktor Newgate war ein Kleiderständer erster Ordnung, aber das konnte ich ihm nicht verdenken. Ich hatte selbst was übrig für den Schneider, und an manchen Tagen kam ich besser gekleidet in die Schule als er. An solchen Tagen befahl er mir dann, meinen Hausmeistern ein lebendes Beispiel dafür zu geben, wie man den staubigen Schulhof mit dem Wasserschlauch abspritzte oder wie man die Erde im Schulgarten umgrub.

»Das mache ich an dem Tag, an dem Sie eine Algebraklasse übernehmen«, pflegte ich dann zu antworten.

Der Mann hasste mich noch mehr als Ace ihn.

»Wo waren Sie?«, fragte er jetzt.

»Krank.« Ich hustete nicht, aber ich hielt die Hand vor den Mund, als könnte es gleich passieren.

»Das ist unakzeptabel.«

»Ich werde Ihnen meine Gedärme schicken, wenn sie das nächste Mal auf die Idee kommen, mich auf dem Klo festzuhalten«, antwortete ich.

»Das Erste, was man im Betriebswirtschaftsunterricht lernt«, sagte Direktor Newgate, »ist, dass ein Angestellter, der sich zu Anfang oder zum Ende der Woche krankmeldet, seine Rechte missbraucht. So jemanden nennt man einen Simulanten.«

»Ach?«, sagte ich. »Und wie oft hab ich mich im letzten Jahr montags und freitags krankgemeldet?«

»Mir geht es nur um gestern.«

»Wird es also jetzt Vorschrift, dass man montags und freitags nicht krank werden darf?«

»Selbstverständlich nicht.«

»Na, wie wär's dann mit einer Vorschrift, dass man an Montagen und Freitagen nicht öfter krank werden darf als an den anderen Tagen?«

»Das war's eher, was ich meine.« Mein freundliches Geplänkel machte ihn hilflos.

»Das werde ich meinen Leuten sagen.«

»Einen Klugscheißer kann niemand leiden, Mr. Rawlins.«

»Schon gar nicht, wenn der Klugscheißer über die Beschimpfungen seines Vorgesetzten so wütend ist, dass er sich formell beschwert.«

»Ich habe mich mit Mr. Muldoon im Werkstattgebäude umgesehen«, sagte Newgate, um das Thema zu wechseln. »Ich habe ihn beauftragt, die Metallwerkstatt für eine Grundreinigung vorzubereiten.«

»Ich weiß«, sagte ich. »Und ich hab ihm gesagt, er soll die Einrichtung wieder in den Raum schaffen, damit Mr. Sutton seinen Unterricht halten kann.«

»Ich habe ihnen befohlen, den Raum auszuräumen.« Newgate erinnerte mich an Captain Dougherty, der vier Abteilungen Soldaten in das Gefecht vor Anzio geschickt hatte, eine pro Stunde. Wir wussten, dass der brave Captain an einer Wette zwischen englischen und amerikanischen Offizieren beteiligt war, bei der es darum ging, wer als Erster in der Stadt sein würde. Um acht Uhr fing er an, die Leute loszuschicken. Um zehn vor zwölf traf ihn das Schrapnell einer Yankee-Granate, die versehentlich losgegangen war.

»Es ist Ihr Glück, dass ich in dem Fall zuständig bin«, sagte ich. »Denn Sutton war in Korea, und er würde es nicht gern sehen, dass man sein Klassenzimmer von innen nach außen krempelt.«

»Ich bin für die ganze Schule zuständig«, sagte Newgate.

»Schauen Sie in Ihr Handbuch, Hiram«, sagte ich. »Der Supervisor der Hausmeisterei trifft die verbindlichen Entscheidungen im technischen Betrieb. Darüber können Sie sich beschweren, aber bei der technischen Verwaltung, nicht bei der Schulbehörde.«

Newgate hatte starke Adern am Hals, dick wie Taue. Sie schwollen an, wenn er richtig wütend wurde. An diesem Morgen färbten sie sich sogar rot.

Ihn so erbost zu sehen verschaffte mir einen Augenblick voller Frieden. Ich vergaß Brawly und Conrad, vergaß Untergrundkämpfer und die Geheimabteilung des LAPD.

Schwarze in Amerika haben immer für weiße Herren gearbeitet. Erst seit ein paar Jahren konnte ich mir erlauben aufzumucken, ohne dass ich Angst haben musste, meinen Job zu verlieren oder sogar den einen oder anderen Zahn.

Ich hatte Leute gekannt, die gestorben waren, weil sie ihren Vorgesetzten widersprochen hatten. Deshalb war Newgates Ärger eine Art Balsam. Er linderte die Symptome, aber die Krankheit war noch da.

EINUNDZWANZIG

»Hallo, Mrs. Plates«, sagte ich einige Zeit später. Jorge Peña, Garland Burns, Troy Sanders und Willard Clark waren schon da gewesen, hatten Kaffee getrunken und waren wieder gegangen. »Sie kommen ein paar Minuten zu spät, nicht wahr?«, tadelte ich sie, aber eigentlich war es mir egal.

Helen Plates war eine natürlich blonde Negerin, auch aus dem Mittelwesten. Sie beklagte sich über alles von der Politik bis zum Trinkwasser, von armen Schwarzen bis zu reichen Weißen. Sie schaffte es nie, pünktlich zur Arbeit zu kommen, aber sie war meine fleißigste Mitarbeiterin neben Garland, und Helen hatte nie etwas dagegen, wenn ich sie bat, ein bisschen länger zu bleiben. Ich glaube, sie blieb gern länger, weil ihr Mann Invalide war und sie für ihn härter arbeiten musste als jemals in der Schule.

»Tut mir Leid, Mr. Rawlins«, sagte sie. »Wissen Sie, ich musste dafür sorgen, dass Edgar seine Tabletten nahm, bevor ich losging. Seine Cousine Opal ist okay, wenn es darum geht, bei ihm zu sitzen und ihn mit Suppe zu füttern, aber sie kann ihm seine Tabletten nicht geben. Wissen Sie, er muss alle drei Stunden seine blaue Pille nehmen, alle fünf Stunden seine rosa Pillen, und dann sind da noch die viereckigen weißen, die er jede Stunde nimmt, und die runden weißen, die er dreimal täglich kriegt. Als ich Edgar das erste Mal mit Opal allein gelassen hab, da hat sie ihm einfach alle auf einmal um halb elf gegeben. Ich hab Dr. Harrell angerufen, und wir mussten Edgar in der Notaufnahme im Krankenhaus den Magen auspumpen lassen.«

»Aber wenn Sie Opal nicht vertrauen können, was machen Sie dann den Rest des Tages?«, fragte ich.

»Ich muss sie jedes Mal anrufen, wenn er eine Tablette nehmen muss.«

Meine nächste Frage hätte lauten müssen: *Na, wenn Sie bloß anrufen müssen, warum sind Sie dann heute Morgen länger zu Hause geblieben?* Aber stattdessen fragte ich: »Haben Sie Mercurys Adresse?«

Mrs. Plates freundliches Geplauder erstarb. Sie lehnte sich auf ihrem Stuhl zurück und wandte das Gesicht ab, als wäre ich nackt und sollte mich schämen.

»Das ist aber privat, Mr. Rawlins. Ich weiß nicht, ob Mercury möchte, dass ich solche Sachen einfach so rausrücke.«

»Anscheinend hatte er aber nichts dagegen, dass Sie mir von seinen Schwierigkeiten wegen des Einbruchs erzählt haben, aus denen ich ihm rausgeholfen habe«, sagte ich.

»Sschh, Baby. So ist Mercury nicht mehr. Er arbeitet auf dem Bau in Compton, und man kann nie wissen, wer gerade an der Tür lauscht.«

»Schreiben Sie mir die Adresse auf, ja, Mrs. Plates?«

»Warum?« Ich sah ihr an, dass sie die Wahrheit nicht hören wollte.

»Ich erledige eine Sache für John – Sie wissen schon, der Mann, bei dem Mercury und Chapman arbeiten. Ich soll einen seiner Angestellten für ihn ausfindig machen, und ich dachte, Merc weiß vielleicht das eine oder andere.«

»Ist Johns Angestellter in Schwierigkeiten?«

»Sie kennen doch nicht mal seinen Namen, Helen. Warum machen Sie sich Sorgen um ihn? Mercury ist auch nicht in Schwierigkeiten – und mehr brauchen Sie gar nicht zu wissen.«

Den Vormittag über wanderte ich auf dem Gelände herum und überprüfte die rosa Zettel, die verschiedene Lehrer und Verwaltungsangestellte eingereicht hatten, um technische Probleme zu melden. An der Decke des Mädchenduschraums blätterte die Farbe ab, und im Lehrerzimmer war eine Lampe kaputt. Nichts Ernsthaftes. Nichts, was ich nicht mit geschlossenen Augen hätte erledigen können. Mir ging's prima.

Am Mittag ging ich ins Hauptgebäude und holte die schmutzige und zerknickte weiße Karte heraus, die Detective Knorr mir gegeben hatte. Es stand nichts weiter drauf als eine Telefonnummer in Axminster.

Ich wählte die Nummer.

»Abteilung D«, sagte eine Frauenstimme.

»Detective Knorr bitte«, sagte ich, gerade noch höflich, in strengem, weißem Ton.

»Der ist grad nicht hier«, sagte die Frau. »Kann ich was ausrichten?«

»Grimes hier«, sagte ich. »Ich hab einen Spesenscheck für den Detective, der jetzt dreimal zurückgekommen ist. Können Sie mir die richtige Adresse geben?«

»Welche Adresse haben Sie benutzt?«

Ich nannte ihr die Adresse des Reviers an der 77th Street.

»Ihre Unterlagen sind offenbar nicht in Ordnung«, fuhr sie mich an. Mein Tonfall hatte sie geärgert. Sie gab mir Vincent Knorrs Adresse mit rachsüchtigem Vergnügen.

Um eins machte ich Feierabend. Ich hatte sieben Stunden schwer gearbeitet, und dass Newgate sauer auf mich sein könnte, machte mir keine Sorgen; keiner meiner Hausmeister – oder seiner Lehrer, was das anging – würde ihm sagen, wo ich war. Sollte er nach mir fragen, würde die Standardantwort lauten: »Ich hab ihn vor ein paar Minuten noch gesehen. Da wollte er auf den anderen Campus.«

Die Adresse, die die verärgerte Sekretärin mir gegeben hatte, führte mich zu einem Gebäude in der Hope Street, nur einen Block weit von der City Hall entfernt. Es war aus Stein, und durch den Eingang gelangte ich in einen Raum, so groß wie ein Haus, der eine Kuppeldecke mit einem winzigen Buntglasfenster in der Spitze hatte. Eine Frau saß an einem Schreibtisch, der den Zugang zu dem großen, kreisrunden Saal versperrte. Auf ihrem Namensschild stand MISS PFENNIG.

Pfennigs kupferrotes Haar war das Produkt einer Farbtube, und sie war vermutlich schon als Kind hässlich gewesen, was mehr als vierzig Jahre her gewesen sein dürfte. Ihre lange Nase war schief wie ein Sprössling, der in tiefem Schatten gewachsen war und sich auf der Suche nach Licht hierhin und dorthin gewandt hatte. Ihre Augen waren von durchscheinendem Grau. Auch ihre Haut war grau, aber glanzlos und trist.

Ich kam aus dem hellen Sonnenlicht, und so brauchte ich ein paar Augenblicke, bis ich mich an den gruftartigen Innenraum gewöhnt hatte. Auch das Oberlicht konnte diese dunkle, kugelförmige Halle nicht erleuchten. Ohne Fenster, und mit einer Decke, die mindestens zehn Meter hoch war, bestand kaum die Chance, dass hier jemals mehr als ein dämmriges Zwielicht herrschen konnte.

»Was wollen Sie?«, fragte Pfennig.

Ich ignorierte ihre Unhöflichkeit und betrachtete die Türen, die den absolut kreisförmigen Raum säumten. Die Kreisfläche mochte an die fünfzehn Meter Durchmesser haben. Ich staunte über eine solche Platzverschwendung und dachte an Jackson Blues schiefes Zimmer. Er benutzte den Platz, den er hatte, wenigstens für Bücher und zum Studieren und Nachdenken, so fehlgeleitet es auch sein mochte. Mir dämmerte, dass Jackson vielleicht gar nicht so schief gewickelt gewesen war, wie ich gedacht hatte. Schließlich stand ich hier in der mittelalterlichen Bastion einer Polizeispezialeinheit zum Aufspüren und Zerschlagen einer schwarzen politischen Gruppierung. Wie konnte einer behaupten, ein gesetzestreuer Bürger zu sein, nachdem er so etwas gesehen hatte?

»Ich möchte zu Detective Knorr«, sagte ich.

»Zu wem?«

»Detective Knorr.«

»Da müssen Sie sich irren«, sagte Miss Pfennig. »Hier gibt es niemanden, der so heißt.«

»Nein«, sagte ich, »ich irre mich nicht, Sie irren sich. Sie halten mich für einen radikalen Schwarzen, der dieses Gebäude in die Luft sprengen will, weil in seinen Mauern eine Verschwörung stattfindet. Sie halten mich für einen zornigen, militanten Schwarzen, der die Nase voll hat von den Lügen und den Versuchen, Ihre Behauptungen von unserer Minderwertigkeit wahr erscheinen zu lassen.«

Ich lächelte, und Angst erblühte im Gesicht der hässlichen Frau.

Ein Mann erschien aus dem Schatten. Er war groß und hatte gemeißelte Züge, blondes Haar und weiße Haut, und er trug einen braunen Anzug und schwarze Schuhe. Wenn ich je einen Undercover-Cop gesehen hatte, dann jetzt.

»Gibt es ein Problem, Miss Pfennig?«

»Dieser Mann hat gedroht, das Gebäude in die Luft zu sprengen«, sagte sie.

»Nein«, sagte ich noch einmal. »Ich habe gesagt, dass Sie es glauben, während ich in Wirklichkeit bloß zu Detective Knorr möchte.«

»Was wollen Sie von Vincent?« Der hellhaarige Detective würde in seinem Job nie erfolgreich sein.

Ich reichte ihm die Karte, die Knorr mir gegeben hatte.

»Ich sollte vorbeikommen, wenn ich Informationen hätte.«

Der gemeißelte Cop studierte die Karte, drehte sie zwei- oder dreimal hin und her. Er vermutete einen Trick.

»Da steht kein Name auf der Karte.«

»Nein. Ich vermute, ihr habt hier irgendwas Geheimes laufen. Vincent meinte, ich wäre die richtige Ratte für ihre Zwecke.«

»Kommen Sie mit«, befahl der arische Traum.

»Hal«, sagte Miss Pfennig. Es war nur ein Wort, aber es sagte eine Menge.

Hal ignorierte sie. »Hier entlang.«

Wir gingen in gerader Linie zu einer Tür auf ungefähr zweiundsechzig Grad des Kreises oberhalb von Miss Pfennigs Schreibtisch. Hal klopfte und öffnete die Tür, ohne auf Antwort zu warten. Der Raum, den wir betraten, war normal beleuchtet. Darin stand ein Mahagonischreibtisch mit einer untersetzten Sekretärin. Sie hatte lange Haare, die kurz besser ausgesehen hätten, und sie trug ein rosarotes Kostüm, das schlachtschiffgrau hätte sein sollen. Ihre Augen waren rund und trotzdem nicht einladend.

»Ja, Sergeant Gellman?« Wenn ich ein junger Mann gewesen wäre und diese dunkle, sinnliche Stimme am Telefon gehört hätte, hätte ich wohl ein paar Mal zurückgerufen, um irgendwie an sie heranzukommen.

»Dieser Mann hat eine Karte, die er angeblich von Detective Knorr bekommen hat. Jetzt will er ihn sprechen«, sagte Hal.

»Und da haben Sie ihn hergebracht?«

Hals Mund öffnete sich, als wolle er etwas sagen, aber es waren keine Worte in der Röhre.

»Sie konnten ihn nicht vorn am Empfang lassen?«

»Er hat Streit mit Doris angefangen.«

»Haben Sie ihn durchsucht?«

Wieder suchte Hal Gellman nach Worten, die nicht existierten.

Während ich so zwischen den beiden hin und her blickte, begann ich zu hoffen, dass Veränderung doch noch zu meinen Lebzeiten möglich sein würde. Meine Feinde waren ebenso blind wie kleingeistig, sie waren eitel und außerstande, sich ein Bild von mir zu machen, obwohl ich vor ihnen stand.

Die namenlose Sekretärin drückte einen Knopf auf einem Walnussholzkasten, der auf ihrem Tisch stand.

Eine Männerstimme sagte: »Ja, Mona?«

»Ezekiel Porterhouse Rawlins stand vor der Tür, und Sergeant Gellman hat ihn hereingebracht. Was soll ich jetzt tun?«

Kleingeistig, vielleicht, aber ihre Hausaufgaben machten sie.

Auf Monas Frage folgte Schweigen. Hal starrte die Wand über ihrem Kopf an.

Sein wütender Blick und seine Lage erinnerten mich an meinen Vater.

Mein Vater verschwand zweiundvierzig Tage nach meinem achten Geburtstag. Er ging in ein Holzfällercamp, um da zu arbeiten, und kam nie zurück. Ich habe sehr wenige Erinnerungen an ihn, aber die, die ich habe, sind in Bronze gegossen.

Er sagte einmal zu mir, dass alles, was einem Mann passierte, bevor er sechzig war, gut sei.

»Nicht alles«, sagte ich und wollte mein kindliches Wissen mit seinem messen.

»Doch«, sagte er. »Alles.«

»Nein. Nicht, wenn dir der Arm abgeschnitten wird.«

»Sogar wenn du Rechtshänder bist und dir der rechte Arm abgeschnitten wird«, sagte er. »Sogar das wird am Ende eine gute Sache sein, wenn du ein echter Mann bist.«

»Wieso?«

»Weil ein echter Mann weiß, dass er alles überwinden muss, was ihn daran hindert, für seine Familie zu sorgen. Ein echter Mann wird den Arm studieren, den er noch hat, er wird seine Kraft aufbauen und lernen, sein Werkzeug damit zu benutzen. Er wird dafür sorgen, dass er mit einem Arm ein besserer Mann ist als andere mit zweien. Und das wird ihm gelingen, ganz gleich, wie viel Anstrengung es ihn kostet. Einen echten Mann kannst du nur bezwingen, indem du ihn umbringst. Und bis zum letzten Atemzug wird er versuchen, noch den Tod zu überwinden.«

Als ich da zwischen diesen beiden zänkischen Polizisten stand, dachte ich an meinen Vater und an Raymond Alexander, der den Tod und seine Abgesandten auch nie gefürchtet hatte. Hal Gellman bekam hier eine Chance, obwohl er es wahrscheinlich nicht merkte. Mona mit der dunklen Stimme half ihm, etwas zu sehen. Das Schweigen seines Vorgesetzten sollte ihm etwas sagen.

Aber in seinem wütenden Blick sah ich kein Bewusstsein von all dem. Das war die Lektion für mich.

Die Buchenholztür hinter Mona öffnete sich, und ein großer Mann, ungefähr in meinem Alter, kam heraus. Er trug einen billigen dunklen Anzug, ein weißes Hemd und keine Krawatte. Seine Schultern waren schmal, und der Blick hinter den runden, drahtgefassten Brillengläsern war durchdringend.

»Rawlins?«

Ich nickte.

Er musterte mich von oben bis unten, kam aufgrund irgendwelcher unbekannten Berechnungen zu dem Schluss, dass ich keine Gefahr darstellte, und sagte: »Colonel Lakeland. Kommen Sie mit.«

Er wandte sich ab und ging durch die braune Tür zurück.

Als ich ihm folgte, erlebte ich eine vertraute Hochstimmung. So reagieren Schwarze oft, wenn sie das Quartier des Sklavenhalters betreten. Dort drinnen, stellen wir uns vor, residiert die Freiheit. Und wenn sich die Chance bietet, können wir vielleicht ein bisschen von dieser kostbarsten aller Waren einstecken, wenn der Mann gerade nicht aufpasst.

Ich lächelte über mein albernes Entzücken.

Mona bildete sich ein, mein Lächeln gelte ihr. Sie verzog verächtlich den Mund, und ich sah mich jäh wieder in die Wirklichkeit versetzt.

ZWEIUNDZWANZIG

Lakeland hatte ein großes Büro mit einem breiten Schreibtisch genau in der Mitte. Etwa ein Dutzend Stühle standen in verschiedenen Konstellationen herum. Eine mächtige Lampe hing vielleicht anderthalb Meter hoch über dem Schreibtisch; sie beleuchtete die ladentischgroße Arbeitsfläche und ließ den Rest des Büros in einer Art Zwielicht. Es roch kräftig nach Zigarettenrauch. In diesem Moment verspürte ich die ersten echten Entzugserscheinungen.

Ich sah, dass ungefähr ein halbes Dutzend gerahmte Diplome an der Wand neben der Tür hingen. Ein B. A. von der University of California, ein Masterdiplom von der Caltech. Ich hatte keine Zeit, mir die andern anzusehen, aber ich war mir sicher, dass Colonel Lakeland der Empfänger all dieser Urkunden war.

»Setzen Sie sich.« Lakeland ging zu einem protzigen Drehstuhl.

Ich setzte mich auf einen Stuhl, der ein Stück weiter links stand; es sollte nicht so aussehen, als wäre ich der Gegenstand unseres Gesprächs. So war ich nur einer von den Jungs am Rande des Projekts.

Auf dem Namensschild vor mir stand Lt. L. LAKELAND. Ich warf nur einen kurzen Blick darauf, und er sagte: »Ich bin Colonel in der Army. Die City Hall und Sacramento haben mich für diese Operation ausgeborgt.«

»Nachrichtendienst?«, fragte ich.

Vermutlich hörte er den Sarkasmus in meiner Frage und ging deshalb darüber hinweg.

»Was machen Sie hier, Rawlins?«

»Das Gleiche könnte ich Sie fragen, Colonel.«

Lakeland hatte auch ein schmales Gesicht. Seine Lippen sahen aus, als gehörten sie einem Leichnam, so ledrig und dünn waren sie. Sein Lächeln war ein abstoßendes Schauspiel.

»Der Captain vom siebenundsiebzigsten Revier meinte, Sie wären vielleicht unser Mann.«

»Ihr Mann für was?«

»Hat Knorr Ihnen das nicht gesagt?«

»Er hat von ’nem Aufstand geredet. Für mich klang’s ziemlich verrückt.«

»Ist es aber nicht«, versicherte Lakeland mir. »Sie lagern Waffen, beschatten die Polizei.«

»Während die Polizei ihnen auf den Fersen ist«, sagte ich.

»Es ist unsere Aufgabe, für die Sicherheit der Bevölkerung zu sorgen, Rawlins. Dafür werden wir bezahlt.«

»Und was hab ich damit zu tun?«

»Knorr hat Ihnen einen Job angeboten, oder?«

»Ich bin kein Verräter, Lieutenant.«

»Colonel.«

»Ich rede mit dem Cop, der mich als Spitzel haben will.«

Lakeland betrachtete mich. Ich war ein Problem für ihn. Ich wusste, was er trieb und wo er es trieb. Andererseits: Ich war furchtlos in seine Höhle gekommen.

»Was wollen Sie, Rawlins?«

»Brawly Brown.«

»Noch mal?«

»Ich habe einen Freund namens John. Er hat eine gute Freundin namens Alva. Brawly ist Alvas Sohn. Er ist ein dickköpfiger junger Mann, aber nicht übel, soweit ich höre und soweit ich sehen konnte. Ich will ihm aus der Patsche helfen, falls er drinsteckt, und ihn wieder nach Hause bringen.«

»Und was kriege ich dafür?«

»Weiß ich nicht.«

Die toten Lippen grinsten wieder.

»Kein gutes Geschäft, oder?«

»Was mich angeht, sind Brawly und ich unschuldige Zuschauer«, sagte ich. »Nur zwei Schwarze, die zur falschen Zeit am falschen Ort waren. Wenn ich was sehe und glaube, dass Sie davon wissen sollten, werde ich es Ihnen sagen. Ich werde nicht für Sie spitzeln, aber wenn wir gemeinsame Interessen haben, könnte es sein, dass ich Ihnen was in den Schoß fallen lasse.«

»Das überzeugt mich nicht«, sagte Lakeland.

»Was anderes kriegen Sie von mir nicht, Mann. Hören Sie, wenn ich was von einem Überfall oder einem Bombenattentat erfahren sollte, würde ich es Ihnen auf der Stelle sagen, vor allem, wenn unschuldige Schwarze dabei ums Leben kommen könnten. Ich will von Ihnen nur Brawly.«

Lakeland ließ den Kopf zur Seite rollen und betrachtete mich aus einem anderen Winkel.

»Wir könnten Sie bezahlen ...«

»Könnten Sie ...« Einen Moment lang war mir schwindlig. Mir wurde gerade klar, wie weit ich mich in diese Löwenhöhle hineingewagt hatte. Ich hatte Schritte unternommen, einen nach dem andern, ohne wirklich darauf zu achten, wohin sie mich führten. Ich sprach mit einem Mann, der mich umbringen lassen konnte, mit einem Mann, der mein Feind und der Feind meines Volkes war. Aber es gab kein Zurück. »Aber ich bin nur aus einem einzigen Grund hier. Ich will Brawly wieder nach Hause bringen.«

»Und was habe ich damit zu tun?«

»Ich brauche Informationen.«

»Was für Informationen?«

»Die Adressen von Christina Montes und Jasper Bodan,

dem Vorsitzenden und Sekretär der Urban Revolutionary Party.« Ich wartete auf eine Reaktion, aber es kam keine. Also redete ich weiter. »Und ein paar Takte über das, was Sie über Brawly haben.«

»Ich frage Sie noch einmal, Mr. Rawlins: Was werden Sie für mich tun?«

»Sie haben meine Akte gelesen, Mann. Und Sie wissen, wie tief ich mich in eine Sache reinwühlen kann, weil Sie mich vor sich sitzen sehen. Es würde Ihnen nicht schaden, wenn ich mir Sorgen mache, dass irgendwo ein großes Feuer ausbrechen könnte. Ich meine, wenn der Mann, den Sie da jetzt eingeschleust haben, seine Arbeit nicht macht, brauchen Sie eine andere Quelle.«

»Was wissen Sie über unsere Informanten?« Er versuchte bedrohlich zu klingen, aber ich sah seinen Wurmlippen die Besorgnis an.

»War nur so 'ne Vermutung, Mann. Einen Schwarzen können Sie nur auf eine Art im Auge behalten, nämlich durch einen anderen Schwarzen. Dieser Scheiß reicht weit zurück – bis auf die Plantage.«

»Alles, was Sie wollen, ist Brawly Brown?« In seiner Frage lag Humor. »Und Sie wollen nicht bezahlt werden?«

»So ist es.«

»Und wie kann ich mir sicher sein, dass Sie das, was ich Ihnen gebe, nicht gegen uns verwenden?«

»Sie meinen, dass ich Tina sage, wo Xavier wohnt?«

»Haben Sie schon mal von Vietnam gehört, Mr. Rawlins?«

»Yeah. Das ist drüben in Asien, nicht wahr? Wo sie den Franzosen in den Arsch getreten haben?«

»In diesem Augenblick kämpfen da drüben lebendige Amerikaner für Ihr Recht, zu wählen und zu beten und unbehelligt über die Straße zu gehen. Diese Amerikaner sind schwarz und weiß. Ich war noch vor sechs Monaten dabei. Ich hasse Ihr Volk nicht. Ich hasse nur die Feinde der Demokratie. Diese Radikalen, diese schwarzen Revolutionäre untergraben die Fundamente unserer Demokratie. Dass sie berechtigte Klagen haben, interessiert mich nicht. Wir alle haben unsere Probleme. Aber all diesen Problemen zum Trotz dürfen wir nicht das Land in Gefahr bringen, das unsere Kinder und deren Kinder erben werden.

Brown ist nur ein fehlgeleiteter Bauer in einem Schachspiel. Er weiß nichts. Er folgt dem Dummkopf, der am lautesten schreit. Leute wie dieser Xavier Bodan und seine Freundin Tina Montes, die haben eine ganze Armee von jungen Trotteln wie ihm. Und wenn Sie uns helfen können, werden wir ihm helfen.«

Ich dachte mir, dass das weiße Amerika auch eine Armee von jungen Trotteln wie Brawly hatte und dass alle jungen Männer in der Geschichte der Welt waren wie er. Junge Männer, die kämpften und starben für Ideen, die sie kaum verstanden hatten, für Rechte, die sie nie besessen hatten, für Überzeugungen, die auf Lügen basierten.

»Ich war Soldat«, sagte ich. »Ich weiß, wie es im Krieg ist. Also können Sie mir glauben, wenn ich Ihnen sage, dass ich weiß, wovon Sie reden.«

Ein Summer ertönte, und Lakeland nahm seinen Telefonhörer ab. Mich durchzuckte der Gedanke, dass der Colonel nur schwatzte, um Zeit zu schinden, dass seine Leute mich gerade überprüften und dass ich jetzt verhaftet werden würde. Ich widerstand dem plötzlichen Drang, über den Schreibtisch zu springen und diesen Patrioten zu erwürgen.

»Ja? Was?«, sagte er. »Nein.« Dann sah er mich an und fragte: »Was wissen Sie über Henry Strong?«

Es wurde kalt im Raum, und das bedeutete, dass ich angefangen hatte zu schwitzen.

»Nur das, was ich an dem Abend bei dem Meeting über ihn gehört habe«, antwortete ich aufrichtig. »Vorher hatte ich noch nie von ihm gehört.«

»Haben Sie ihn gekannt?«

Ich dachte an die Fotos von mir im Laden der »Ersten Menschen«, die Knorr gehabt hatte. Gab es auch Bilder von mir und Strong im Nachtimbiss?

»Eigentlich nicht.«

»Was heißt das?«

»Das heißt, dass ich über Strong nichts weiß.«

Lakeland war misstrauisch mir gegenüber. Aber in diesem Augenblick war er misstrauisch gegenüber jedem.

»Ich habe jetzt ein dringendes Meeting, Rawlins. Mona wird Ihnen die Adressen geben, die Sie brauchen.«

Ich stand auf, ein bisschen überrascht, dass es mir gelungen war, meine Freiheit zu behalten.

»Aber verarsch mich nicht«, sagte Lakeland.

Das war vor langer Zeit, 1964, als die meisten weißen Männer in Anzügen keinen Ghetto-Slang benutzten.

»Verarsch mich nicht«, wiederholte er. »Sonst verbrenne ich dir den Arsch.«

DREIUNDZWANZIG

Mercury Hall wohnte am Caliburn Drive. Es war eine ideale Wohnstraße für L. A., eine Straße, die nirgendwo hinführte – eine kurze Straße, die in einem zickzackförmigen Halbkreis verlief, der am 88th Place anfing und endete. Die Einzigen, die man je zu Gesicht bekam, waren die Nachbarn oder vereinzelte Autofahrer, die sich verirrt hatten. Jede verdächtige Erscheinung verursachte einen Wirbel von Telefonaten, weil alle auf der Hut vor Problemen waren.

Blesta Ridgeway-Hall und Mercury hatten sich ein hübsches Heim geschaffen. Zitronenbäume zu beiden Seiten der Haustür und Rosenbüsche an der Straße. Der Rasen war verwildert und frisch gewässert. Das Haus war klein und hatte ein grünes Dach und weiße Mauern. Die Haustür war eine doppelwandige Tür aus Eiche; außen waren ein Baum und ein Halbmond hineingeschnitzt.

Aus einem Fenster links von mir wehte eine Gardine.

»Mommy, da ist ein Mann«, schrie ein Kind irgendwo drinnen hinter der geschlossenen Tür.

Ich hatte an die Tür geklopft, dicht über dem Mond. Es klang wie eine volltönende Tenortrommel. Ich wartete und zählte die Sekunden des Zögerns, bis die Tür aufging.

Blesta war ungefähr eins fünfundsechzig; sie hatte hellbraune Locken, hellbraune Haut und dunkelbraune Augen. Sie war die Schönheit und der Verstand der beiden Schwestern, die Mercury und Chapman geheiratet hatten.

»Mr. Rawlins«, sagte sie. »Mercury ist nicht da.«

»Nicht? Wann kommt er nach Hause?«

»Hm, das weiß ich nicht.«

»Hören Sie, B., ich muss mit ihm reden. Aber ich kann's verstehen, wenn Sie nicht wollen, dass ein Mann allein bei Ihnen im Haus wartet. Ich kann im Wagen sitzen. Kein Problem.«

»Ich weiß wirklich nicht, wann er nach Hause kommt, Mr. Rawlins. Wissen Sie, zwei- oder dreimal die Woche gehen er und Kenny nach der Arbeit noch auf einen Drink und eine Partie Billard zusammen los.« Blesta klang beinahe flehentlich.

»Ich warte draußen im Wagen.«

»Nein. Nein, kommen Sie rein. Wenn Sie da draußen sitzen, werden sämtliche Nachbarn anfangen zu quatschen, bis einer die Polizei ruft, und dann wird Mercury wütend auf mich sein, weil Sie meinetwegen verhaftet worden sind.« Blesta gab die Tür frei, und ich betrat das kleine, makellos aufgeräumte Zuhause.

Die Haustür führte direkt ins Wohnzimmer. Blesta hatte zwei gelbe Sessel und ein dazu passendes Sofa. Auf den plüschigen Sesseln lagen türkisfarbene Kissen, und die Füße waren aus Walnussholz. Das Teppichmuster bestand aus konzentrischen Ovalen in Dunkelblau und Hellgrün. Ein mannshoher Avocado-Spross füllte eine Ecke aus, und ein großer Fernseher stand vor dem Sofa.

Draußen vor dem großen Fenster neben der Tür stand mein grüner Pontiac. Das Zimmer schaffte es, friedvoll und festlich zugleich auszusehen.

»Buh!«, schrie der kleine Artemus Hall mich an. Der Vierjährige sprang aus einer Tür hervor, brüllte sein Furcht erregendes Wort und brach dann vor Lachen zusammen.

Ich musste auch lachen. Es war das Komischste, was ich in den letzten paar Tagen gesehen hatte, Tagen, die wie Monate erschienen. Ich bremste mich, ehe das Lachen hysterisch wurde.

»Hol dein Malbuch, Arty«, sagte Blesta.

»Nein«, sagte er, und zu mir gewandt: »Nimmst du mich huckepack?«

»Mein Rücken tut heute ein bisschen weh, Partner«, sagte ich. »Willst du nicht herkommen und mir ein Bild malen?«

»Okay«, zwitscherte Arty und rannte mit Volldampf aus dem Zimmer.

Ich setzte mich auf die Couch.

»Kann ich Ihnen was bringen, Mr. Rawlins?«

»Glauben Sie, dass Sie es schaffen, mich Easy zu nennen?«

»Yeah, ich denk schon.«

»Was denken Sie?«

»Easy.« Blestas Lächeln war die Axt, die Mercury gefällt hatte. Ihr ganzes Gesicht schien dahinter aufzuflammen.

Artemus kam von seiner Spielzeugkiste zurückgedonnert; er hatte mindestens sechs Malbücher unter dem Arm. In einem waren Zirkusartisten und Tiere, in einem andern Cowboys und Indianer. Er hatte sogar ein Malbuch mit verschiedenen Arten von Häusern aus der Geschichte.

Ich fragte nach einem traurigen Clown, und er suchte, bis er einen gefunden hatte.

Blesta hatte anderswo im Haus zu tun, und so setzte ich mich neben Arty und sah zu, wie er die schwarzen Umrisse sorgfältig mit seinen Buntstiften ausmalte.

»Guck mal, Mr. Raw-wins«, sagte er und zeigte mir das Gewirr von gelben Linien, mit denen er die aufwärts gewandten Hände des Clowns ausgefüllt hatte.

Und ... »Hier«: die roten Augen und der grüne Mund.

Ich saß da und fühlte mich so friedlich wie am Vormittag bei der Arbeit.

Ich brauchte Frieden. Ich hatte zwei Tote, die mich beschäftigten: Aldridge Brown und Henry Strong.

Ich fragte mich, was die beiden außer Brawly miteinander gemeinsam haben könnten, aber mir fiel nichts ein. Dann fragte ich mich, warum der Junge einen der beiden sollte umbringen wollen. Wieder Niete.

»Mr. Raw-wins, hast du gern Blau?«

»Ja, Sir«, sagte ich. »Blau ist die Farbe der Musik.«

»Musik hat keine Farbe«, sagte Arty.

»Nicht, wenn man klein ist«, sagte ich. »Aber wenn du größer wirst, dann ist es *blue*, was du siehst, wenn die Musik dich zum Weinen bringt.«

Artemus starrte mich mit fragenden, staunenden Augen an. Irgendwie hatten meine Worte ihn auf einen Gedanken gebracht, der alles andere anhalten ließ.

Draußen wurde eine Autotür zugeschlagen, und Arty krähte: »Daddy!«

Er sprang auf. Blesta kam aus der Küche. Ich stand auf. Einen Augenblick später ging die Haustür auf.

»Blesta, Baby, jemand parkt vor ...«, fing er an, bevor er mich sah.

Artemus umklammerte sein Bein und sang: »Daddy, Daddy, Daddy ...«

Blesta schaltete ihr Lächeln ein.

»Hey, Merc«, grüßte ich und streckte die Hand aus.

Er nahm sie, aber sein Blick war misstrauisch.

Mercury war eine Idee dunkler und zwei Handbreit kleiner als ich. Er war großknochig – nicht fett oder auch nur untersetzt. Er hatte die Art Figur, vor der Berufsboxer lernen auf der Hut zu sein: kraftvoll und dicht am Boden.

»Mr. Rawlins«, sagte er.

»Ich hab's grade geschafft, deine Frau dazu zu bringen, dass sie mich Easy nennt, Merc. Versau's jetzt nicht.«

»Er sagt, er muss mit dir sprechen, Honey.« Blesta gab ihm einen Kuss auf die Wange. »Ich hab ihm gesagt, er soll hier drinnen warten, weil die alte Mrs. Horner bestimmt die Cops gerufen hätte, wenn er draußen im Wagen sitzen geblieben wäre.«

»Draußen im Wagen?«, wiederholte Mercury. »Easy

Rawlins braucht nicht vor meinem Haus im Wagen zu sitzen. Wollen Sie was trinken?«

»Nein, danke, Merc.«

»Was kann ich für Sie tun?«, fragte er mit offenem Lächeln.

»Ich muss dir ein paar Fragen stellen.«

»Komm mit, Arty«, sagte Blesta. »Hilf Mama, das Abendessen zu machen.«

»Ich will bei Daddy bleiben.«

»Aber ich mach Zuckerguss.«

Ohne ein weiteres Wort nahm Arty sein Malbuch und lief hinaus, und seine Mutter folgte ihm.

Ich kehrte auf das gelbe Sofa zurück, und Mercury hockte sich auf ein türkisblaues Kissen.

»Was wollen Sie wissen, Easy?«, fragte er. »Noch was über Brawly?«

»Indirekt, ja. Was weißt du über die Häuser, die zwei Blocks unterhalb von Johns Baustelle gebaut werden?«

»Da unten, wo die rosa Fahnen am Dach hängen?«

»Yeah«, sagte ich. »Woher weißt du das?«

»Da ist letzte Nacht ein Mann erschossen worden.«

»Wer?«

Mercury schüttelte den Kopf. »Ich weiß bloß, dass die Cops runtergekommen sind und die Arbeiten an dem Block gestoppt haben. Sie haben nicht gesagt, wer es war.«

»Wer baut da?«

»Weiß ich nicht genau. Aber es ist auch 'ne schwarze Investorengruppe. Bin mir ziemlich sicher, dass es eine von Jewelles ist.«

»Die hat sie auch, hm?«

»Ja, Sir. Aber ich kenne die Namen nicht. Da draußen bleibt jeder für sich.

»Du warst also nie auf dieser Baustelle?«, fragte ich.

»Nein.«

»Und Brawly?«

»Vielleicht. Wenn John nicht da war, hat Brawly manchmal ziemlich lange Spaziergänge gemacht, wenn Sie wissen, was ich meine. Ist rumgelaufen und hat jemanden gesucht, mit dem er sich unterhalten konnte. Sie wissen, ich hab nicht viel übrig fürs Quatschen bei der Arbeit. Mit Chapman ist Brawly besser ausgekommen als mit mir.«

»Hat Chapman dir je erzählt, wovon Brawly geredet hat?«

»Nur Scheiß, Mann. Brawly hatte zu allem unter der Sonne 'ne Meinung. Der Bengel quasselt am laufenden Band, ohne was zu sagen.«

»Dann hast du also nicht gern mit ihm zusammengearbeitet?«

»Mann, ich arbeite nicht gern auf'm Bau – Punkt«, sagte Mercury. »Tatsächlich denk ich dran, die ganze Sache hinzuschmeißen.«

»Du willst kündigen?«

»Kündigen, Zelte abbrechen und wieder dahin zurückgehen, wo die Leute reden wie ich.«

»Zurück nach Arkansas?«

»Vielleicht nach Texas«, sagte Mercury. »Da unten gibt's Jobs. Die haben 'n so genannten Ölboom.«

»Geht Chapman auch?«

»Was bin ich?«, fragte er. »Chapmans Kindermädchen? Der Nigger kann selber auf sich aufpassen.«

»Hast du schon mal von einem Mann namens Henry Strong gehört?«, fragte ich überfallartig.

»Ja«, gab er ungerührt zu.

»Von wem?«

»Das war vor ein, zwei Monaten. Brawly kam mit ihm vorbei. Sie haben mich und Chapman auf'n Glas zum Blackbird's mitgenommen.«

»Was hat er gesagt?«

»Hat bloß diese Schwarzenscheiße geredet. Sie wissen schon – dass wir alle haben sollten, was der Weiße hat. Wir sollten mal zu seinen Versammlungen kommen. Ich hab aber nein gesagt.«

»Und Chapman?«

»Warum fragen Sie Chapman nicht selber?«

»Weil ich dich frage, Mercury. Ich finde, du bist mir was schuldig.«

»Ich bin Ihnen dankbar, Mr. Rawlins. Aber ich erzähle Ihnen nichts über meine Freunde. No, Sir.«

Natürlich sprach seine Weigerung Bände.

»Wieso fragen Sie nach Strong und den Häusern da hinten?«, wollte Mercury wissen.

»Eigentlich aus keinem besonderen Grund. Ich hab ihn in dem Laden da unten gesehen, wo Brawly rumhängt. Ich sag dir, irgendwas über Brawly rauszufinden, das macht mehr Ärger, als ich dachte.«

»Yeah«, sagte Mercury. »Dieser Brawly ist 'ne Katastrophe.«

»Tja«, sagte ich, »dann geh ich mal lieber.«

Ich stand auf.

»Okay«, sagte Mercury. »Honey, Mr. Rawlins will gehen.«

Blesta kam heraus; sie trug eine weiße Schürze über ihrem Kleid.

»Können Sie nicht zum Essen bleiben ... Easy?«

»Ich muss los.« Ich gab ihr die Hand.

»Das ist für dich«, sagte der kleine Artemus Hall und hielt den Clown hoch, den er aus seinem Malbuch gerissen hatte.

Ich nahm das Blatt und schaute es an. Der Clown hatte den Kopf leicht schräg gelegt. Artemus hatte das Gesicht weiß und braun gemalt, und aus den traurigen Augen kamen dicke, rote Tränen.

»Vielen Dank, Arty. Das werde ich mir in die Küche hängen. Da hab ich 'ne Korktafel, wo ich's anpinnen kann.«

Im Lächeln des Jungen sah ich Mercury.

VIERUNDZWANZIG

Die Nächste auf meiner Liste war Tina Montes. An dem Abend, als die Polizei bei den »Ersten Menschen« reingestürmt war, war sie nett zu mir gewesen, und ich hatte sie rausgeschleift, bevor sie ihr den Schädel einschlagen konnten.

Sie wohnte in einer Pension in der 31. Street. Die Besitzerin, Liselle Latour, war eine Freundin von mir aus alten Zeiten in Houston, Texas. Liselle war als Thaddie Brown zur Welt gekommen, aber sie hatte ihren Namen geändert, als sie mit dreizehn von zu Hause weglief. Sie hatte sich der Prostitution zugewandt, und mit fünfundzwanzig war sie Madam gewesen. Houston hatte sie 44 verlassen, zusammen mit ihrem Partner/Bodyguard/Freund Franklin Nettars. Er hatte Liselle jahrelang bekniet, Houston zu verlassen. Er hatte ihr erzählt, dass die Schwarzen in L. A. echtes Geld verdienten und dass sie mit einem kleinen Puff da oben reich werden würden.

Liselle wäre niemals weggegangen, wenn es in ihrem zwielichtigen Haus nicht zu einem Streit gekommen wäre. Ein Weißer – ich hab nie erfahren, wie er hieß – hatte eine Auseinandersetzung mit einer Hure, und am Ende hatte er ein Messer im Hals. Die Frau wurde verhaftet. Liselle kam mit knapper Not am Knast vorbei, aber sie wusste, dass ihr Name jetzt auf der Liste der Polizei stand. Und wenn man in Houston auf der Liste der Polizei stand, hatte man die Wahl, zu sterben, ins Gefängnis zu kommen oder die Stadt zu verlassen.

Sie nahmen eine Schlafwagenkabine in einem Waggon für Farbige im *Sunset Express* von Houston nach L. A. Franklin erzählte Liselle auf der ganzen Reise, wie großartig alles werden würde, wenn sie in Kalifornien wären.

»Er behauptete«, erzählte Liselle mir, »man könnte davon leben, dass man das Obst von den Bäumen pflückte, während man die Straße runterspazierte.« Sie lächelte immer, wenn sie seinen Namen erwähnte.

Der Schaffner kam an ihrer Kabine vorbei, um ihnen zu sagen, dass sie gleich die Grenze nach Kalifornien überschreiten würden.

»Und zehn Sekunden danach«, sagte Liselle, »kriegte er einen Herzinfarkt. Haute ihn dermaßen um, dass er es nur ein paar Sekunden lang spürte, und dann war er tot.«

Ich hatte nie daran gedacht, dass Liselle Franklin lieben könnte. Ich meine, sie kamen mir eher wie Geschäftspartner vor, nicht wie Seelengefährten. Aber nach Franklins Tod war Liselle eine andere Frau. Sie nahm ihre Lebensersparnisse und kaufte sich das Haus in der 31. Street und machte daraus eine Pension für ledige Frauen. Männliche Besucher ließ sie nur ins Erdgeschoss. Sie fing nie wieder was mit einem Mann an und wurde sehr aktiv in der Kirchengemeinde.

Liselle wurde tugendhaft und lebte zurückgezogen, aber ihre alten Freunde vergaß sie nicht. Und sie tat auch nicht so, als hätte sie einen erhabenen moralischen Hintergrund. Sie erzählte jedem, was sie gewesen war. Sie sagte: »Ich will nicht, dass du es irgendwann rauskriegst und dann sauer auf mich bist, weil ich dich belogen hab.«

Sie freute sich immer, wenn sie ihre alten Freunde sah, und sie trank auch gern ein Gläschen mit ihnen.

Deshalb empfand ich keine Bangigkeit, als ich mich ihrem Haus näherte.

Das dreistöckige Holzhaus hatte zwei Eingänge, einen vorn und einen an der Seite. Die Vordertür war für die

Frauen und Mädchen, die Seitentür war Liselles privater Eingang.

Als ich klopfte, öffnete Liselle beinahe sofort. Ihre Tür lag der Innentür zum Eingangsflur der Pension gegenüber. Tagsüber saß Liselle meistens zwischen diesen beiden Türen und nähte oder las in der Bibel. Dort begrüßte sie ihre Pensionsgäste und passte auf, dass kein Mann sich nach oben schlich.

»Easy Rawlins«, rief sie. »Baby, wie geht's dir?«

»Ganz gut, Miss Latour. Und Ihnen?«

»Ich arbeite meine Sünden ab, Gramm für Gramm«, sagte sie vergnügt.

Die Jahre waren nicht gut zu Liselle gewesen. Ihr Gesicht war ins mittlere Alter hinübergewechselt, und für jedes Gramm Sünde, das sie verloren hatte, hatte sie ein Gramm Fett zugelegt. Die schöne junge Frau, der die Männer im Fifth Ward ihr Geld hinterhergeworfen hatten, erkannte ich kaum wieder.

»Was willst du hier?«, fragte sie. Ihre Augen wurden schmal.

»Warum? Kann ich nicht vorbeikommen und 'ne alte Freundin anschreien?«

»Ich glaube nicht.«

»Warum nicht?«

»Was willst du, Easy?«

»Ich will mich setzen.«

Liselle besann sich auf ihre Manieren und deutete auf den Sessel gegenüber. Dann schloss sie die Flurtür und schlug sich mit beiden Händen auf die Knie.

»Und?«, fragte sie.

»Ich kapier das nicht«, sagte ich. »Wieso glauben Sie, dass ich in irgendwelchen Geschäften hier bin?«

»Weil der Ärger dir auf dem Fuße folgt, Easy Rawlins. Das war immer so, und das wird immer so sein.«

»Sie reden, als ob ich so was wie ein Gangster wäre. Aber

Sie wissen, dass ich das nicht bin. Ich habe einen Job an der Junior High School, und ich habe allein zwei Kinder großgezogen. Welcher Gangster macht so was?«

»Du hast ›Gangster‹ gesagt, nicht ich. Ich hab nur gesagt, dass dir der Ärger auf dem Fuße folgt. Wenn ich von dir höre, höre ich, dass jemand aus dem Knast oder in den Knast gekommen ist, dass jemand umgebracht oder ausgeraubt oder von den Cops zusammengeschlagen worden ist. Sogar die Kids, die du hast, kommen aus Welten, in denen ein Erwachsener nur mit Mühe überleben würde – so hab ich's wenigstens gehört. Aber dass du mit dem Ärger verheiratet bist, weiß ich vor allem wegen Raymond Alexander. Wer je was mit Mouse zu tun gehabt hat, weiß, dass sich bei ihm immer irgendeine Schweinerei zusammenbraute. Junge Frauen können nicht anders – sie sehen einen Mann wie Mouse, und sie fangen an zu plappern und machen sich das Höschen nass. Aber Männer, die sich mit Mouse einlassen, sind entweder Dummköpfe oder Magnete, die den Ärger anziehen.«

»Mouse ist tot«, sagte ich.

»Und wenn die Geschichten, die ich gehört hab, stimmen, dann warst du derjenige, der die Leiche in EttaMaes Vorgarten gelegt hat.«

Ich hatte vergessen, wie effizient die Buschtrommel arbeitete.

»Ich weiß nicht, wie oft ich Mr. Alexander von der Tür meiner Mädchen verscheuchen musste«, sagte Liselle. »Er hat sich mächtig aufgespielt, aber ich hab ihm mit meinem Besen gedroht. Und weißt du, so schlecht er auch war, er hat immer klein beigegeben. Aber weißt du«, fuhr sie fort, »ich glaube nicht, dass er wirklich tot ist.«

»Nicht? Warum nicht?«

»Die Art, wie Etta verschwunden ist. Ich glaube, wenn er gestorben wäre, dann hätte sie 'ne Beerdigung veranstaltet und jeden eingeladen, der ihn geliebt hat oder der sich vergewissern wollte, dass er wirklich hin ist. Du weißt, dass Mouse viele Feinde hatte. Genau wie du, Easy.«

»Soll ich mich jetzt umdrehen?« Ich versuchte amüsiert zu klingen.

»Wer in schlechter Gesellschaft reist, muss damit rechnen, dass Jammer und Elend vor der Tür stehen.«

»Ich sehe schon, dass ich heute an die falsche Tür geklopft hab.«

»Ich sag dir was, Easy. Ich beweise dir, dass du gekommen bist, weil es Ärger gibt.«

»Okay, beweisen Sie es.«

»Christina Montes«, sagte sie.

Mit einer schlagfertigen Antwort war es Essig. Ich glaube, ich schaffte es, den Mund zu halten, aber Liselle lächelte trotzdem.

»Hab ich Recht?«

»Ja, Ma'am.« Ich tat einen Seufzer, den ich tief unten fühlte – in dem, was die Ärzte meine Bronchiolen nannten.

Liselle grinste und lehnte sich auf ihrem Stuhl zurück. Sie langte hinter sich und nahm eine Flasche von einem Bücherschrank. Auf dem Boden neben ihrem Stuhl stand ein kleines Saftglas, das sie zur Hälfte mit der bernsteinfarbenen Flüssigkeit füllte. Sie wusste, dass ich das Trinken aufgegeben hatte, und bot mir deshalb nichts an.

»Was stimmt denn nicht mit Tina?«, fragte ich.

»Das Gleiche wie bei allen Frauen.«

Ich zog die Brauen hoch und wartete, dass sie weiterredete.

»Männer«, sagte Liselle. Es klang eher lasziv als zornig. »Männer morgens, mittags und abends sind der Fluch der Frauen und die Freude ihres Lebens.«

»Hat sie viele Männer?«

»Ein fauler Apfel genügt, Easy. Das weißt du.«

»Hat dieser faule Apfel einen Namen?«

»Ich nenne ihn den X-Man«, sagte Liselle. »Aber sie nennt ihn Xavier.«

»Und was ist an diesem Xavier auszusetzen?«

»Oh, du darfst mich nicht falsch verstehen, Easy. Er ist ein guter Junge. Wenn ich seine Mama wäre, würde ich jedes Mal platzen vor Stolz, wenn er ins Zimmer käme oder den Mund aufmachte. Er ist dünn wie eine Bohnenstange, aber stolz und tapfer wie ein Löwe. Ein Mann, den eine gute Frau an ihrer Seite haben möchte.«

»Tina ist also eine gute Frau?«

»So gut wie nur irgendeine. Manieren, Charme – sie hat alles. Weiß, wie man 'ne Serviette auf dem Schoß faltet, und räumt ihren eigenen Müll weg, ohne dass man sie dazu auffordern muss.«

»Hört sich aber nicht nach Ärger an«, sagte ich unschuldsvoll.

»Yeah. Raspel du dein Süßholz, Baby. Aber du weißt auch, dass die Cops mich nach ihr gefragt und ihren Namen mit Dreck beworfen haben« – gewusst hatte ich es nicht, aber vermutet – »und dass die ›Ersten Menschen‹ hier vorbeikommen mit ihren kommunistischen Flugblättern und ihren wüsten Reden übers Töten und dass sie die Straße anzünden wollen. Ich hab sie gefragt, ob sie etwa mein Haus abbrennen wollen, und da haben sie nein gesagt – aber kann man ein Feuer anzünden und ihm sagen, welche Häuser brennen sollen und welche nicht? Wenn es einmal brennt, brennt alles.«

»Was hat die Polizei gesagt?«

»Dass sie 'ne Revoluzzerin wär und ob sie ihr Zimmer nach Waffen durchsuchen dürften.«

»Und haben Sie sie reingelassen?«

»Verflucht, nein. Scheiße. Ich hab selbst zwei Pistolen unterm Bett und noch eine im Schrank im Flur. Was heißt das schon, wenn man 'ne Waffe hat?«

»Wie steht's mit einem Mann namens Henry Strong?«

»Yeah. Yeah. Der war hier. Sie hat ihn mir vorgestellt, als wäre er 'ne Schale Eiscreme mitten in der Wüste Sahara.

Hätte mich nicht gewundert, wenn sie dem X-Man erzählt hätte, sie ginge zum Frisör, um dann den ganzen Nachmittag zu Henry Strongs Füßen die Revolution zu studieren – auf den Knien.«

»Das ist alles?«, fragte ich.

»Yeah … manchmal kam dieser Conrad vorbei, aber meistens mit seinem Onkel.«

»Mit seinem Onkel?«

»Ich glaube nicht, dass sie wirklich verwandt waren. Er stand eines Tages vor der Tür, und ich hab ihn gefragt, wen er da bei sich hätte. Er sagte, seinen Onkel, aber dann hat er gegrinst, als ob er einen Witz gemacht hätte.«

»Wie sah er aus?«, fragte ich.

»'n stämmiger Kerl. Fünfunddreißig, vielleicht auch vierzig. Er sah okay aus, aber hat in meiner Gegenwart kein Wort gesprochen, mit niemandem.«

»Hat er einen Namen?«

Liselle verzog das Gesicht und versuchte sich zu erinnern. Aber alles, was ihr einfiel, war der Whiskey in ihrer Hand. Sie nahm einen Schluck und sagte: »Nein. Ich kann mich an keinen Namen erinnern. Ein kräftiger Mann. Groß, weißt du, und dunkel.«

»Könnte er Aldridge geheißen haben?«

Liselle schüttelte den Kopf. »Ich weiß es nicht.«

Ich lehnte mich zurück. Plötzlich hatte ich das heftige Verlangen nach einer Lunge voll Rauch, aber ich verkniff es mir, Liselle um eine Zigarette zu bitten.

»Kennen Sie Tina gut?«, fragte ich.

»Ja.«

»Vertrauen Sie mir?«

Liselle zögerte. »Ich weiß, dass du kein übler Kerl bist, Easy. Aber wie gesagt, du bringst einfach jede Menge Ärger.«

»Es hat schon zwei Morde gegeben«, sagte ich. »Die Cops, die hierher gekommen sind, waren eher so was wie 'ne Bürgerwehr, nicht das Gesetz.«

»Was willst du von ihr?«

»Sie kennen John, den Barmann, ja?«

»Ja?«

»Seine Freundin Alva hat einen Jungen namens Brawly. Er steckt bis über beide Ohren bei den ›Ersten Menschen‹ drin. Ich versuche, ihm aus der Patsche zu helfen. Aber wenn ich Tina helfen kann, werde ich es auch tun.«

»Inwiefern steckt Tina da drin?«

»Sie kennt Conrad, und der ist eine miese Type …«

Liselle brummte zustimmend.

»Brawlys Vater wurde umgebracht, und dieser andere Mann, Henry Strong, ist heute früh ermordet worden –«

»Was?«, fragte Liselle.

»Deshalb denke ich, jeder der auf Tinas Seite steht, dürfte willkommen sein.«

»Und was willst du von mir, Easy?«

»Sie sollen mit ihr reden, ihr sagen, wer ich bin und was Sie von mir halten. Wenn sie es hört und wenn sie Hilfe von außen haben möchte, soll sie mich zu Hause anrufen.«

»Sie ist seit zwei Tagen nicht hier gewesen«, sagte Liselle. »Aber sie muss irgendwann auftauchen. Alle ihre Sachen sind noch im Zimmer.«

Ich schrieb meine Nummer auf einen Eierkarton, den Liselle weggeworfen hatte.

Als ich die Tür öffnete, um zu gehen, legte Liselle mir eine Hand auf den Arm und sagte in verschwörerischem Ton: »Was dich und den Ärger angeht – ich hab's dir gesagt, nicht, Easy?«

»Ja, Ma'am.«

FÜNFUNDZWANZIG

Feather kam mir entgegengerannt, als ich zur Tür hereinkam.

»Daddy, ich hab eine Zwei plus für meinen Aufsatz über Joan Arks«, schrie sie und umschlang meine Taille.

»Musst du mich deshalb anspringen?«, beschwerte ich mich.

»Ich hab eine Zwei plus, Daddy.« Sie ignorierte meinen Protest.

»Lass mich los«, sagte ich.

Feather wich zurück; ihr Blick war voller Schmerz.

Der kleine gelbe Hund kam hinter ihr hervor und fletschte die Zähne.

»Ich hab eine Zwei plus«, sagte sie, und die erste Träne rollte über ihre Wange.

»Entschuldige, Baby, aber ich hatte einen schweren Tag. Das ist gut, eine Zwei. Wirklich gut.«

»Es ist eine Zwei plus.«

»Hi, Honey«, rief Bonnie aus der Küche.

Jetzt fiel mir auf, dass es nach Essen duftete.

Sie trug ein gelbes Wickelkleid und hatte sich ein rotblaues Seidentuch ins Haar geschlungen. Ihre Füße waren nackt.

»Ich hab vergessen, dass du heute nach Hause kommen wolltest«, sagte ich.

»Das sagst du, als ob ich gehen sollte.«

»Nein. Nein, Baby.«

Feather ging zu Bonnie und lehnte sich an sie. Stirnrunzelnd starrte sie auf meine Schuhe.

»Hast du gehört, dass Feather eine Zwei plus hat?«, fragte Bonnie.

»Yeah«, sagte ich. »Das ist wirklich toll. Ich finde, wir sollten zum Nachtisch irgendein besonderes Eis kriegen – bei so einer Note.«

Feathers Stirn glättete sich ein wenig, und sie schaute jetzt bis zu meiner Schulter herauf.

Aus dem Garten hörte ich leises Sägen.

»Was ist das?«

»Jesus arbeitet an seinem Boot.« Jetzt runzelte Bonnie die Stirn.

»Wir reden drüber«, sagte ich.

»Ein Kind hat nicht das Recht, selbst zu entscheiden, ob es zur Schule gehen will oder nicht«, sagte Bonnie.

»Jesus ist ein Mann, so lange ich zurückdenken kann«, sagte ich. »Wenn ich morgen sterbe und du verschwindest, wird er Feather allein großziehen. Darauf kannst du wetten.«

»Bist du denn krank, Daddy?«, fragte Feather.

»Nein, Honey. Mir geht's prima.«

Bonnie blieb fest. »Ich sage nur, dass er seine Ausbildung zu Ende bringen muss. Er muss begreifen, wie wichtig das ist.«

»Wie zum Teufel kommst du auf die Idee, mir zu sagen, was der Junge muss, wenn du vor sechs Monaten noch nicht mal wusstest, dass er existiert?«, fragte ich. »Du weißt es doch nicht. Du weißt nicht, was er denkt oder was er vorhat. Hier in der Straße wohnen lauter Leute, die eine viel bessere Ausbildung haben als ich. Aber trotzdem wohnen wir in derselben Straße und gehen jeden Tag zur Arbeit. Wie kann ich Juice befehlen, etwas zu tun, was ich selbst nie getan hab? Diesen Scheiß glaub ich doch selbst nicht.«

»Easy«, sagte Bonnie.

Sie schaute auf Feather hinunter, die meinen Wutausbruch gebannt verfolgte.

»Ich meine ja nur, du sollst die Sache mir überlassen, okay?«

»Ich mach das Essen«, sagte Bonnie.

Sie ging in die Küche, und Feather folgte ihr wie ein Schatten.

Ich griff in die Hemdtasche, aber sie war leer. Ich hatte die Packung Chesterfield irgendwann im Laufe des Tages weggeworfen. Auf dem obersten Regal im Flurschrank lag noch eine halbe Stange, das wusste ich. Aber ich biss die Zähne zusammen und setzte mich in meinen Sessel. Ich würde mich nicht unterkriegen lassen. Nicht von Jesus und seinen Wünschen, nicht von Lakeland und seinen Plänen, und schon gar nicht von einer mickrigen kleinen Zigarette.

Der Sesselbezug roch nach Tabakrauch. Meine Fingerspitzen auch. Fünf Minuten lang konnte ich nur an eins denken: rauchen oder nicht rauchen.

Als ich mich schließlich wieder beruhigt hatte, wartete Brawly Brown in meinem Kopf. Groß und linkisch, stark und leicht beeinflussbar. Oder war er schlauer, als er aussah? Hielten die »Ersten Menschen« ihn zum Narren, oder hielt er John und Alva zum Narren? Auf Alvas Meinung konnte ich nicht vertrauen, und für John drehte sich alles um seine Frau.

Wenn der stämmige Mann, der mit Conrad zu Tina gekommen war, Aldridge gewesen war, dann hatte ich zumindest eine weitere Person, die eine Verbindung zu beiden Männern hatte.

Ich atmete tief durch.

Irgendetwas fehlte mir.

Was fehlte mir?

Eine Zigarette.

»Abendessen«, rief Bonnie durch die Hintertür nach draußen.

Brawly musste in irgendeine ernste Sache verwickelt sein.

Nur so konnte ich mir den Hinterhalt in dem Neubau in der Nähe von Johns Häusern erklären. Eine andere Möglichkeit gab es nicht. Strong hatte mir jedenfalls gesagt, er würde mich zu Brawly bringen. Aber das konnte auch eine Lüge gewesen sein.

Aber wenn Brawly mich umbringen wollte und wenn er Henry Strong ermordet hatte, dann konnte ich nichts tun, um ihm zu helfen. Zumindest sollte ich es nicht tun.

»Klar hab ich ihn umgebracht«, hatte Mouse einmal zu mir über einen Mann gesagt, der sein Freund gewesen war. »Der Motherfucker hat sich gegen mich gestellt. Und du weißt ja, wenn ein Hund einmal von deinem Blut gekostet hat, will er immer mehr davon.«

Wie konnte ich einen Mörder zu John zurückbringen? Oder zurück auf die Straße, zu uns andern?

»Easy.« Bonnie stand vor mir.

»Ja?«

»Hast du nicht gehört? Das Essen ist fertig.«

Bonnies Lasagne war immer ein Genuss. Die Tomatensauce war dunkelrot und würzig. Sie nahm vier Sorten Käse und gehacktes Kalbfleisch, kein durchgedrehtes Rind. Im Salat war jede Menge Parmesan und im Dressing Knoblauch. Das Essen schmeckte wunderbar, aber irgendwie war es kraftloser als sonst. Ich lechzte nach einer Zigarette. Immer wieder atmete ich tief durch die Nase, und trotzdem hatte ich das Gefühl, langsam zu ersticken.

»Fehlt dir was, Easy?«

»Nein«, sagte ich in scharfem Ton. »Wieso fragst du mich das dauernd?«

»Weil du dauernd seufzst.«

»Hör mal, wenn ein Mann sich nicht mehr zum Essen hinsetzen und tief durchatmen kann, dann sollte er vielleicht gar nicht erst nach Hause kommen. Du nervst mich, seit ich zur Tür hereingekommen bin. Was willst du?«

Das brachte den ganzen Tisch für mehr als eine Minute zum Schweigen. Es hätte noch länger gedauert, wenn ich nicht noch einmal gesprochen hätte.

»Ich geh noch mal kurz weg«, sagte ich und stand auf.

»Geh nicht, Daddy«, bat Feather.

»Wo willst du hin, Easy?«, fragte Bonnie in aufreizend vernünftigem Ton.

Wieder tat ich einen tiefen Atemzug, der als Seufzer herauskam.

»In den Laden«, sagte ich. »Das spezielle Zwei-plus-Eis kaufen. Möchtest du lieber Pistazie oder Schokochip, Feather?«

»Beides«, sagte sie.

Der kleine Laden unten an der Straße war immer bis zehn geöffnet. Mr. Tai war eine Nachteule, und jeder in der Gegend wusste, dass man abends nach acht, wenn man nicht in die überteuerten Schnapsläden gehen wollte, nur hier abgepackte Fertigmahlzeiten bekommen konnte.

»Lust auf was Süßes heute Abend, Mr. Rawlins?«, fragte Tai, als ich mit den beiden Zwei-Liter-Kartons zur Kasse kam. Ich hatte auch noch einen halben Liter Vanilleeis für mich.

»Gute Noten«, sagte ich. »Feather hat 'ne Zwei plus gekriegt.«

»Das ist gut. Ich hab eine Tochter, die kriegt auch wirklich gute Noten. Sie mag die Bücher und Hausaufgaben.«

»Und Ihre anderen Kids?«, fragte ich.

Ich mochte Tai gern. Er war schmächtig und sanft, aber er hatte auch eine bösartige Narbe, die sich über die linke Gesichtshälfte zog. Ich hatte einmal gesehen, wie er einen baumlangen Betrunkenen vor seinem Laden auf die Straße gesetzt hatte.

»Noch zwei Mädchen. Sie werden heiraten und mir Enkelkinder machen. Und ein Junge, der immer durchfällt.«

Tai kicherte. »Immer. Wenn sie ihn in 'ner Prüfung fragen, was er zum Frühstück gegessen hat, wird er auch durchfallen.«

»Das macht Ihnen nichts aus?«

»Nein.«

»Was wollen Sie denn mit ihm anfangen?«

»Ich warte, bis er sechzehn ist, und dann kommt er her und arbeitet bei mir. Morgens um acht machen wir auf, und abends um zehn gehen wir nach Hause. Wenn ihn das nicht wieder in die Schule bringt, hab ich einen Partner. Tai und Sohn.«

Der Ladenbesitzer grinste mich breit an.

SECHSUNDZWANZIG

Es gelang mir, beim Eis niemandem den Kopf abzubeißen. Feather saß die meiste Zeit bei Jesus auf dem Schoß und aß aus ihrer Schale. Jesus, der mich wahrscheinlich besser kannte als jedes andere Lebewesen, hielt sich von mir fern. Er sprach weder von seinem Boot noch vom Aussteigen. Genau genommen sprach er, glaube ich, kein einziges Wort. Seine frühen Jahre der Stummheit hatten ihm das Schweigen zu einem nahen Verwandten werden lassen. Das Schweigen und die Geduld, die man brauchte, um sich verständlich zu machen.

Als die Kinder im Bett waren, machte Bonnie mir einen Drink – eine Mischung aus Eis, Vanille, Milch, Eiern, Muskat und Honig. In alten Zeiten hätte ich die Sache mit einem Schuss Bourbon abgerundet.

Wir saßen im Wohnzimmer und hörten uns die Spätnachrichten an. Es kam eine Meldung über einen Neger namens Henry Strong, der in den frühen Morgenstunden an einer Kopfschussverletzung gestorben war. Strong wohnte im Colorado Hotel in der Cherry Street und stammte aus Oakland, Kalifornien.

»Möchtest du, dass ich gehe, Easy?«

»Was?«

»Möchtest du, dass ich aus deinem Haus verschwinde?«, fragte Bonnie.

»Was redest du da, Shay?«

»Du hast mich nicht mal angerührt, seit du reingekommen bist.« Sie war den Tränen nah.

Ich ging hinüber zur Couch und nahm sie in den Arm.

»Ich war bloß … bloß … ein bisschen beschäftigt«, sagte ich.

Sie schüttelte meinen Arm ab und rutschte weg.

»Wir kennen uns noch nicht so lange, Easy. Ich weiß, dass dein Freund gestorben ist, als du mir helfen wolltest …«

»Niemand weiß, ob er wirklich tot ist«, sagte ich. »Und selbst, wenn er es ist – das war eine Sache zwischen mir und Raymond. Wir haben von Kindheit an ein Leben auf Messers Schneide geführt. Dafür kann niemand etwas. Du hast ihn um nichts gebeten, und du warst nicht da, als es passierte. Aber für mich warst du da. Und für die Kids warst du da.«

»Du hast jemanden gebraucht, der dich liebte, Easy. Du warst verletzt, und du warst auch freundlich. Aber dass du dankbar bist, muss noch nicht heißen, dass du mich auch willst. Ich werde gehen, wenn es so am besten ist. Wirklich.«

»Aber das will ich nicht. Nein.«

Bonnies Gesicht sah aus wie die Zeichnung einer schwarzen Göttin aus einem polynesischen Mythos – die Augen schräg, die vollen Lippen makellos geformt. Diese Lippen öffneten sich, und für den Augenblick vergaß ich den Hunger in meiner Lunge und den Schmerz über Raymonds Tod. Sogar der Ärger, in den ich mich reingegraben hatte, kam mir nicht mehr wichtig vor.

»Ich war 'n bisschen unterwegs«, sagte ich.

»Womit?«

Ich erzählte ihr von John und Alva, von Brawly und den »Ersten Menschen«. Ich erzählte ihr von Aldridge und von Henry Strong, aber ich erwähnte nicht, dass ich an beiden Tatorten gewesen war.

»Das klingt zu gefährlich, Easy«, sagte sie, als ich fertig war.

»Wie damals, als du in Schwierigkeiten warst«, sagte ich.

Sie küsste mich, und ich küsste sie, und dann küsste sie

mich wieder. Ich hatte eine Erektion, seit ihre Lippen sich geöffnet hatten.

Später in dieser Nacht waren wir im Bett und küssten uns immer noch. Zigaretten müssen irgendwas mit Sex zu tun haben, denn mein Verlangen nach Tabak war anderthalb Stunden lang völlig weg. Ich brauchte nichts außer meiner Kleinen. Das hätte ich im Radio bringen können.

»Du bist also beunruhigt wegen der Polizei und dieser politischen Gruppe?«, fragte Bonnie mich und hörte kurz auf zu schmusen.

Ich glaube, sie suchte nach einer Möglichkeit, mir auszureden, dass ich John half.

»Nein«, sagte ich, »ich bin beunruhigt, weil ich seit heute früh keine Zigarette mehr geraucht hab.«

»Warum rauchst du dann nicht einfach eine?«

»Weil das hier 'ne ernste Sache ist. Könnte sein, dass ich mich schnell bewegen muss, und auf den Treppen in der Schule merke ich, dass ich rasch aus der Puste bin. Ich könnte nicht mal hier um den Block joggen, wenn ich wollte.«

»Du bist ein erwachsener Mann, Easy«, flüsterte sie in meine Achselhöhle. »Ein Mann sollte nicht rennen müssen.«

»Vielleicht gibt's irgendwo einen Weißen, der glaubt, er brauchte nicht hin und wieder ein bisschen zu springen, aber ein Schwarzer sollte überall in diesen Vereinigten Staaten in der Lage sein, eine Meile weit zu rennen – und dann noch eine.«

»Aber ich will nicht, dass du da draußen dem Ärger nachläufst«, klagte Bonnie.

»Da musst du dir keine Sorgen machen. Ich bin einer von denen, die eher weglaufen.«

»Das stimmt nicht«, sagte sie. »Ich wünschte, es wäre so, aber es stimmt nicht.«

»Wünschst du dir wirklich, ich wäre ein Feigling?«

»Ich liebe den Mann«, sagte sie. »Nicht den Mann, der mich gerettet hat, sondern den Mann, der sich um mich gekümmert hat.«

Ich schaute ihr in die Augen, aber ihr Herz war so groß, dass ich es nicht fassen konnte.

Als das Telefon klingelte, lag ich in tiefem, traumlosem Schlaf. Ich hörte sein Schrillen, aber es schien keinen Grund zu geben, weshalb ich rangehen sollte. Mein linker Fuß hing aus dem Bett und fror ein bisschen, und mein rechter Schenkel schmiegte sich an Bonnies Hintern, warm wie Toast. Mit der Welt war alles in Ordnung.

»Easy. Easy.«

»Hm.«

»Easy.«

»Yeah, Baby?«

»Telefon. Eine Frau namens Tina.«

Ich erinnerte mich an das Klingeln. Es schien eine Ewigkeit her zu sein. Mich interessierte nichts außer meinem kalten Fuß und meinem warmen Schenkel.

»Easy.«

Dann war ich wach, gierig nach Zigaretten und im Bewusstsein der Gefahr, in die ich mich begeben hatte.

»Hallo?«, sagte ich.

»Mr. Rawlins?«

»Ja.«

»Tina Montes. Wir haben uns neulich bei den ›Ersten Menschen‹ kennen gelernt.«

»Ich erinnere mich. Ihre Freunde haben mich mit 'ner Pistole bedroht und aus dem Wagen geworfen.«

Ich spürte, wie Bonnie an meinem Bein erstarrte.

»Das hab ich nicht gewollt. Conrad und Mr. Strong werden manchmal ein bisschen grob.«

»Was kann ich für Sie tun, Miss Montes?«

»Miss Latour sagt, ich kann Ihnen vertrauen.«

»Das können Sie«, sagte ich. »Das heißt, unter einer Bedingung.«

»Nämlich?«

»Sie können mir vertrauen, wenn Sie mich nicht belügen.«

»Okay.«

»Wie spät ist es?«

»Ein Uhr.«

»Morgens?« Ich seufzte. »Sagen Sie Liselle, sie soll den Salon aufmachen. Ich bin in knapp einer Stunde da.«

Ich legte den Hörer auf die Gabel und richtete mich in derselben Bewegung auf.

Bonnie sagte kein Wort, bis ich angezogen war und gehen wollte.

»Easy?«

»Ja, Baby?«

Sie stand auf, ganz nackt und weiblich. Aus ihrer Handtasche fischte sie eine Camel. Sie hatte immer eine Packung, weil sie mit ihren Freundinnen manchmal rauchte. Sie zündete die Zigarette an, nahm einen Zug und steckte sie mir zwischen die Lippen.

Dann gab sie mir einen Kuss auf die Wange. »Sie müssen ruhig bleiben da draußen, Mr. Rawlins. Das Rauchen können Sie sich ein andermal abgewöhnen.«

»Beunruhigt es dich nicht, wenn irgendeine Frau mich mitten in der Nacht anruft?«

»Nein. Du würdest unsere Nummer nicht irgendeiner Mieze geben, auf die du scharf bist. So würdest du mich nicht verletzen. Aber ich mache mir Sorgen, dass jemand dich mit einer Pistole bedroht.«

»Er hat's nicht ernst gemeint«, sagte ich. »Er wollte mir nur zeigen, wer der Boss ist.«

SIEBENUNDZWANZIG

Liselle machte mir die Vordertür auf. So spät nachts sah sie noch älter aus. Die Haut unter ihren Augen hing herunter, und ihre Schultern auch.

Aber so schwach und müde sie war, sie nahm mich doch ins Verhör, bevor sie mir erlaubte, einen Fuß über die Schwelle zu setzen.

»Ich möchte nicht, dass du sie beunruhigst, Easy«, sagte sie. »Du weißt, das Mädchen hat genug Probleme. Und ich will nicht, dass du ihr Kummer machst, bloß weil du diesem Grübler helfen willst, diesem Brawly Boy.«

»Sie kennen Brawly?«

»Er war hier. Ja.«

»Was wissen Sie über ihn?«

»Nur, dass er mürrisch und kindisch ist. Redet auf die Leute ein, als ob es jeden interessierte, wie es ihm geht. Mir hat er gesagt, er mag mich, weil ich nicht so kalt wie seine Mutter bin. Ich hab gesagt, für eine Fremde ist es viel leichter, nett zu sein, als für eine Mutter, die sich anhören muss, wie ihr Sohn damit angibt, was für'n Mann er ist, während sie ihm immer noch die Kackflecken aus der Unterhose waschen muss.«

Ich lachte. »Was hat er da gesagt?«

»Hat bloß die Stirn gerunzelt und mich dann nie wieder gegrüßt.«

»Ich werde Tina keine Probleme machen«, sagte ich. »Das verspreche ich.«

Liselle schaute mich gut fünf Sekunden lang mit wässrigen Augen unter schweren Lidern an. Dann führte sie mich in ihren altmodischen Salon, wo Tina auf einem Stuhl aus Walnussholz saß.

Die junge Radikale trug eine ausgebeulte blaue Hose und ein korallenrotes Top, das ebenfalls ziemlich weit war. Tina hatte eine kleine Nase und mittelbraune Haut. Sie war hübsch, weil sie um die zwanzig war. Mit dreißig würde sie nur noch gut aussehen, und mit vierzig würde man sie reizlos nennen.

Aber jetzt umgab sie die starke Anziehungskraft der Verwundbarkeit. Sie schaute zu Liselle und mir auf wie eine verurteilte Gefangene, die auf Begnadigung hofft, aber mit dem Schlimmsten rechnet.

»Hier ist er, Baby«, sagte Liselle. »Aber wenn du nicht mehr mit ihm reden willst, stehst du auf und kommst zu mir. Komm einfach zu mir.«

»Danke, Miss Latour«, sagte Tina.

Liselle verschwand in ihrem kleinen Apartment und ließ die Tür einen Spaltbreit offen stehen. Ich wartete einen Augenblick, und dann ging ich hinüber und machte sie zu. Ich setzte mich Christina Montes gegenüber.

»Wie geht's Ihnen?«, fragte ich.

»Okay«, sagte sie. »Aber Sie wissen, dass drei von unseren Brüdern noch im Gefängnis sind. Und einer ist im Krankenhaus.«

»Wieso sind die Cops so wütend bei Ihnen reingestürmt?«

»Ich weiß nicht«, sagte sie. »Aber danke, dass Sie mir geholfen haben zu verschwinden.«

»Nicht der Rede wert.«

»Conrad hätte Ihnen nicht seine Kanone unter die Nase halten dürfen. Xavier sagt, es liegt daran, dass die Leute ihn für einen Weißen halten; deshalb hat er dauernd das Gefühl, er muss etwas beweisen.«

»Er interessiert mich nicht besonders«, sagte ich. »Liselle hat Ihnen gesagt, dass ich Brawly helfen will, ja?«

»Sie haben uns im Auto erzählt, dass Sie ihn suchen.«

»Ja, das hab ich vergessen. Na, ich nehme an, sie hat Ihnen gesagt, dass ich okay bin.«

»Sie hat gesagt, Sie können Leuten helfen, die in Schwierigkeiten sind, aber ich soll vorsichtig sein, weil Sie mit gefährlichen Leuten verkehren.«

»Kann ich nicht bestreiten«, sagte ich. »Aber Sie haben mich beschämt.«

»Wie meinen Sie das?«

»Sie haben Conrad und Brawly dazu gebracht, dass sie bei Brawlys Freundin Waffen lagern …«

»Bei Clarissa?« Tina war ehrlich überrascht.

»Nein, bei der Weißen. BobbiAnne.«

»Da sind Sie im Irrtum, Mr. Rawlins. Clarissa ist Brawlys Freundin«, sagte Tina. »Er liebt sie.«

»Ich weiß nicht, wie das Wort für das heißt, was er mit BobbiAnne macht, aber sein Mädchen ist sie auch«, sagte ich ziemlich autoritär.

»Darüber weiß ich nichts, und über irgendwelche Waffen weiß ich auch nichts. Ich weiß nur, dass Henry Strong tot ist und dass ich Angst habe, Angst um Xavier und die andern.«

»Was ist mit Aldridge Brown?«, fragte ich.

»Was soll mit ihm sein?«

»Kannten Sie ihn?«

»Natürlich kenne ich ihn. Er ist Brawlys Vater. Ein- oder zweimal hat er uns zum Essen in Egbert's Coffee Shop eingeladen.«

»Aldridge war also auch in Ihrer Partei?«

»Nein. Ich glaube nicht, dass er sich für Politik interessierte. Aber er hatte eine Menge Probleme mit Brawly gehabt, als Brawly klein war, und die beiden wollten sich wieder vertragen.«

»Glauben Sie, wer immer Strong umgebracht hat, hat auch Brawlys Vater ermordet?«

»Henry ist von der Polizei erschossen worden, aber was meinen Sie mit Mr. Brown?« Wenn sie log, tat sie es meisterhaft.

»Er wurde vor zwei Tagen umgebracht, im Haus einer Frau namens Isolda Moore.«

Tina schüttelte langsam den Kopf.

»Lesen Sie denn keine Zeitung?«, fragte ich.

»Warum sollte ich? Das sind doch lauter Lügen«, sagte sie. »Warum soll ich mich von den Lügen der Weißen blenden lassen?«

»Weil Sie vielleicht mal was lesen könnten, was Sie betrifft«, sagte ich. »Darum.«

»Ich weiß nicht, was ich Ihnen erzählen soll, Mr. Rawlins. Ich habe bei verschiedenen Freunden übernachtet, nachdem die Cops unser Meeting gesprengt hatten. Mr. Strong meinte, wir sollten in Bewegung bleiben, weil die Polizei uns alle auf ihrer Liste hätte und weil die Führer vielleicht umgebracht werden könnten. Ich bin heute Abend nur hergekommen, um meine Sachen zu holen; ich wollte ausziehen. Miss Latour ist immer nett und freundlich zu mir gewesen. Sie hat gesagt, ich soll mit Ihnen sprechen, aber ich weiß wirklich nichts über Waffen und Mörder.«

»Warum glauben Sie, dass die Cops Strong erschossen haben?«

»Weil er für die Bewegung so wichtig ist. Er hat uns gesagt, die Polizei würde versuchen, unsere Elite zu eliminieren, entweder indem sie ihr etwas in die Schuhe schiebt, oder indem sie sie umbringt.«

Vor meinem Besuch bei Colonel Lakeland hätte ich über die Möglichkeit einer solchen Verschwörung nur gelächelt, aber jetzt – ich wusste es nicht.

»Was ist mit Aldridge?«, fragte ich. »Warum sollten die Cops ihn umbringen?«

»Ich weiß es nicht. Er war nie bei unseren Meetings oder so was. Er hat bloß manchmal Brawly abgeholt und ist mit uns Kaffee trinken gegangen.«

»Aber er und Brawly sind gut miteinander ausgekommen?«

»Yeah«, sagte sie. »Ich meine, sie hatten üble Zeiten hinter sich, wie gesagt. Aber das war alles erledigt. Man spürte bloß, dass Brawly ein bisschen distanziert war.«

Ich steckte ihre Worte weg; es war ein Puzzle mit zu vielen Einzelteilen. Immer wenn eins passte, blieb ein anderes am Rand liegen.

»Was ist mit Ihnen und Strong?«, fragte ich.

»Was meinen Sie?«

»Sie wissen, was ich meine. Ist er je hier vorbeigekommen, ohne dass Xavier davon wusste?«

»Ein paar Mal. Aber daran ist nichts auszusetzen. Es steht Männern und Frauen frei, einander zu kennen und zu sehen …«

»Wie viel haben Sie Mr. Strong von sich sehen lassen?«, unterbrach ich sie.

»Wieso geht Sie das was an?«

»Weil ich Sie nach diesem Gespräch bitten werde, mit mir zu Xavier zu gehen. Und ich möchte nichts sagen, was ihn so wütend machen könnte, dass er unvernünftig wird.«

»Warum sollte ich Sie denn zu Xavier bringen?«

»Ich hab nicht gesagt, dass Sie mich hinbringen sollen. Ich weiß, wo er wohnt. In der Hoover Street.« Ich nannte ihr die Adresse. »Ich brauche Sie, damit Sie dafür sorgen, dass wir ein ruhiges Gespräch führen können. Aber wie sollen wir ruhig bleiben, wenn sich mittendrin rausstellt, dass Sie mit dem Herrn und Meister im Bett gewesen sind?«

Die Glut in ihrem Blick verriet mir, dass Liselle mit ihren Vermutungen richtig gelegen hatte.

»Es war nichts weiter«, sagte Tina. »Er war einsam hier

unten, und wir haben uns gern unterhalten. Einmal hat er mir die Hand in den Nacken gelegt, und ...«

Die Details waren mir egal. Dass sie überhaupt zusammen gewesen waren, war mir egal.

»Wo?«, fragte ich.

»Hier. In den Nacken.«

»Nein. Ich meine, wo waren Sie, als Sie ihn das erste Mal ... hm ... geküsst haben?«

»Bei ihm.«

»Im Colorado Hotel?«

»Nein.« Sie nannte mir eine Adresse in Watts, nicht weit von der Central Avenue entfernt.

»Okay«, sagte ich. »Darüber müssen wir mit Xavier nicht reden. Aber hat Henry noch irgendetwas anderes gesagt – außer dass er dachte, man werde ihn umbringen? Ermorden?«

»Nein.«

»Er wurde auf einer Reihenhaus-Baustelle drüben in Compton erschossen«, sagte ich. »Sind Sie je mit ihm da gewesen, oder hat er je mit Ihnen darüber gesprochen?«

»Brawly war da draußen.« Die Erinnerung ließ sie zögern. »Ich glaube, Henry war einmal mit ihm da. Vielleicht auch öfter.«

»Warum?«

»Henry hatte Brawly gern. Er sagte, er wäre ein Revolutionär im Rohzustand. Er wollte ihn für die Bewegung kultivieren.«

Wie er es mit dir gemacht hat, dachte ich.

»Möchten Sie zu Xavier?«, fragte ich.

»Warum?«

»Weil ich ein paar Dinge weiß, die er wissen sollte. Weil jemand Leute in Ihrer Umgebung umbringt und weil es gut wäre, rauszufinden, wer das ist.«

»Ich weiß, wer es ist«, sagte sie.

»Sie glauben es zu wissen. Aber Sie können kein Gesicht

damit verbinden. Sie glauben es zu wissen, aber warum sollten die Cops Aldridge Brown umbringen? Warum Strong? Er ist aus Oakland. Xavier ist hier der Kopf. Warum nicht ihn oder Sie – oder Anton Breland?«

»Wie kann ich Ihnen vertrauen?« Ihre Frage schnitt mir bis ins Mark. Ich dachte an Mouse und wie er mit mir losgegangen und nie mehr zurückgekommen war. Und er war mein Freund gewesen.

»Das können Sie nicht«, sagte ich. »Wie sollten Sie? Sie kennen mich nicht. Sie wissen nicht, wen ich kenne. Sie wissen nur, dass ich wusste, wo ich Sie suchen muss, und dass ich weiß, wo ich Xavier finde. Kommen Sie mit, beobachten Sie mich, und vielleicht werden Sie rausfinden, ob Sie mir vertrauen können oder nicht.«

ACHTUNDZWANZIG

Jasper Xavier Bodan wohnte im zweiten Stock einer Pension in der Hoover Street, am Ende eines langen Flurs, der von einer einzelnen Glühbirne beleuchtet wurde.

Unter seiner Tür schimmerte ein Streifen Licht.

»Wer ist da?«, fragte er, als Tina geklopft hatte.

»Tina«, sagte sie. »Und der Mann, der mich neulich aus dem Meeting geschleift hat. Easy Rawlins.«

Die Tür ging nach innen auf. Das Zimmer dahinter schien leer zu sein. Ich folgte Tina hinein und hielt die Hände in Hüfthöhe, sodass man sie sehen konnte. Xavier stand hinter der Tür und hielt eine extrem kleine Pistole in der Hand.

Er drückte die Tür zu und sah uns finster an.

»Warum bringst du ihn her?«, fragte er Tina.

»Er kannte deine Adresse«, sagte Tina. »Er hat mich gebeten mitzukommen.«

»Warum sprichst du überhaupt mit ihm?«

»Er hat rausgefunden, wo ich wohne, und Miss Latour hat gesagt, er ist gut darin, Schwarzen zu helfen, wenn sie in Schwierigkeiten sind«, sagte Tina, und jetzt war sie eine weitere junge Frau, die ihren schwarzen Freund anflehte, vernünftig zu sein. »Ich hab ihn mitgebracht, weil er sagt, dass er helfen will.«

»Ich brauche Ihre Hilfe nicht«, sagte er zu mir. »Ich hätte Conrad neulich gewähren und Sie erschießen lassen sollen.«

Als er mir die Pistole ins Gesicht hielt, kam sie mir nicht mehr so klein vor. Die Nähe der Mündung wirkte sich auf meine Lunge aus. Ich konnte noch prima einatmen, aber die Fähigkeit zum Ausatmen war mir abhanden gekommen.

»Leg die Kanone weg, Xavier«, sagte Tina. »Er ist hier, weil er mit dir sprechen will.«

»Ich hab nichts zu besprechen.«

»Doch, haben Sie doch«, sagte ich. Die Luft aus meiner Lunge zu pressen war eine der schwersten körperlichen Anstrengungen, die ich je vollbracht hatte. Ich hatte eine Mordsgier nach einer Zigarette. »Es gibt Dinge, die Sie nicht wissen. Dinge, die das alles in ein anderes Licht setzen.«

»Hör auf ihn, Baby«, sagte Tina. Sie trat auf den mageren Jungen zu. Als sie die Hand auf seinen Pistolenarm legte, zuckte ich zusammen; ich befürchtete, er könnte sich anspannen und mich aus Versehen erschießen.

Als Xavier die Pistole sinken ließ, entspannte ich mich am ganzen Körper. Ich merkte, dass ich aufs Klo musste, aber ich entschied, dass dies keine gute Gelegenheit war, mich nach den sanitären Anlagen zu erkundigen.

»Kann ich mich setzen?«, fragte ich.

»Da drüben.« Er deutete auf einen einsamen Holzstuhl.

Ich setzte mich, griff in meine Tasche und erinnerte mich, dass ich meine Zigaretten weggeworfen hatte.

»Haben Sie 'ne Zigarette?«

Tina öffnete ihre Handtasche und gab mir eine Filterzigarette.

»Was haben Sie mir zu erzählen?«, fragte Xavier, als Tina ein Streichholz anriss.

Ich inhalierte tief, und eine seltsame Kälte brannte sich durch Hals und Lunge ganz hinunter. Eine Sekunde lang befürchtete ich, ich sei vergiftet worden, aber dann wurde mir klar, dass ich eine Mentholzigarette rauchte.

»Die Cops«, sagte ich und erstickte fast an der komischen Zigarette.

»Was ist mit ihnen?«

»Sie waren bei mir und wollten, dass ich Sie bespitzele.«

»Warum sollten die mir einen Spitzel anhängen wollen?«, fragte Xavier.

Ich zuckte die Achseln.

»Warum kommen Sie dann her und erzählen es mir?«

»Die Cops glauben, dass Sie Strong umgebracht haben«, sagte ich.

»Er sagt, Brawlys Vater ist auch tot«, fügte Tina hinzu.

»Aldridge? Warum sollte jemand Aldridge umbringen wollen?«

»Gute Frage«, sagte ich. »Aber ich hab noch 'ne bessere für Sie.«

»Nämlich?«

»Ich bin zu den Cops gegangen und hab ihnen gesagt, ich wäre bereit, ihnen zu helfen und ihnen Informationen zukommen zu lassen –«

»Was?« Als Xavier die Pistole wieder hob, hatte ich weniger Angst, aber leichtsinnig wurde ich nicht.

»Ruhig, Mann«, sagte ich. »Ich hab Ihnen schon gesagt, dass ich Brawly helfen will. Als die Cops bei mir waren und anfingen, von der Urban Revolutionary Party zu reden, wollte ich rausfinden, was sie über ihn wussten.«

»Das behaupten Sie.« Xaviers Pistole zielte weiter auf meine Brust. »Aber ich kenne Sie nicht. Vielleicht planen Sie, mich denen auszuliefern.«

»Er kannte deine Adresse schon, Baby«, sagte Tina. »Das hab ich dir doch gesagt. Er brauchte nicht herzukommen, um dich verhaften zu lassen.«

»Dann steckt vielleicht was anderes dahinter.«

Auf Xaviers Oberlippe glänzte Schweiß. Er war nicht älter als zweiundzwanzig, aber unter dem Druck der Situation hielt er sich nicht schlecht. Ich sah mich im Zimmer um, während er sich überlegte, wo der Haken liegen könnte. Es war eher ein Abteil als ein Apartment; das Auffälligste war ein kleines Fenster, vor dem das rote Neonlicht eines Clubs leuchtete – MERRIAN'S. Dann gab es noch eine wasserblaue Vinylcouch, auf der er vermutlich schlief, und einen Tisch mit einem Stapel Bücher und Zeitungen.

»Es gibt eine Spezialabteilung, die sich mit Ihnen befasst«, sagte ich. »Abteilung D, und sie wird von einem Mann namens Lakeland geleitet. Er ist von der Army, und sie haben ihn ausgeborgt, damit er Sie beobachtet.«

Das war zu viel, als dass er noch mit Zweifeln und Herausforderungen reagieren konnte.

»O nein«, sagte Tina und schaute ihren Mann an.

»Wir wissen nicht, ob es stimmt, was er da erzählt«, sagte Xavier.

Ich war stolz auf ihn, denn er bemühte sich, trotz allem Herr eines wachsenden Problems zu bleiben.

»Aber Henry hat gesagt, sie versuchen uns umzubringen«, gab Tina zu bedenken.

Wenn ich vorgehabt hätte, die beiden zu überwältigen, wäre dies der richtige Augenblick dazu gewesen. Xavier schaute Tina an – vielleicht, weil sie Strongs Vornamen benutzt hatte. Vielleicht auch, weil es ihn ärgerte, dass sie mir glauben wollte.

»Sie haben Henry nicht umgebracht«, sagte ich.

»Woher zum Teufel wollen Sie das wissen?«

»Weil ich bei ihnen im Büro war, als sie es erfuhren. Sie waren überrascht. Für ihre Verhältnisse waren sie sogar bestürzt.«

»Wo ist ihr Büro?«, fragte Xavier.

»Ich muss pinkeln«, sagte ich.

Tina kicherte. Sie war halb hysterisch.

»Was?«, fragte Xavier.

»Ich muss mal, Mann.«

»Nein«, sagte Xavier. In seiner Stimme lag Kraft, und auf seiner schweißfeuchten Lippe lag sogar die Andeutung eines bösen Lächelns. Er trat näher an mich heran und sagte: »Sie bleiben da sitzen, bis ich alle Antworten habe, die ich haben will.«

Das war zu viel.

Ich schlug mit der Linken seine Pistole zur Seite und schickte ihn mit der Rechten mit halber Kraft zu Boden. Dann packte ich sein Handgelenk, drehte es um und zog die Pistole aus den gelockerten Fingern.

»Aufhören!«, schrie Tina.

Ich drehte mich zu ihr um und hob beide Hände.

»Ich will nur zum Klo«, sagte ich. »Wenn der Nigger mich an meinen Körperfunktionen hindert, reiß ich ihm den Arsch auf. Wo ist es?«

Tinas Blick huschte zu einer Tür, die im rechten Winkel zum Fenster stand. Ich ging hinein und erleichterte mich, ohne die Tür hinter mir zuzumachen.

Als ich wieder herauskam, hatte Tina Xavier geholfen, sich aufzusetzen, aber er war immer noch zu benommen, um aufzustehen.

»Tut mir Leid, dass ich Sie schlagen musste, Mann«, sagte ich. »Aber so behandelt man keinen. Halten Sie niemandem eine Pistole unter die Nase, der Ihnen nichts getan hat.«

Tina war stumm vor Angst, und Xavier sah immer noch doppelt und fragte sich, welcher der beiden Männer mit ihm redete.

»Kann ich mir noch ’ne Zigarette nehmen?«, fragte ich Tina.

Sie nickte, und ich hob ihre Handtasche auf, die sie auf den Boden hatte fallen lassen.

»Geben Sie mir auch eine, ja?«, bat sie.

Ich zündete zwei Zigaretten an und reichte ihr eine.

Xavier stöhnte und hielt sich den Kopf.

»Sie brauchten ihn nicht zu schlagen«, sagte Tina.

»Nein, stattdessen hätte ich mir auch in die Hose pinkeln können. Aber glauben Sie mir, da muss schon ein üblerer Motherfucker als Ihr Junge hier kommen, wenn ich das machen soll.«

»Was wollen Sie?«, brachte Xavier heraus, ehe er vor Schmerz das Gesicht verzog.

»Das sag ich Ihnen doch schon die ganze Zeit, Mann. Brawlys Mutter hat mich gebeten, mich zu vergewissern, dass mit ihm alles in Ordnung ist. Wenn er nicht zu tief in der Patsche sitzt, werde ich versuchen, die Sache wieder gerade zu biegen. Das Einzige, was mich an den ›Ersten Menschen‹ interessiert, ist der Umstand, dass Brawly Teilmitglied ist.«

»Ich weiß nicht, wo Brawly ist«, sagte Xavier.

Er streckte den Arm aus, und Tina half ihm aufstehen. Ich glaube nicht, dass er mehr wog als sie.

»Das weiß ich. Das weiß ich. Aber vielleicht können Sie mir trotzdem helfen.«

»Was?« Xavier hatte keine Angst, obwohl ich seine Pistole hatte und er wusste, dass ich stärker war als er.

Der Kleine gefiel mir.

»Erstens«, sagte ich, »was habt ihr mit den Waffen vor?«

»Mit was für Waffen?«

»Mit den Waffen bei Brawlys Freundin. Waffen wie die hier.« Ich holte die .45er Pistole heraus, die ich unter BobbiAnnes Bett weggenommen hatte.

Die beiden Kids waren beeindruckt von der Größe und dem Gewicht der Waffe.

»Die haben Sie bei Clarissa gefunden?«, fragte Xavier.

»Nein, bei BobbiAnne.«

»Wer ist BobbiAnne?«

Es folgte dasselbe Gespräch, das ich schon mit Tina geführt hatte. Beide behaupteten, nichts von einem weißen Mädchen zu wissen, das mit Brawly ging.

»Wir zwingen niemanden zu irgendetwas, aber es wird nicht gern gesehen, wenn jemand aus der Partei eine weiße Frau den schwarzen Schwestern vorzieht«, sagte Xavier. »Wir würden nicht sagen, er darf nicht mit ihr zusammen sein, aber wir würden es wissen, das ist sicher.«

»Und was ist mit Henry Strong?«, fragte ich.

Tina erstarrte, und Xavier fragte: »Was soll mit ihm sein?«

»Wie lange war er hier unten?«, fragte ich. »Neulich abends hörte es sich an, als wäre er eben aus Oakland heruntergekommen, um vor Ihrer Organisation zu sprechen. Aber nach allem, was ich seitdem gehört hab, scheint mir, dass er mindestens ein paar Wochen hier war.«

»Warum?«

»Weil ihn jemand ermordet hat«, sagte ich. »Und zwar keine fünf Blocks weit von der Baustelle entfernt, auf der Brawly bis vor ein paar Wochen gearbeitet hat. Insofern gibt es eine Verbindung zu Brawly, und ich möchte wissen, was für eine.«

»Mr. Strong hat Beziehungen zu verschiedenen politischen Organisationen in der Bay Area«, sagte Xavier. »Er hatte uns eine Zeit lang beobachtet und wollte uns ein bisschen Geld zukommen lassen. Wissen Sie, es gibt ein paar Anhänger in Berkeley, denen gefiel, was wir vorhatten. Unser Plan war es, eine Schule für Kinder von der ersten bis zur achten Klasse zu gründen. Dazu wollten wir die alte Bäckerei Kleggman in der Alameda Street kaufen, aber wir brauchten noch Geld.«

»Und das wollte Henry Ihnen besorgen?«

»Er war in den letzten paar Monaten immer wieder hier und hat sich mit Funktionären der ›Ersten Menschen‹ getroffen.«

»Woher kannte er dann Brawly?«

»Brawly sagte, er kennt ein paar schwarze Bauunternehmer«, erklärte Tina. »Als er zu uns kam und erfuhr, dass wir die Bäckerei in eine Schule umwandeln wollten, fing er an, vom Freund seiner Mutter und dessen Bauprojekt in Compton zu reden.«

»Er sagte, John könnte Ihnen mit der Schule helfen?«

»Erst hat er nur angegeben«, sagte Tina. »Er wäre Bauunternehmer, und er könnte einen guten schwarzen Bautrupp auf die Beine stellen. Wir haben nicht weiter zugehört, bis er sagte, es gäbe da 'ne Frau, 'ne Schwarze, die dem Freund seiner Mutter half, das Projekt zu finanzieren. Als Henry davon erfuhr, fing er an, mit Brawly zu sprechen.«

»Was Sie nicht sagen.« Ich war nachdenklich geworden.

»Woher wissen Sie, wo wir wohnen?«, fragte Xavier.

»Von Lakeland«, sagte ich. »Er hat Ihr Foto, Ihre Vergangenheit, Ihre Telefonnummer und alle Ihre Goldplomben schwarz auf weiß in seinem Aktenschrank.«

Die beiden Verliebten nahmen einander bei der Hand.

»Erzählen Sie mir von dieser Schule«, sagte ich. »Nach allem, was ich bisher gehört und gelesen hab, dachte ich, ihr wollt das System stürzen und nicht Kinder erziehen.«

»Das ist bloß Ihre Angst, die da redet«, sagte Xavier, das Fliegengewicht. »Wenn Sie wirklich zugehört hätten, wenn Sie wirklich unser Manifest gelesen hätten, dann wüssten Sie, dass die Schule für uns oberste Priorität hat. Wir wollen eine Schule gründen, einen Verlag, ein Gemeindezentrum und ein Lunchprojekt für Kinder und alte Leute.«

Tinas Blick war fest auf der Profil ihres dünnen Freundes gerichtet. Ich betrachtete sie nachdenklich: verliebt in zwei mächtige Männer. Sie stand im Zentrum all dessen, was ihr lieb und teuer war.

Nach einer Weile beteiligte sie sich wieder am Gespräch. Sie sagte, schwarze Frauen müssten lernen, ihre eigene Schönheit und ihre Männer zu lieben.

»Wir können uns nicht von ihnen diktieren lassen, wie wir leben und lieben und lernen sollen«, sagte sie. »Dafür sind wir selbst verantwortlich, und wenn wir nicht die Zügel in die Hand nehmen, werden wir nie wirklich frei sein.«

Ich fragte mich, wen sie mit *ihnen* meinte. Gehörte ich auch zu denen, die die schwarze Rasse niederhielten?

NEUNUNDZWANZIG

Wir unterhielten uns noch eine ganze Weile. Xavier war ein Träumer, das stand fest. Er lebte in den Möglichkeiten, die idealistische Philosophen weit weg von Frontlinien und Schlachtfeldern niedergekritzelt hatten. Er wollte kostenlose Krankenhäuser und Schulen und absolut keine Kriege mehr. Die Urban Revolutionary Party war der erste Schritt in seinem großen, globalen Plan. Leute wie der hübsche Conrad und der idealistische Brawly waren Teil dieses Plans, auch wenn sie die Ziele vielleicht nicht vollständig verstanden.

Xavier war das Sprachrohr und der Visionär, aber Tina war eindeutig die Gescheitere von beiden.

»Wenn wir nichts unternehmen«, sagte sie, »wird die Welt an den Schwarzen vorbeigehen. Wir werden immer noch mit dem Bus fahren, wenn andere Leute mit Raketen zum Mond fliegen.«

Ihr Argument erinnerte mich an das, was Sam Houston über mein klapperndes Auto gesagt hatte.

»Diese BobbiAnne hat mir erzählt, dass Conrad und Brawly die Waffen in ihre Wohnung gebracht hätten«, sagte ich. »Glauben Sie, die beiden unterscheiden sich so sehr von Ihnen, dass sie lieber mit Waffen als mit Schulen operieren?«

»Jetzt fangen Sie schon wieder diesen Scheiß mit BobbiAnne an«, sagte Xavier. »Aber Brawly hat kein Mädchen außer Clarissa.«

»Ich durfte ihm nicht mal einen Kuss zum Abschied geben«, sagte Tina. »Er hat kein anderes Mädchen im Kopf als sie.«

»Ein großes Mädchen«, sagte ich. »Rotblondes Haar, und Sommersprossen auf der Nase …«

Xavier schüttelte den Kopf, aber Tina sagte: »Das könnte das Mädchen sein, das sich mit Conrad rumtreibt. Wie hieß sie gleich?«

»Yeah. Conrads Freundin«, sagte Xavier. »Sie kommt jetzt seit zwei Monaten vorbei. Meistens bleibt sie im Wagen sitzen und wartet auf ihn. Ich weiß nicht, ob er ihren Namen je erwähnt hat.«

»Ich weiß, wo sie wohnt«, sagte ich.

Es war jetzt kurz vor vier.

Die Eingangstür des Gebäudes war nachts verschlossen. Wir klingelten und nahmen an, Conrad oder BobbiAnne würden dem Parteisekretär schon aufmachen. Aber nichts rührte sich.

Ich vollführte meinen Kartentrick am Türschloss und geriet auf der Treppe wieder außer Atem. Ich bemühte mich, meine Schwäche vor Xavier zu verbergen, aber seinetwegen brauchte ich mir keine Sorgen zu machen; er konzentrierte sich so sehr auf seine Gedankenakrobatik, dass er es vermutlich gar nicht gemerkt hätte, wenn ich stehen geblieben wäre und die Hände auf die Knie gestützt hätte.

Wir klopften an BobbiAnnes Tür, und auch hier rührte sich nichts.

Die Waffen waren weg, die Schränke leer, aber das Foto von sich und Brawly als Teenager hatte sie nicht mitgenommen.

»Ist sie das?«, fragte ich die Revolutionäre.

»Yeah. Yeah, das ist sie«, sagte Xavier. »Aber es ist ein altes Bild.«

»Glauben Sie, es ist ein Zufall, dass dieses Mädchen Conrads Freundin ist und dass ich eine Kiste mit Waffen unter ihrem Bett gesehen hab?«

»Da sind aber keine Waffen«, sagte Tina.

»Und weil Sie keine sehen, sind sie auch nicht wichtig?«

Mir war, als wackle jemand am Türknauf, aber ich sah es nur aus dem Augenwinkel.

Dann flog die Tür auf.

Als ich sah, wie der Knauf sich drehte, gingen mir ein Dutzend Gedanken durch den Kopf. Der erste war, dass Anton alias Conrad mit Brawly und BobbiAnne gekommen war, alle drei bis an die Zähne bewaffnet, um unserem Leben ein Ende zu machen. Gleichzeitig dachte ich daran, meine Pistole rauszuholen, aber dazu war nicht genug Zeit, denn inzwischen war der erste uniformierte Cop schon im Zimmer, und ich war froh, dass ich nicht versucht hatte, ihn durch die Tür zu erschießen. Ich war sogar froh, dass ich nicht mit Mouse hier war, denn der hätte den Mann mit Sicherheit umgebracht, und wahrscheinlich auch seine Partner. Dann fiel mir ein, dass Mouse ja tot war und dass ich eine verborgene Waffe bei mir trug. Diese letzten Gedanken nahmen mir all meinen Widerstandswillen.

»Polizei!«, schrie der zweite Cop.

»Hände hoch!«, rief der vierte.

Wir wurden gegen die Wand gestoßen und entwaffnet, und dann legten sie uns Handschellen an und schleiften uns die Treppe hinunter.

»Was hat das zu bedeuten?«, fragte Xavier und versuchte, stehen zu bleiben. »Sie haben kein Recht –«, rief er, bevor er einen Knüppel über den Schädel bekam.

Christina Montes beschimpfte die Polizisten mit Ausdrücken, die ich aus ihrem Munde niemals erwartet hätte. Ich wurde in die Knie gezwungen und ließ es geschehen; ich wusste, mit wem ich mich anlegen durfte und mit wem nicht.

Nachdem zwei Cops Xavier zwischen sich genommen hatten, ging es weiter die Treppe hinunter.

Tina wurde zur Tür hinausgezerrt und hinten in einen Streifenwagen geschoben. Xavier und ich landeten ebenfalls auf dem Rücksitz – er zum zweiten Mal an einem Abend k. o. geschlagen, und ich bemüht zu verstehen, welche Kräfte hier am Werk waren.

Die Polizisten sprachen kaum ein Wort mit uns. Xavier war vollkommen willenlos, und ich tat, was sie mir sagten.

Auf dem Revier in der Stadt wurden wir getrennt. Mich brachten sie in ein Büro und schlossen mich an einen schweren Eisenstuhl.

Durch eine Jalousie sah ich mehrere Polizisten in Uniform und in Zivil, die an Schreibtischen saßen, Kaffee tranken und telefonierten. Keiner sah mich an. Keinen interessierte es, dass ich aufs Klo musste. Durch die Schlitze der Jalousie konnte ich eine Uhr sehen. Zwei Stunden waren vergangen. Irgendwo musste ein Fenster sein, denn ich sah, dass die Sonne zu scheinen begann.

Ich hätte fünfhundert Dollar Bußgeld für eine einzige Zigarette gezahlt.

Endlich kam ein gedrungener Mann herein. Er trug einen preiselbeerfarbenen Anzug, und auf seinem Namensschild stand LT. J. PITALE. Ich hatte keine Ahnung, wie man den Namen aussprach, und versuchte es auch nicht. Ich fragte nicht, ob ich zur Toilette gehen oder ob ich eine Zigarette bekommen könnte oder aus welchem Grund man mich ohne Anklage mit Handschellen fesselte.

»Rawlins«, sagte der gedrungene Mann in dem hässlichen Anzug.

»Lieutenant«, sagte ich.

»Mitführen einer verborgenen Schusswaffe«, sagte er, als hätte ich gefragt, was man mir vorwarf. »Einbruch. Widerstand gegen die Staatsgewalt. Körperverletzung, begangen an einem Officer …«

Bei dem letzten Vorwurf muss ich wohl die Stirn gerunzelt haben, denn Pitale sagte: »Officer Janus hat sich den Daumen verrenkt, als er Ihren Kumpel mit dem Knüppel überwältigte.«

Ich gluckste.

»Das finden Sie lustig, Rawlins?«

»Nein, Sir«, sagte ich schlicht.

»Warum lachen Sie dann?«

»Weil Sie einem Mann Körperverletzung vorwerfen, wenn Sie sich die Faust verrenken, während Sie ihn schlagen«, sagte ich. »Diese Geschichte muss ich meinen Kindern erzählen, damit sie lernen, wie man überlebt.«

»Sie haben Kinder?«

Ich gab keine Antwort.

»Weil ich glaube, dass Ihre Kinder ihren Vater lange nicht wieder sehen werden.«

Ich lechzte nach einer Zigarette.

»Officer Janus kann seinen Knüppel immer noch schwingen«, warnte Pitale mich.

»Was wollen Sie von mir, Lieutenant?«

»Warum sind Sie in diese Wohnung eingedrungen?«

»Die Tür war offen«, sagte ich.

»Was hatten Sie mit der Pistole vor?«

»Die .45er lag auf dem Tisch im Wohnzimmer. Es gefiel mir nicht, dass sie so offen herumlag, und deshalb hab ich sie an mich genommen. Als ich vor der Tür Leute hörte, hab ich sie eingesteckt; ich wusste ja nicht, was kam. Wir hatten die Absicht, die Cops zu rufen; sie sollten kommen und feststellen, wo BobbiAnne war und weshalb da eine Pistole auf dem Tisch lag.« Wenn man zwei Stunden an einen Stuhl angekettet ist, hat man eine Menge Zeit zum Nachdenken.

Jetzt war es Pitale, der grinste. Er war die Geschichten gewohnt, die sich Straftäter ausdachten.

Ich hab Flammen aus'm Fenster schlagen sehen, Officer. Da bin ich die Feuerleiter rauf, um zu gucken, ob jemand gerettet werden musste. Und … ja, wissen Sie, als ich da den schönen neuen Fernseher sah, da dachte ich, dass der Besitzer sich freuen würde, wenn ich ihn raushole …

Aber meine Geschichte war wasserdicht. Ich glaubte zwar nicht, dass ein Richter sie je würde hören müssen, aber eine kleine Versicherung ist immer gut.

»Was hatten Sie mit den Mitgliedern einer kommunistischen Organisation zu tun?«, sagte er.

»Einer kommunistischen Organisation?«

»Sie haben gehört, was ich gesagt hab.«

»Ja. Sie haben ›kommunistische Organisation‹ gesagt. Das ist das erste Mal, dass ich was von Kommunisten höre. Xavier und Christina sind mit dem Adoptivsohn eines Freundes von mir befreundet. Ich hatte keine Ahnung, dass sie Russen sind.«

»Sie könnten in diesem Zimmer sterben, Rawlins«, sagte er.

Diese Drohung machte mir nicht so viel aus, aber als er sich eine Pall Mall anzündete, kamen mir fast die Tränen.

»Darf ich meinen Telefonanruf machen, Lieutenant?«

Pitale war einverstanden; er wählte die Nummer, die ich ihm nannte, und hielt mir den Hörer ans Ohr.

Ich hatte zwei Vorteile: Zum einen habe ich ein gutes Gedächtnis, und zum Zweiten war ich mir ziemlich sicher, dass die Abteilung D ein Vierundzwanzig-Stunden-Betrieb war. Ich rief also Vincent Knorrs Nummer an, und als ein Mann sich meldete, sagte ich: »Easy Rawlins mit einer Nachricht für Knorr. Sagen Sie ihm, dass ich, Xavier Bodan und Christina Montes verhaftet worden sind und auf dem Hauptrevier in der Stadt festgehalten werden. Und sagen Sie ihm, Lakeland würde nicht wollen, dass ich hier schmachte. Schmachte«, wiederholte ich, weil der Frühdienst-Cop offenbar ein Problem damit hatte.

»Knorr ist Ihr Anwalt?«, fragte Pitale, als er mir den Hörer vom Ohr nahm.

»In gewisser Weise.«

»Komisch, dass ein so unschuldiger Mann einen Anwalt hat, der bereit ist, zu jeder Tages- und Nachtzeit sofort einzuschreiten.«

»Waren Sie Ihr ganzes Leben lang weiß, Lieutenant?«, fragte ich.

»Was zum Teufel meinen Sie damit?«

»Ich meine damit, dass *Vater ist der Beste* keinen Anwalt braucht. Aber Sie wissen, dass *Amos 'n' Andy* einen haben müssen. Sie würden wissen, wovon ich rede, wenn man Sie jemals an diesen Stuhl hier gekettet hätte.«

Ich glaube, dass ich einen Funken Verständnis in Pitales Gesicht aufschimmern sah, und ich glaube, dass er mich verstand, was nicht unbedingt gut war. Der einzige Vorteil den Schwarze gegenüber Weißen immer hatten, bestand darin, dass sie unsere Beweggründe nie wirklich verstanden. Und wenn einer dich versteht, ist er deshalb noch lange nicht dein Freund.

»Es geht nicht darum, was ich denke oder weiß«, sagte Pitale. »Die Frage ist, was Sie in diesem Apartment verloren hatten und woher die Pistole stammt.«

»Diese Fragen hab ich schon beantwortet«, sagte ich. »Und mehr möchte ich dazu nicht sagen, bevor mein Anwalt kommt.«

»Bis dahin werden Sie nichts mehr sagen können ...«, antwortete Pitale.

Ich stellte die Frage nicht, aber ich glaube, meine Augen verrieten, dass ich Angst hatte.

»... mit ausgeschlagenen Zähnen und so weiter«, vollendete Pitale und grinste spöttisch.

Ich fragte mich gerade, ob Officer Janus hinzugezogen werden würde, um die Anklage auf zweifache Körperverletzung zu erhöhen, als das Telefon klingelte.

Es war ein großes schwarzes Telefon mit fünf oder sechs Lämpchen. Pitale wandte den Kopf und wartete auf das nächste Klingeln. Als es kam, blinkte ein Lämpchen in der Mitte. Der Lieutenant grunzte und nahm den Hörer ab.

»Ja?«, sagte er und schwieg dann. Während er zuhörte, wurde seine Miene milder, beinahe unterwürfig. »Aber Captain, wir haben sie in flagranti bei einem Einbruch geschnappt. Aber … Jawohl, Sir. Sofort, Sir.«

Er legte auf und starrte mich an.

»Wen haben Sie da eben angerufen?«

»Meinen Versicherungsagenten«, sagte ich.

»Was zum Teufel ist hier los? In was für ’ner Sache steckt ihr da?«

»Kann ich jetzt gehen, Officer?«, fragte ich.

Und ich konnte mir ein spöttisches Grinsen nicht verkneifen.

DREISSIG

»Olympic Boulevard, Ecke South Flower«, sagte ich in das Münztelefon. »Kannst du mich abholen?«

»Natürlich, Honey«, sagte Bonnie. »Ich komme, so schnell ich kann.«

»Und vergiss nicht, mir ein paar Zigaretten aus dem Wandschrank mitzubringen«, fügte ich hinzu.

Ich wartete auf einer Bank an der Bushaltestelle, bis Bonnie kam. Während ich in der taufeuchten Morgenkälte saß, dachte ich daran, wie allein ich die meiste Zeit meines Lebens gewesen war. Mouse war mein bester Freund gewesen, aber er war verrückt. Die Kinder und ich standen einander so nah, wie es nur möglich war, aber sie waren immer noch Kinder mit Wünschen und Bedürfnissen, die verhinderten, dass sie die Welt der Erwachsenen verstanden.

Aber Bonnie war in jeder Hinsicht wie ich. Sie packte das Leben bei den Hörnern, und obwohl ich sie erst seit ein paar Monaten kannte, hatte ich das Gefühl, dass ich mich immer auf sie verlassen konnte, ganz gleich, wie schlimm es wurde.

Sie hielt am Bordstein, und ich sprang in ihren kleinen blauen Rambler. Ich stieß mit den Knien ans Armaturenbrett, und anscheinend war nur für einen meiner beiden Arme Platz, aber das war mir egal. Bonnie gab mir einen innigen, seelenvollen Kuss und fuhr los; sie hatte keine Ahnung, wohin es gehen sollte, und es kümmerte sie auch nicht.

Als Erstes öffnete ich die Packung Chesterfield und zündete mir eine an. Das war gut. Sechs Monate später würde ich an diesen ersten Zug denken und mich an mein tiefes Behagen erinnern.

»Ich bin letzte Nacht verhaftet worden«, sagte ich, als wir ein paar Blocks weit gefahren waren.

»Kriegst du ein Verfahren?«

»Nein. Sie hatten nichts in der Hand und haben mich laufen lassen.«

»Wo fahren wir jetzt hin?«

»Mein Wagen parkt drüben in der Grand Avenue«, sagte ich. »Tut mir Leid, das alles.«

»Ist der Junge das Risiko wert, das du eingehst?«, fragte sie.

»Ich bin mir nicht sicher«, sagte ich. »Aber ich tu's nicht für ihn.«

»Für wen dann?«

»Zum Teil für John. Du weißt, wir sind seit über dreißig Jahren befreundet. Es gab Zeiten, da bin ich zu John gegangen und hab ihn gebeten, mich zu verstecken. Er hat nie gefragt, warum, und er hat nie nein gesagt.«

»Und was ist der andere Teil?«

»Du hattest Recht, als du gesagt hast, dass ich traurig war. Ich weiß, ich muss losziehen und rausfinden, was passiert ist, nachdem EttaMae Raymond aus dem Krankenhaus geholt hat. Aber es ist schwer, mich dazu zu überwinden. Während ich Brawly suche, verliere ich mich irgendwie in seinen Problemen, und wenn das alles vorbei ist, werde ich vielleicht den alten Easy wieder gefunden haben, und dann kann er losgehen und die Wahrheit ans Licht bringen.«

Bonnie sagte nichts, und nach einer Weile kamen wir zu BobbiAnnes Apartmenthaus.

Ich küsste sie noch einmal.

»Ruf in der Schule an und sag, ich wär krank.« Ich öffnete die Wagentür.

»Easy?«

»Ja?«

»Du hast gesagt, du verlierst dich.«

»Ja?«

»Aber das ist nicht richtig«, sagte sie. »Du solltest lieber dich selbst suchen als diesen Jungen.«

Ich fuhr geradewegs hinüber zu Johns Wohnung. Ich wusste, dass er auf der Baustelle sein würde, aber das kam mir entgegen.

Alva öffnete die Tür mit hoffnungsvollem Blick. Aber als sie mich sah, verwandelte die Hoffnung sich in Angst.

»Was gibt's?«, fragte sie.

»Kann ich reinkommen?«

Ich ließ mich auf das Sitzkissen sinken, auf dem ich ein paar Tage zuvor gesessen hatte, und Alva setzte Teewasser auf.

Nachdem sie sich gesammelt hatte, kam sie vom Herd herüber und setzte sich mir gegenüber.

»Was gibt's, Mr. Rawlins?«

»Wir müssen mal offen miteinander reden, Alva.«

»Ist Brawly etwas zugestoßen?«

»Nicht dass ich wüsste, aber ich bin mir ziemlich sicher, dass er in Schwierigkeiten ist. Er ist in Schwierigkeiten«, wiederholte ich, um mehr Wirkung zu erzielen, »und nur, wenn Sie mir die Wahrheit sagen, wird man ihm helfen können.«

»Was sind das für Schwierigkeiten?«

»Die Schwierigkeiten, die es immer gibt, wenn hitzköpfige junge Männer mit wilden Frauen und Pistolen zusammentreffen.«

»Oh.«

Es war die kurze Silbe, die einem tiefen Sturz vorausging. Ich wollte ihr nicht wehtun. Von Anfang an war es meine Aufgabe gewesen, sie vor unerträglichem Schmerz zu bewahren. Aber manchmal muss man Schmerz fühlen, damit es einem hinterher besser gehen kann. Ich hoffte, dass es für Alva Torres ein solches Mal war.

»Warum ist Brawly wütend auf Sie?«

»Er glaubt, ich liebe ihn nicht«, flüsterte sie. »Er glaubt, ich habe ihn im Stich gelassen, als er klein war.«

»Warum glaubt er das?«

»Weil ich ihn zu seinem Vater geschickt hab. Er war so dickköpfig, und er war auch stark. Wenn ich ihm sagte, er sollte ins Bett gehen oder ins Haus kommen, hat er mich zur Seite gestoßen, einfach zur Seite gestoßen, als wäre ich eins der Kinder auf dem Schulhof. Und dann …« Sie ließ den Satz unvollendet und starrte auf einen Punkt irgendwo hinter mir.

»Ja? Und was dann?«

»Sein Onkel starb bei einem Bankraub.«

Alva sank im Sessel zusammen und weinte. Ich wollte sie anfassen, sie beruhigen, aber ich tat es nicht. Der Schmerz, den sie empfand, war außer Reichweite für mich.

»Wann war das?«

»Neunzehnhundertvierundfünfzig«, sagte sie. »Es war eine Filiale der Bank of America unten in der Alvarado Street. Er ging mit 'ner Strumpfmaske rein, und dann wurde er auf der Straße erschossen, mit viertausendzweihundert Dollar in der Tasche.«

»Standen er und Brawly einander nah?«

»Ja. Wenn Leonard vorbeikam, benahm Brawly sich gut. Brawly und ich haben Leonard beide geliebt.«

»Und was geschah, als er gestorben war?«

»Die Polizei kam immer wieder und fragte, was ich über Leonard und seinen Partner wüsste.«

»Was ist aus diesem Partner geworden?«

»Er ist mit dem größten Teil des Geldes entkommen. Und die Cops glaubten, dass ich etwas darüber wüsste. Sie kamen immer wieder, bis ich es nicht mehr aushalten konnte und ins Krankenhaus musste.« Alva krallte die Finger ineinander.

»Sie haben sich lieber krank machen lassen, als Aldridge auszuliefern?«

Alva sah mich an, und in ihrem Blick lag ebenso viel Überraschung wie Erleichterung.

»Ich wusste erst viel später, dass es Aldridge gewesen war«, sagte sie. »Ich hätte Brawly nie zu ihm gegeben, wenn ich es gewusst hätte.«

»Wie haben Sie es erfahren?«

»Aldridge hat es Brawly gesagt, und sie haben sich geschlagen.«

»Als Brawly vierzehn war?«

Alva nickte. »Er hat es mir erzählt, als er wieder zu mir zog.«

»Er hat es Ihnen nicht gesagt, als Sie im Krankenhaus waren?«

»Ich glaube nicht. Aber ich erinnere mich nicht an alles«, sagte sie kläglich. »Sie haben mich unter Drogen gesetzt. Brawly sagt, er hätte mich besucht und ich hätte ihm gesagt, er wäre nicht mein Sohn und er sollte weggehen. Aber daran erinnere ich mich nicht. Er ist daraufhin zu Isolda gezogen.«

Hass verdrängte die Trauer in ihrer Stimme.

»Und dann?«

»Sie hat ihn verdorben«, sagte sie. »Sie hat schmutzige Dinge mit ihm getan und ihn gegen mich gewendet.«

»Warum sollte sie das tun?«

»Weil sie böse ist, darum.«

Mit solchen Fragen kam ich anscheinend nicht mehr viel weiter. Also legte ich einen anderen Gang ein.

»Wann ist Brawly von Isolda weggegangen?«

»Mit sechzehn hat er Ärger mit der Polizei gekriegt. Sie behaupteten, er hätte in irgendeinem Laden ein Radio gestohlen, und brachten ihn vor Gericht. Wenn er ein weißer

Junge gewesen wäre, hätten sie ihm gedroht und ihn dann nach Hause gehen lassen. Aber als Schwarzen da oben haben sie ihn vor Gericht gebracht und verurteilt. Er musste in einem Wohnheim für Straftäter wohnen und sich in diesem Jugendgefängnis melden, bis er neunzehn war, und er blieb auf Bewährung, bis er einundzwanzig wurde. Da hab ich ihm gesagt, er könnte herkommen und ich würde ihm helfen, die High School zu Ende zu bringen und aufs College zu gehen. Als er aus der Schule ausstieg, meinte John, wir könnten ihm ein Zimmer hier im Gebäude mieten und er könnte für uns arbeiten.«

»Hatte er das Radio denn gestohlen?«

»Ja. Aber das war ein kindlicher Fehltritt. Brawly ist kein Dieb. Er ist nur zornig. Und warum sollte er es nicht sein? Man hat ihm seine Kindheit genommen.«

»Warum haben Sie und Aldridge sich getrennt?«

»Was hat das damit zu tun?«

»Na ja«, sagte ich, »immerhin hat Brawly deswegen seine Kindheit verloren, oder? Vielleicht ist das der Schlüssel, der mir ermöglicht, mit ihm zu reden, wenn ich ihn endlich habe.«

Alva schaute mich an. Bis zu diesem Tag hatte ich immer gedacht, dass jemand, der einen Nervenzusammenbruch gehabt hatte, schwächer sei als andere Leute. Aber in ihren Augen sah ich eine Kraft, die mit größerem Schmerz fertig wurde, als ich mir vorstellen konnte.

»Es war immer die gleiche alte Geschichte.« Ihre Stimme zitterte. »Immer die gleiche alte Geschichte. Er konnte die Finger nicht von den Mädchen lassen. Schließlich hatte er eine gefunden, die ihm so gut gefiel, dass er die halbe Zeit gar nicht mehr nach Hause kam. Eines Abends hab ich seine Sachen in den Vorgarten geworfen, und am nächsten Morgen waren sie weg.«

Viele Gedanken gingen mir durch den Kopf, aber ich behielt sie alle für mich.

»Können Sie meinen Sohn retten, Mr. Rawlins?«

Ich langte hinüber und nahm ihre beiden Hände.

»Wenn es überhaupt möglich ist, bringe ich ihn zu Ihnen zurück, Alva«, sagte ich. »Selbst wenn ich ihn wie ein Schwein aufs Wagendach binden muss.«

Sie kicherte, und dann lächelte sie.

»Danke«, sagte sie. »Es tut mir Leid, dass ich Sie so falsch beurteilt hab, Mr. Rawlins.«

Ich lächelte auch und tätschelte ihr die Hände. Mit einem Kopfnicken nahm ich ihre Entschuldigung an, aber ich wusste, dass sie mich nicht falsch beurteilt hatte. Sie hatte in mir den gesehen, der ich wirklich war. Ihr einziger Fehler hatte darin bestanden, zu glauben, dass sie meine Art Hilfe niemals brauchen würde.

EINUNDDREISSIG

Gegen zehn Uhr vormittags fuhr ich bei Colonel Lakelands Büro vorbei.

Miss Pfennig war darüber nicht glücklich, aber sie schickte mich trotzdem zu Mona weiter, die meine Anwesenheit mit noch weniger Begeisterung aufnahm. Aber Mona rief ihren Boss an, und er befahl ihr, mich sofort hereinzuschicken.

Detective Knorr saß vor seinem Schreibtisch auf dem Stuhl, den ich mir ausgesucht hatte, um nicht im Mittelpunkt der Aufmerksamkeit zu sitzen.

»Ja, Sir«, sagte ich, ohne dass er mich etwas gefragt hatte.

Ebenso ungebeten nahm ich Platz.

Knorr schenkte mir sein Meuchelmörderlächeln. Lakeland war ehrlicher und runzelte nur die Stirn.

»Was haben Sie für uns?«, fragte Lakeland.

»Nicht allzu viel«, sagte ich. »Nichts Handfestes.«

»Wieso sind Sie verhaftet worden?«, fragte Knorr.

»Das hab ich gesagt«, antwortete ich. »Ich und Jasper und Christina wollten zu BobbiAnne, aber sie war weg, und die Tür stand offen. Ich hab in letzter Zeit 'ne schwache Blase und –«

»Hören Sie auf mit dem Scheiß, Rawlins.« Lakeland holte irgendwo hinter seinem Schreibtisch eine .45er Pistole hervor, die mir bekannt vorkam. »Was zum Teufel ist das?«

»Die hab ich bei dieser BobbiAnne auf dem Tisch im Wohnzimmer gefunden.«

»Ist das die Story, die Sie Petal erzählt haben?«

Ich wusste, er meinte Pitale. Vielleicht sprach man den Namen so aus.

»Das ist keine Story«, sagte ich. »Sie lag da, mitten im Zimmer.«

»Wie würde es Ihnen gefallen, fünfunddreißig Jahre in einem Bundesgefängnis zu verbringen, Mr. Rawlins?«

»Nein, danke.«

»Denn diese ... diese Waffe wurde aus einer Bundeseinrichtung in Memphis, Tennessee, gestohlen, und das wäre die Strafe für einen solchen Diebstahl.«

»Ich glaube, mein Großvater väterlicherseits war aus Tennessee«, sagte ich. »Man erzählt sich, er hätte einen Weißen umgebracht und dann nach Louisiana umziehen müssen – aus gesundheitlichen Gründen.«

Knorr musterte mich mit seinen hellen Augen, wie ein Kind den Flügel betrachtet, den es gleich einer Fliege abreißen will.

»Sie lag auf dem Tisch«, sagte ich. »Ich hab sie genommen und eingesteckt, und dann sind die Cops reingestürmt. Wieso waren die überhaupt da?«

»Petal arbeitet für Captain Lorne. Sie hatten ebenfalls ein Auge auf die Mitglieder der ›Ersten Menschen‹«, sagte Lakeland.

»Sie haben vor BobbiAnnes Apartment campiert?«, fragte ich.

»Anscheinend«, sagte Lakeland. »Als sie Bodan und Montes reingehen sahen, hofften sie, sie könnten einen Grund finden, sie hochzunehmen und die Organisation zu zerschlagen. Aber die eigentliche Frage ist: Was hatten *Sie* da zu suchen?«

»Ich hab herausgefunden, dass BobbiAnne und Brawly seit ihrer High-School-Zeit in Riverside miteinander befreundet sind; deshalb bin ich mit Xavier und Tina hingefahren, um mit ihr zu sprechen.«

»Worüber?«, fragte Lakeland. Er und Knorr beugten sich beinahe unmerklich vor, um genau zu hören, wie ich log.

»Sie hatten Angst«, sagte ich.

»Warum?«

»Weil Strong umgebracht worden ist. Tina war von einem Unterschlupf zum andern gezogen, und Xavier saß hinter seiner Wohnungstür mit einer Pistole in der Hand.«

»Und was hat das mit BobbiAnne zu tun?«, wollte Knorr wissen.

»Ich hab ihnen erzählt, dass Brawlys Vater, Aldridge Brown, ebenfalls ermordet wurde und dass ich vermute, sein Tod könnte etwas mit dem Mord an Strong zu tun haben und BobbiAnne könnte etwas darüber wissen, weil sie Beziehungen zu Brawly hat.«

»Was hat sie denn mit Strongs Tod zu tun?«, fragte Lakeland.

»Keine Ahnung«, sagte ich. »Ich hab Ihnen schon ein halbes Dutzend Mal gesagt, das Einzige, was mich interessiert, ist Brawly. Tina und Xavier kannten BobbiAnne, und deshalb dachte ich, sie könnten sie dazu bringen, mich zu Brawly zu führen.«

»Aber was hat das mit den Morden zu tun?«, fragte Knorr.

»Hab ich diese Frage nicht grade beantwortet?«

»Sie wissen also nichts über Strongs Tod«, sagte Lakeland. »Sie haben sie belogen, damit sie Sie zu Brawly führen.«

»Ich hab sie belogen«, sagte ich. »Aber das bedeutet nicht, dass ich nichts weiß.«

Ich wartete. Sie sollten das Gefühl haben, dass sie mir die Informationen aus den Rippen leierten und nicht von mir auf dem Silbertablett serviert kriegten.

»Nämlich?«, fragte Lakeland.

»Was Sie auch wissen sollten, wenn Sie zuhören würden«, sagte ich. »Tina hat eine Todesangst, und Jasper auch. Sie haben Strong beide geliebt, und sie glauben, er wurde von der Regierung oder von der Polizei umgebracht – oder von beiden. Sie hatten ganz sicher nichts damit zu tun. Sie wollen nichts weiter, als Schulen für schwarze Kinder zu bauen.«

»Schulen, in denen sie den Kindern beibringen zu hassen«, sagte Knorr.

Lakeland wandte Knorr den Kopf zu, als wären seine Worte eine Fanfare gewesen. Dann sah er wieder mich an.

»Das ist alles, was Sie wissen?«

»Bis jetzt ja.«

»Sie kommen also hereinspaziert und erzählen uns, Sie glauben nicht, dass diese Leute etwas mit Mord zu tun haben«, stellte Lakeland fest. »Wer hat ihn dann umgebracht?«

»Jemand, der Angst hatte. Jemand, der dumm ist«, sagte ich. »Jemand, den er kannte und dem er schaden konnte. So ist es doch heutzutage immer, oder, Colonel?«

Die beiden Gesetzeshüter waren verblüfft, weil ich ihre Sprache sprach.

»Werden Sie weitermachen?«, fragte Lakeland.

»Wenn Sie meinen, werde ich weiter Brawly suchen, um ihn nach Hause zu seiner Mutter zurückzubringen – dann ist die Antwort ja.«

»Wir haben Sie aus dem Gefängnis geholt«, sagte Lakeland.

»Und ich hab Ihnen alles gesagt, was ich von Xavier und Tina erfahren hab.«

Lakeland hob die Pistole auf und spielte seinen Trumpf. »War das die einzige Waffe, die Sie in der Wohnung gefunden haben?«

»Ja, Sir.«

»Müssen Sie von uns irgendetwas wissen?«

»Eine Adresse hätte ich gern noch.«

»Welche?«

»Wo hat Strong gewohnt, wenn er hier unten war?« Ich

hatte die Adresse gehört, die sie in den Nachrichten genannt hatten, und es war nicht dieselbe gewesen, die ich von Tina bekommen hatte.

»Im Colorado Hotel«, sagte Knorr. »Cherry Street. Aber die Mühe können Sie sich sparen. Wir haben es schon durchsucht.«

»Hat es irgendeine Bedeutung für Sie, wo er gewohnt hat?«, fragte Lakeland.

»Nein. Ich dachte nur, ich könnte mal vorbeigehen und mich erkundigen, ob Brawly mal da war. Sie wissen, das ist mein Hauptinteresse.«

»Ich dachte, Sie wären Hausmeister«, sagte Lakeland. »Aber Sie hören sich an wie eine Art Detektiv.«

»Können Sie nähen, Officer?«, fragte ich statt einer Antwort.

»Was?«

»Ich meine nicht flicken«, sagte ich. »Ich meine, können Sie ein Schnittmuster zusammensetzen und ein Hemd oder eine Hose nähen?«

»Nein.«

»Können Sie eine Torte backen oder einen komplett neuen Fußboden legen?«, fuhr ich fort. »Können Sie mauern oder einem toten Tier das Fell abziehen und gerben?«

»Worauf wollen Sie hinaus?«, fragte der Colonel herrisch.

»Das alles kann ich«, sagte ich. »Ich kann Ihnen sagen, wenn ein Mann drauf und dran ist durchzudrehen oder wenn ein Gewalttäter in Wirklichkeit ein Feigling oder ein Großmaul ist. Ich kann einen Blick in einen Raum werfen und Ihnen sagen, ob Sie befürchten müssen, dass man Sie ausraubt. Das alles kann ich, weil ich arm und schwarz bin – in diesem Land, das Sie vor Koreanern und Vietnamesen retten, worauf Sie so stolz sind. Wo ich herkomme, gibt es keine dunkelhäutigen Privatdetektive. Wenn ein Mann Hilfe braucht, geht er zu jemandem, der so was nebenher macht.

Und dieser Jemand bin ich, Colonel. Deshalb haben Sie Detective Knorr zu mir nach Hause geschickt. Deshalb sprechen Sie mit mir, wenn ich vorbeikomme. Was ich tue, tue ich, weil es ein Teil meiner selbst ist. Ich habe auf Straßen und in Hinterhöfen studiert. Die meisten Cops würden alles dafür geben, zu verstehen, was ich weiß. Also zerbrechen Sie sich nicht den Kopf darüber, wie ich hergekommen bin oder wie sich erklären lässt, was ich tue. Hören Sie mir einfach zu, und vielleicht lernen Sie was.« Ich klappte den Mund zu, bevor ich noch mehr von dem erzählte, was ich in einer Welt gelernt hatte, die an diesen Cops vorbeigegangen war.

Die beiden starrten mich an, und ich begriff, dass jegliche Chance, sie könnten mich unterschätzen, jetzt ebenfalls vorbeigegangen war.

»Und was glauben Sie, wer Strong umgebracht hat?«, fragte Lakeland.

»Darüber weiß ich nichts, Officer«, sagte ich. »Es könnte jemand von den ›Ersten Menschen‹ gewesen sein, aber nicht diese beiden Kids.«

ZWEIUNDDREISSIG

»Früher waren unsere Gäste jüdische Gangster und weiße Mädchen, die Starlets werden wollten«, sagte Melvin Royale. »Heute haben wir eine gemischte Klientel von minderer Qualität.«

Melvin war ein Neger, groß und gesprächig, wie ich es gern hatte. Er arbeitete seit siebenundzwanzig Jahren als Portier im Colorado Hotel, und seit zwölf war er Chefportier.

Ich kam zu Melvin, nachdem ich mich an der Rezeption erkundigt hatte, ob sie Nachtportiers oder -pagen suchten. Alle Hotels brauchen Leute für die Nachtschicht, und so schickte mich die karottenköpfige Rezeptionistin hinunter in Mr. Royales Büro im Keller.

Der Empfangsbereich des Hotels war klein, aber auf eine abgenutzte und behagliche Weise elegant. Zwei Topffarne flankierten die mit einem Teppichläufer belegte Treppe zu den Zimmern. Das Geländer war aus Mahagoni, und auf dem ersten Pfosten war ein blinkender Messingknopf.

Aber die Treppe, die in den Keller führte, war muffig und feucht. Melvins Büro war gerade groß genug für ihn und das Tischchen, das er stolz als seinen Schreibtisch bezeichnete. Der Stuhl, auf dem er mich Platz nehmen ließ, stand mit den Hinterbeinen in der Tür.

»Schon mal als Page gearbeitet?«, fragte Melvin mich.

»Ja, Sir«, sagte ich. »Im DuMont in St. Louis und im Mark Hopkins in San Francisco.«

»Sie kommen viel rum, was?«

»Ich bin aus Mississippi«, sagte ich. »Erst bin ich nach Chicago raufgegangen, aber der Wind da oben ist richtig kalt, wissen Sie, ein echter Motherfucker. In St. Louis war es besser, aber es schneite immer noch drei Monate im Jahr, und ich musste die Hälfte meines Gehalts für Kohlen ausgeben. In San Francisco hat's nie geschneit, aber selbst im August bin ich die halbe Zeit im dicken Pullover rumgelaufen. In L. A. ist es warm, und man sieht fast überall Farbige.«

»Die haben hier vielleicht keine Schilder, die uns den Zutritt verbieten, aber glauben Sie mir, es gibt Orte, wo Sie besser nicht hingehen.«

»Oh ja«, sagte ich. »Das weiß ich. Ich bin ja nicht blöd.«

Melvin lachte. Wir verstanden uns prima. Wie alte Freunde.

»Sie sind ein bisschen groß für'n Pagen, nicht wahr, Leonard?« Er benutzte den Namen, den ich ihm genannt hatte.

»Ich hab meinen Teil an harter Arbeit gemacht, Mr. Royale«, sagte ich. »Schwere Steine und 80-Pfund-Säcke mit Baumwolle. Ein oder zwei Koffer, das ist jetzt mehr als genug für mich.«

Wieder lachte Melvin.

»Sie haben die richtige Einstellung«, meinte er. »Gibt keinen Grund, sich für diese Weißen den Arsch aufzureißen. Scheiße. Du verrenkst dir den Rücken oder brichst dir ein Bein, und sie lassen dich fallen, einfach so.« Er schnippte mit den Fingern, und es schnalzte laut. »Das ist denen egal. Ich hatte hier einen Jungen, knapp über zwanzig, Gerald Hardy hieß er. Gerry tat alles, was diese Leute wollten. Einmal, das weiß ich noch, hat er zweiunddreißig Tage hintereinander gearbeitet. Zweiunddreißig Tage! Und die Hälfte davon Doppelschichten. So hat er jahrelang geschuftet. Immer gern bereit, auch Sachen zu machen, die nicht ganz legal waren, und über andere, regelrecht illegale Sachen hinwegzusehen.

Eines Tages kriegt Gerry 'ne Grippe. Er ruft an, meldet sich krank, sagt, er kommt einfach nicht aus'm Bett. Der Boss, Q. Lawson, sagt: Okay, kein Problem. Aber am nächsten Tag ruft er mich an und will wissen, wieso Gerry nicht hier ist. Sie hatten an dem Abend 'ne Gesellschaft und verließen sich drauf, dass Gerry Überstunden machte. Na, um es kurz zu machen: Vier Tage vergingen, und Gerry war gefeuert. Ich hab ihm das Geld für zwei Monatsmieten geliehen, aber mehr konnte ich nicht machen, wissen Sie.

Fünf Monate später war Gerry tot. War aus seinem Haus rausgeflogen und irgendwie innerlich krank. Jedes Zimmermädchen, jeder Portier, Page und Kellner in diesem Haus war auf seiner Beerdigung, aber glauben Sie, Q. Lawson hat auch nur 'ne Lilie zum Grab geschickt? No, Sir. Glauben Sie mir, ich werde mir weder für ihn noch für irgendeinen anderen Weißen den Rücken verrenken oder meine Gesundheit aufs Spiel setzen.«

»Aber Sie haben jetzt auch farbige Gäste hier, oder?«, fragte ich.

»Ein paar«, sagte Melvin. »Aber das sind lauter Sonderfälle. Ein Stepptänzer für einen Hollywood-Film oder ein ausländischer Delegierter. Und reiche Weiße, die in 'nem Hotel in Beverly Hills wohnen, schicken das, was sie ›entbehrliches Personal‹ nennen, hierher. Ich meine, es ändert sich langsam, ohne Zweifel. Marion Anderson oder James Brown können praktisch absteigen, wo sie wollen. Aber einem gewöhnlichen Neger schlagen sie hier immer noch die Tür vor der Nase zu.«

»Aber hat der Mann, der unten in Compton erschossen wurde, nicht hier gewohnt?«, fragte ich. »Deswegen dachte ich, ich frag mal hier nach einem Job. Als ich las, dass ein gutes Hotel farbige Gäste hat, dachte ich mir: Leonard, das wär doch 'ne gute Arbeitsstelle.«

»Nein, Bruder«, sagte Melvin in freundlichem, aber herablassendem Ton. Als er sich auf seinem Stuhl zurücklehnte, glänzte sein Gesicht ölig im elektrischen Licht. Seine Haut hatte die leuchtende Farbe von Harz. »Nein, Bruder. Hier wohnen nur besondere Neger. Und die haben noch seltener mal ein freundliches Wort oder einen Dollar extra übrig als die Weißen.«

»Und dieser Mann, dieser … dieser …«

»Henry Strong.«

»Genau, so hieß er. Henry Strong. Der war ein Filmschauspieler oder so was?«

Melvin schürzte die vollen braunen Lippen und runzelte kaum merklich die Stirn. Ich hatte um Haaresbreite die Grenze überschritten, aber eben auch nicht mehr. Nicht weit genug, um ungebührlich zu sein. Nicht weit genug, um ihn auf den Gedanken zu bringen, ich sei etwas anderes als Leonard Lee, der gern Page in einem Hotel werden wollte, wo manchmal berühmte Neger abstiegen.

»Nein«, sagte Melvin Royale. »Der war 'n Gangster, der zum Spitzel geworden war. Ich meine, in der Zeitung stand, er wäre irgendwie ein Kommunist oder so was, und er hätte mit 'ner Gruppe von schwarzen Protestlern gearbeitet. Aber die einzigen Leute, die ihn hier besucht haben, waren weiße Männer in billigen Anzügen und weiße Prostituierte.«

»Wirklich?« Ich machte große Augen, als wäre das eine unbegreifliche Vorstellung.

»M-hm. Nur Weiße. Und die Männer haben seine Rechnung bezahlt – in bar.«

»Und wieso sagen Sie ›Spitzel‹?«

»Weil die Männer, die ihn hergebracht haben, Dienstmarken hatten und weil sie sagten, sie wollten Strong unauffällig unterbringen.«

Ich stieß einen Pfiff aus, und Melvin lächelte über meine ländliche Naivität.

»Verdammt«, sagte ich. »Ein Monat in so 'nem feinen Haus, das muss ja 'ne Menge Geld kosten.«

»Ein Monat?«, sagte Melvin. »Hank Strong war mehr als ein Jahr hier – immer mal wieder.«

»Oh«, sagte ich, und dabei dachte ich an Alva und daran, wie viel Information in einer kurzen Silbe stecken konnte.

Ich füllte das Bewerbungsformular aus, das Melvin mir gab. Ich schrieb eine Sozialversicherungsnummer hinein, eine Adresse, eine Telefonnummer, drei Referenzen und eine Liste meiner Jobs in den letzten sieben Jahren. Es war alles gelogen. Ich sagte ihm, ich würde am Abend um elf zur Arbeit kommen. Ich sagte ihm, dass ich nichts weiter brauchte als eine rote Mütze, Größe sieben drei viertel. Das alles sagte ich, und dann ging ich.

Das Apartmenthaus, in dem Strong Christina verführt hatte, war in der 112. Street, vier Block weit von der Central Avenue entfernt. Es war ein Holzgebäude, verputzt und so angestrichen, dass es aussah, wie aus Ziegeln gemauert. Henrys Apartment lag an der Rückseite, und an der Tür führte ein schmaler Zementweg entlang, der von ungepflegten Büschen halb überwuchert war. In der Umgebung der Tür gab es keine Möglichkeit, sich zu verstecken. Ich war mir sicher, dass er sich aus eben diesem Grund für das Apartment entschieden hatte.

Das Schloss war zu raffiniert für meinen Kartentrick, aber die Tür war so billig, dass meine vierundvierzigjährige Schulter genügte, um sie einzudrücken.

Das Zimmer sah aus, als sei es oval. Ich glaube, es lag an einem gescheiterten Architektenentwurf. Die Einrichtung bestand aus einem Bett, einem Couchtisch, einem Schaukelstuhl und einer Spüle. Nichts von all dem passte zusammen, und alles war von einer dünnen Staubschicht bedeckt. In seinem Schrank hingen drei gute Anzüge und sechs Paar Schuhe. An einem Nagel an der Wand hing ein schwarzbrauner Stetson, und auf dem Boden neben einem Glas, in dem mal Bourbon gewesen war, stand eine Kiste Havanna-Zigarren. Unter dem Bett stand ein kleiner Metallkasten mit einem roten Kreuz. Darin fand ich die halb leere Whiskeyflasche, eine Dreierpackung Kondome (eins fehlte) und ein einfaches Rasiermesser.

In den Anzugtaschen war nichts, unter der Matratze auch nicht. Es gab keine Bücher, keine Zeitungen, nicht mal eine Schublade, in der er irgendeine Notiz hätte verstecken können. Nach weniger als zehn Minuten hatte ich das ganze Apartment durchsucht. Und dann kehrte ich aus irgendeinem Grund noch mal zum Bett zurück. Es war sauber gemacht, wie eine Soldatenpritsche. Ein straffes Laken über der Matratze, ein zweites Betttuch und eine Decke unter dem Kopfkissen zurückgefaltet, sodass man alle Schichten Bettwäsche sehen konnte.

Ich tastete die straffe Decke von oben bis unten ab.

Da war etwas zwischen den Laken und der Matratze.

Ich zog die Decke herunter und fand nur das Zudecklaken. Ich zog es ebenfalls weg und sah nur das jungfräuliche Weiß des Betttuchs. Aber unter diesem entdeckte ich etwas, das wahrscheinlich das beste Ruhekissen war, das ein armer Mann sich wünschen konnte: Reihen von 20-Dollar-Scheinen, aufgefächert unter dem Laken. Unter den Zwanzigern war eine Schicht aus Fünfzigern und Hundertern. Ich zählte und kam auf knapp sechstausend Dollar.

Unter dem Geld fand ich noch einen Umschlag und einen schmalen Notizblock. In dem Umschlag waren zwei Tickets für das Royal-Northern-Passagierschiff nach Jamaika.

Die Tickets waren auf Mr. und Mrs. Tourbut ausgestellt, und das Abreisedatum war Freitagnachmittag. Die Namen sagten mir nichts. Der Notizblock war leer bis auf eine Eintragung auf einem der mittleren Blätter.

Samstag, 6 Uhr 15, 6 Uhr 45.

Die Uhrzeit sagte mir gleichfalls nichts, aber bei dem Tag musste ich an etwas denken, das Conrad gesagt hatte, als er verprügelt worden war. Das Geld sah hübsch aus. Es hatte seine eigene, ganz besondere Mathematik. Vielleicht war es Geld, das Strong für die Urban Revolutionary Party und andere revolutionäre Organisationen aufbewahrte. Aber vielleicht war es auch ein Notgroschen für Mr. und Mrs. Tourbut, zur Verfügung gestellt von dem Mann, der seine Hotelrechnung bezahlt hatte.

Ich fragte mich, ob Tina gewusst hatte, dass dieses Geld unter ihrem Hintern lag, als Henry ihr in den Nacken fasste.

Ich rollte die Kohle zu zwei dicken Bündeln zusammen und stopfte sie in die Taschen meiner Windjacke. Die Tickets und die Notiz nahm ich auch mit. Dann stieg ich in mein smaragdgrünes Auto und fuhr zu einem Ort, von dem die meisten Schwarzen 1964 nichts wussten.

DREIUNDDREISSIG

Auf der Fahrt zum Laurel Canyon dachte ich über das Geld nach, das jetzt unter dem Teppich in meinem Kofferraum lag. Wahrscheinlich stammte es von den Weißen, die auch Strongs Hotel bar bezahlt hatten. Es roch nach Schmiergeld von der Polizei. Ich meine, es hätte auch Geld sein können, das Strong für Xavier gedacht hatte, um damit seine Schöne Neue Welt zu finanzieren – aber ich bezweifelte es.

Ich hatte es abgelehnt, Geld von der Polizei zu nehmen, aber das hier war etwas anderes. Dieses Geld hatten sie mir nicht gegeben. Sie hatten es verloren, weil sie auf eine Ratte gewettet hatten. Ich beschloss, abzuwarten, ob irgendwelche Erben Strongs auftauchen würden. Wenn nicht, hätte ich die College-Gebühren für Feather in einem mit Alufolie ausgekleideten Farbeimer hinten in der Garage.

Mofass und Jewelle wohnten an einem unasphaltierten Weg, der von einer Nebenstraße abseits der Hauptstraße durch den Canyon abzweigte. Das kleine Äderchen hatte wahrscheinlich einen Namen, aber den wusste ich nicht. Jewelle legte Wert darauf, nicht weiter aufzufallen, denn obwohl sie kaum dem Kindesalter entwachsen war, hatte sie sich schon gefährliche Feinde gemacht. In ihrer eigenen Familie gab es Leute, die sie hassten, weil sie ihren älteren Freund, Mofass, ihrer Kontrolle entzogen hatte.

Jewelle hatte sich Mofass' ziemlich magere Immobilieninvestitionen vorgenommen und daraus fast so etwas wie ein Imperium gemacht. Über Mofass' Firma verwaltete sie Immobilien überall in Watts, auch die beiden kleinen Sechsfamilienhäuser, die mir gehörten. Eine Gruppe von weißen Geschäftsleuten, das Fairlane Syndicate, arbeitete mit Jewelle zusammen, weil sie eine Nase für die richtigen Geschäfte hatte und genau wusste, wie man den nötigen Druck ausübte, um diese Geschäfte auch zustande kommen zu lassen.

Sie war nicht älter als zwanzig, aber sie hatte mir gezeigt, dass die Hautfarbe in Amerika ein unbedeutendes Hindernis war, wenn man es verstand, mit Krediten zu jonglieren. Ich hatte selbst mal mit dem Gedanken gespielt, Immobilienmogul zu werden, aber als ich Jewelle einmal in Aktion gesehen hatte, war mir klar geworden, dass ich nicht das Zeug dazu hatte, mit ihr zu konkurrieren.

Mofass öffnete mir die Tür.

»Mr. Rawlins«, sagte er mit seiner tiefen, knirschenden Stimme. Dann hustete er fast eine halbe Minute lang tief zusammengekrümmt; der unvermeidliche Hausmantel stand offen, und man sah einen dicken braunen Bauch und ausgeblichene blaue Boxershorts. Als er sich wieder gefasst hatte, führte er mich ins Wohnzimmer und quer über den endlosen Fliesenboden zu einem kleinen Tisch vor dem Fenster, das die ganze Seite des Zimmers ausfüllte. Als wir an diesem Tisch saßen, sahen wir das ganze Becken von Los Angeles aus der Vogelperspektive.

»Wie läuft's denn so, William?«, fragte ich meinen früheren Wohnungsverwalter.

»Alle zwölf Wochen sagt mir der Arzt, dass das Emphysem mich in drei Monaten erledigen wird«, sagte Mofass. Seine Stimmlage war immer noch der alte Bariton, aber es hörte sich an, als habe man ihm ein Handtuch in die Kehle gestopft. »Wenn die Zeit um ist, fährt JJ mich hin, und er guckt mich an und sagt: ›Zwölf Wochen.‹ JJ fragt, ob ich zu 'nem anderen Arzt will, aber ich sag, verflucht, nein, mit'm Arzt wie dem hier kann ich doch noch dreißig Jahre leben.«

Ich lachte, und Mofass erstickte beinahe. Ich hatte ihn seit über einem Jahr nicht mehr außerhalb dieses Hauses oder richtig angezogen gesehen. Er war wie einer dieser zähen alten Alligatoren, die auf den Grund eines Flusses tauchen und wochenlang nicht wieder hochkommen. Man denkt: *Inzwischen muss er längst weg sein*, aber trotzdem nimmt man lieber den Umweg über die Brücke, ehe man einen Fuß ins Wasser setzt.

»Mr. Rawlins«, rief eine Mädchenstimme.

Jewelle trug immer noch einteilige, gerade geschnittene Kleider. Das hier war hellbraun, ungefähr wie sie selbst, und weit. Sie hatte Zöpfe mit roten Schleifen. Aber ich sah auch, dass sie innerhalb der letzten paar Stunden Lippenstift getragen hatte. Ihre Lippen wirkten voller, und etwas in ihren Augen strafte ihre kindliche Erscheinung Lügen.

»Jewelle.« Ich stand auf und gab ihr einen Kuss auf die Wange.

»Passen Sie bloß auf«, grollte Mofass. »Das ist mein Baby.«

»Es war doch nur auf die Wange, Onkel Willy«, kicherte sie. »Kann ich Ihnen was zu trinken anbieten?«

Ich brauchte nichts. Mofass auch nicht.

Wir setzten uns an den kleinen Tisch und schauten hinaus auf die smoggeplagte Stadt.

»Und was brauchen Sie, Mr. Rawlins?«, fragte Mofass.

Jewelle tat alles. Sie kochte und putzte, und sie sorgte dafür, dass Haus und Auto gewartet wurden. Sie führte das Geschäft und die Bankkonten. Mofass tat nichts anderes als essen und schlafen und sonnte sich in der Wärme ihrer blinden Liebe.

So war es in Wirklichkeit bei ihnen. Aber in Mofass' Vorstellung war es anders. Er sah sich als Häuptling des Tipi. Jewelle tat, was er sagte, und ohne ihn wäre sie verloren. Sie widersprach seiner Version niemals. Jewelle hatte sich mit fünfzehn in Mofass verliebt und würde ihn für den Rest ihres Lebens vergöttern.

»Ich muss ein paar Dinge über die Reihenhäuser wissen, die Sie da mit John zusammen bauen«, sagte ich.

»Wieso?«, fragte er mit der ganzen Gewichtigkeit eines Richters.

»Na ja …« Ich zögerte wirkungsvoll. »Wissen Sie, Johns Freundin Alva hat einen Sohn, Brawly Brown, und der ist in Schwierigkeiten. Er hat da unten bei John gearbeitet und ist im Streit weggelaufen – irgendeine Kabbelei mit seiner Mutter, wissen Sie.«

»Die Kids von heute haben keine Ahnung, wie schwer das Leben ist«, sagte Mofass. »Ich seh sie im Fernsehen rumhopsen und tanzen und ausflippen. Was die brauchen, ist ein Job, bei dem sie bleiben.«

»Wir hatten ein bisschen Ärger auf einer der Baustellen, Mr. Rawlins«, sagte Jewelle. »Aber das war ein paar Blocks weit von Johns Häusern entfernt.«

»Willst du mich unterbrechen, JJ?«, fragte Mofass empört.

»Entschuldigung«, sagte sie.

»Deswegen bin ich hier«, sagte ich zu Mofass. »Ich hab mich gefragt, ob dieser Ärger irgendwas mit Brawly zu tun haben könnte.«

»Verstehe«, sagte Mofass, der König der Blinden. »Darüber müsste man nachdenken. Wissen Sie, äh, ich beaufsichtige ja den ganzen Betrieb, nicht jedes einzelne Detail. Ich versuche, JJ anzulernen, damit sie eines Tages den ganzen Laden führen kann. Aber sie ist noch in der Ausbildung.«

»Glauben Sie, sie könnte was wissen?«, fragte ich den Papiertiger.

»Kannst du Mr. Rawlins helfen, JJ?«, fragte er.

»Ich glaube ja«, sagte sie mit echter Ehrerbietung. Dann sah sie mich an. »Robert Condan und sein Cousin Renee bauen da, wo es den Ärger gegeben hat. Sie haben ein Schallplattengeschäft unten in der Adams. Vor zwei Tagen, gegen vier oder fünf Uhr morgens, gab's da 'ne Schießerei. Die Polizei kam und hat die Baustelle für einen Tag dichtgemacht. Aber es war nichts weiter. Bloß ein paar Diebe oder Drogensüchtige, die sich da über Nacht versteckt hatten.«

»Aber der Mann, der erschossen wurde, war kein Dieb«, sagte ich. »Er war ein politischer Organisator.«

»Ich weiß, dass es so in der Zeitung stand, aber der Captain, mit dem ich gesprochen hab, hat mir was anderes gesagt.«

»Mit welchem Captain haben Sie gesprochen?«, fragte ich.

»Wie viele Captains kennen Sie bei der Polizei?« Jewelle grinste herausfordernd.

»Mehr, als ich zugeben würde«, sagte ich. »Zum Beispiel wette ich, dass der Cop, mit dem Sie gesprochen haben, Captain Lorne war.«

»Wow«, sagte sie. »Ja. So hieß er. Ein Großer mit silbernen Haaren?«

»Ich hab ihn noch nie gesehen«, sagte ich. »Aber sein Name ist gefallen, als das Donnerwetter vorbei war.«

»Aha.« Sie verstand nicht ganz. »Mehr weiß ich nicht.«

Ein lautes Schnaufen ertönte. Wir drehten uns um und sahen, dass Mofass eingeschlafen war. Sein Kopf war auf die Brust gesunken, und er sabberte ein bisschen. JJ sprang auf und lief hinaus. Als Mofass dreimal geschnarcht hatte, war sie wieder da – mit einer Wolldecke und einem Handtuch für sein Gesicht. Sie berührte ihn sanft am Kopf und brachte ihn dazu, sich im Sessel zurückzulehnen. Dann deckte sie ihn bis ans Kinn zu, lächelte und gab ihm einen Kuss auf die Stirn.

Ich kannte viele Leute, die fanden, eine Liebesaffäre zwischen einem Kind wie ihr und einem fast sechzigjährigen Mann sei eine Schande. Ich hätte ihnen zugestimmt, wenn ich die beiden nicht gekannt hätte. Aber so bärbeißig und tyrannisch Mofass sich auch gab, ich wusste doch, dass er dieses Mädchen von ganzem Herzen liebte. Und JJ brauchte einen Mann, der so tat, als sei er der Boss.

»Was ist mit der Polizei in der Gegend?«, fragte ich, als sie mit ihren Handreichungen fertig war.

»Sie meinen die Streife?«

»Ja.«

»Die sind hauptsächlich für die Familie Manelli da.«

»Wer ist das?«

»Eine große Baufirma. Sie haben siebzehn verschiedene Baustellen in Compton. Innerhalb der nächsten drei Jahre bauen sie zweiundsechzig Blocks, und sie haben über sechshundert Leute.«

»Und die lassen die Polizei für sich arbeiten?«

»Ja«, sagte JJ. »Die Manellis glauben, dass man sie beklaut. Deshalb haben sie die Polizei veranlasst, jeden zu kontrollieren, der nicht auf ihren Lohnlisten steht.«

»Das weiß ich«, sagte ich. »Mich haben sie vor ein paar Tagen auch angehalten.«

»Das tut mir Leid. Wissen Sie, normalerweise lassen sie uns in Ruhe.«

»Warum?«

»Ein- oder zweimal, als Manelli Überstunden einlegen musste, um die Musterhäuser fertig zu stellen, ist John mit seinen Leuten eingesprungen. Das hat er getan, weil er knapp bei Kasse war und weil er Mercury und Chapman sonst vielleicht hätte entlassen müssen. Deshalb ließ er Manelli zwei Wochen lang ihren Lohn zahlen.«

»John hat immer gewusst, wie er über die Runden kommt«, sagte ich. »Tja, ich sollte dann wohl wieder gehen.«

Als ich aufstand, öffnete Mofass die Augen. Ich hatte plötzlich das Gefühl, dass er nur so getan hatte, als schlafe er.

»Haben Sie gekriegt, was Sie brauchen, Mr. Rawlins?«, fragte er.

»Das kann man wohl sagen, William. Diese JJ wird eines Tages die ganze Welt in Angst und Schrecken versetzen.«

»Der Tag wird kommen«, sagte er. »Sie finden allein raus. Sie wissen, ich werde nachmittags immer müde.«

JJ begleitete mich zur Tür.

»Wird es Probleme mit den Baustellen geben, Mr. Rawlins?«, fragte sie, als ich ihr die Hand gab.

»Das glaube ich nicht, Honey. Aber wenn, dann rufe ich Sie an, okay?«

»JJ!«, rief Mofass quer durch das große Zimmer.

»Komme schon, Onkel Willy«, sagte die Frau, die sich als Kind ausgab.

VIERUNDDREISSIG

Meine nächste Station war Clarissas Apartment. In ihrem Briefkasten war die Post von mindestens zwei Tagen, und auf mein Klopfen meldete sich niemand.

»Das Problem mit dem Kalten Krieg ist nicht, dass er kalt ist, sondern, dass er heiß werden kann ...« Sam Houston dozierte vor einem armen Kerl, der nichts weiter wollte als eine Papiertüte mit seinem Lunch. Der Mann trug Blue Jeans und ein rot kariertes Hemd. Sein schütteres Haar war kraus und grau, und seine Haut war schwarz unter einer Schicht von feinem weißen Staub.

Der glotzäugige Gastronom war im Begriff, eine weitere globale Offenbarung zu verkünden, als er mich sah.

»Entschuldigung«, sagte er zu dem stummen Bauarbeiter.

Sam nahm die Schürze ab und hob die Thekenklappe vor der Küche hoch. Er kam heraus und blieb mitten im Lokal vor mir stehen.

Ich hatte Sam noch nie hinter seiner Theke hervorkommen sehen; also machte ich mich auf Krieg gefasst.

An Größe und Reichweite hatte er mir ungefähr eine Handbreit voraus, und seine dürre Gestalt konnte mehr Schlagkraft besitzen, als man vermutete. Als ich Jahre zuvor einem Mann namens Fearless Jones begegnet war, hatte ich gelernt, dass manche dünnen Männer stärker waren als Bodybuilder.

»Du weißt, dass es nicht in Ordnung ist, so aufzukreuzen und hinter dem Rücken eines anderen rumzuschleichen«, sagte er und stieß mir mit einem langen anklagenden Finger gegen die Brust.

Die Männer, die rechts von mir saßen, unterbrachen ihre Unterhaltung, um die Begegnung zu beobachten.

Ich wollte keine Zuhörer, und deshalb sagte ich: »Lass uns vor die Tür gehen, Sam.«

Darauf war er nicht vorbereitet. Er war wütend auf mich, aber er hatte keinen Grund zu der Annahme, dass ich so hart reagieren würde. Und ich für meinen Teil wusste nicht, wie ich sein großes Maul zum Schweigen bringen sollte, ohne mit ihm nach draußen zu gehen. Und ich wusste nicht, wie ich mit ihm nach draußen gehen sollte, ohne es zu sagen.

Sam marschierte zur Tür, und die Gäste fingen an, durcheinander zu quatschen. Ich blieb zwei volle Schritte hinter ihm und warf einen kurzen Blick zurück zur Küche. Clarissa war nirgends zu sehen.

Als wir draußen waren, drehte Sam sich um, und ich machte einen Schritt nach rechts. Er machte einen kleinen Satz und schoss einen rechten Haken ab, der meinen Kopf um weniger als einen Zoll verfehlte. Ich ließ die Faust vorbeisausen und gab ihm einen leichten Stoß gegen die Schulter. Dieser Stoß, zusammen mit dem Schwung seines Faustschlags, riss ihn von den Beinen und warf ihn aufs Pflaster.

Als seine rechte Hand in die Tasche fuhr, hob ich die Hände hoch und sagte: »Ich bin nicht hier, um mich zu prügeln, Mann.«

Er atmete schwer.

»Warum sind wir dann vor die Tür gegangen?« Er hörte auf, in der Tasche zu wühlen.

Ich streckte ihm die Hand entgegen, und er nahm sie.

»Ich wollte nicht, dass jemand hört, was wir reden.«

»Warum nicht?«

»Hast du Clarissa gern?«

»Verdammt, ja.« Er klopfte sich imaginären Staub von Brust und Armen. »Deswegen bin ich ja sauer auf dich und deine hinterlistige Art. Kommst her und redest irgendwas, und dann steigst du meinem Mädchen nach.«

»Ist sie deine Freundin?«, fragte ich.

»Nein. Clarissa ist meine Cousine. Bei mir arbeiten lauter Verwandte, das weißt du.«

»Hör zu, Sam«, sagte ich. »Ich weiß nicht, was man dir erzählt hat, aber ich hab dich nicht belogen. Ich hab Brawly gesucht, und ich hab ihn gefunden – bei ihr.«

»Was soll das heißen, bei ihr?«

»Er ist ihr Freund. Hast du das nicht gewusst?«

Das verschlug ihm für gut fünf Sekunden die Sprache. Es war vielleicht der beste Treffer, den ich je bei ihm gelandet hatte. Obwohl ich in eine Sache verwickelt war, bei der es um Leben und Tod ging, nahm ich mir die Zeit, seine Verwirrung zu genießen.

»Das stimmt nicht«, sagte er schließlich. »Sie hat mir erzählt, dass du ihr nachgegangen bist und versucht hast, dich in ihrem Apartment an sie ranzumachen. Sie sagt, sie kann nicht mehr arbeiten kommen, weil sie Angst hat, du machst dich hier an sie ran.«

»Ich war bei ihr, aber ich bin Brawly gefolgt, nicht ihr.« Diese Lüge war eigentlich nicht so schlimm. Ich *hatte* sie mit Brawly in der Versammlung der Urban Revolutionary Party gesehen, und ich war ihr nur gefolgt, um an ihn heranzukommen.

»Lügst du mich an, Easy Rawlins?«

»Hör schon auf, Sam. Das weißt du doch besser.«

»Nicht, wenn es um Weiber geht, nein«, sagte er. »Ein Nigger arbeitet acht Stunden am Tag und sechs Tage die Woche und betet am Sonntag zu Gott, aber wenn 'ne Pussy vorbeikommt, verliert er schnell den Verstand.«

Wie ich schon sagte: Das Ärgerliche an Sam Houston war

der Umstand, dass er fast immer ins Schwarze traf. Er hatte einen scharfen Verstand, aber er wusste meistens nicht, was er damit anfangen sollte.

»Ich bin nicht hinter Clarissa her«, sagte ich. »Jedenfalls nicht so, wie du behauptest. Ich hab eine Frau, und ich brauche nicht hinter kleinen Mädchen herzuschleichen.«

Das klang, als wäre es wahr. Sam blinzelte so sehr, dass seine Augen kaum größer als die eines Pferdes waren.

»Warum sollte sie denn lügen?«, fragte er.

»Das frag ich dich, Sam. Hätte es dich wütend gemacht, sie mit Brawly zu sehen? Hättest du was unternommen?«

»Nein. Ich meine, ich hätte ihr vielleicht ein bisschen Ärger gemacht. Hätte vielleicht ein oder zwei Takte dazu gesagt.«

»Aber wenn du gewusst hättest, dass sie mit ihm zusammen ist, und wenn ich zu dir gekommen wäre und dir gesagt hätte, der Junge bringt Ärger, dann hättest du mir vielleicht geholfen, sie aufzutreiben.«

»Was willst du damit sagen, Easy?«

»Ich will damit sagen: Seit ich das letzte Mal mit dir gesprochen hab, sind zwei Männer umgebracht worden, und Brawly steckt irgendwie mit drin. Ich weiß nicht genau, wo, aber ich weiß, dass es übel ist.«

»Mord?«

»Mord. Zwei Männer. Mausetot.«

»Wer?«

»Henry Strong, der Mentor der ›Ersten Menschen‹« – Sam spuckte aus, als er den Namen der radikalen Organisation hörte – »und Aldridge Brown. Brawlys Vater«, fügte ich hinzu.

»Wer hat sie umgebracht?«

»Schwer zu sagen. Die Cops glauben, es waren die ›Ersten Menschen‹. Die ›Ersten Menschen‹ glauben, es waren die Cops. Brawlys Cousine macht ihn für mindestens einen der Morde verantwortlich. Das alles hängt noch in der Luft, und ich suche bloß einen Unterstand, bevor es wieder runterkommt.«

Sam zupfte am Halsausschnitt seines grauen T-Shirts und drehte das Kinn hin und her, als kriegte er keine Luft. Er war es nicht gewohnt, in einer Unterhaltung den Kürzeren zu ziehen.

»Und was willst du?«, fragte er.

»Brawly Brown«, sagte ich – zum hundertsten Mal, wie mir schien.

Sam legte die linke Hand auf seinen Kopf und die rechte an sein Kinn.

»Sie ist noch ein Kind«, sagte er. »Und er auch.«

»Sie sind alle noch Kinder, Sam. Alle. Aber weißt du, in der Steinzeit sind die meisten Leute höchstens zwanzig geworden. Mit fünfundzwanzig waren sie alte Männer und Frauen.«

Ich wusste, dass die wissenschaftliche Erklärung für das Problem, mit dem wir es zu tun hatten, Sam aufmuntern würde.

Er lächelte. »Yeah, Easy. Da hast du Recht. Da hast du wirklich Recht.«

Das waren Worte, die ich aus seinem Munde nie erwartet hätte.

»Und was machst du hier?«, fragte er.

»Ich muss Brawly wieder finden. Von Clarissa verspreche ich mir am meisten. Ich war bei ihrer Wohnung, aber sie ist nicht da. Weißt du, wo sie ist?«

»Sie hat mir gesagt, sie hat Angst vor dir, Easy. Sie hat sich versteckt.«

»Ich hab dir doch gesagt, warum ich sie suche.«

Sam verzog das Gesicht, sodass es aussah wie eine runzlige braune Frucht, die gleich vom Baum fallen würde. Erst dachte ich, er hätte einen Herzanfall, aber dann wurde mir klar, dass er vermutlich so aussah, wenn er nachdachte. Sein Mund verzerrte sich voller Abscheu, und er zog die Schultern hoch, bis er aussah wie ein komischer Geier. Schließlich erschauerte er wie einer dieser großen Vögel und schüttelte sich den Staub aus dem Gefieder.

»Ja«, sagte er. »Ja, ich sehe es vor mir. Brawly kommt rein, sitzt in der Nähe der Küche, geht nach hinten zur Toilette. Und Clarissa lungert dauernd irgendwo in der Nähe rum. M-hm. M-hm. Sie ist abends immer lange geblieben, hat sich mit ihrer Cousine Doris unterhalten und beim Saubermachen geholfen, obwohl sie nicht musste. Aber nachdem Brawly angefangen hatte, hier aufzukreuzen, ist sie immer pünktlich gegangen. Yeah. Du hast Recht, Easy. Clarissa geht seit mindestens drei Monaten mit diesem schlecht gelaunten Jungen.«

»Du weißt, wo sie ist?«

»Nein. Nein, das weiß ich nicht, aber ich weiß, wer es weiß. Doris. Sie war die ganze Zeit Clarissas Komplizin und hat ihr geholfen, die Sache vor mir geheim zu halten.«

Ich sah, dass Sam wütend war, weil seine Angestellte ihm etwas vorgemacht hatte. Während er mit seinem Wissen, seiner Belesenheit und seinen Argumentationskünsten den Überlegenen rausgekehrt hatte, hatten sie die ganze Zeit ein Geheimnis gehabt, direkt vor seiner Nase.

»Warte hier, Easy.« Er ging ins Restaurant zurück.

Ich zündete mir eine Zigarette an, und wieder wurde mir bewusst, wie gut das Rauchen sich anfühlte, wenn es einem verweigert worden war. Dann fiel mir ein, wie ich mit schmerzender Lunge gerannt war, und dann, wie Henry Strong eine Kugel in den Kopf bekommen hatte. Die Silhouette des Mörders war ziemlich massig gewesen. Es konnte Brawly gewesen sein, aber sicher war ich mir nicht.

Ich dachte an Mouse. Er wäre bei diesem Abenteuer mitgezockelt und hätte die ganze Zeit gelacht.

»Was gibst du dich mit diesem Bengel ab, Easy? Er wird sich die Hörner schon abstoßen.«

»Aber er ist in Schwierigkeiten«, hätte ich dann gesagt.

»Wir sind alle in Schwierigkeiten, Easy«, hätte er geantwortet. »Scheiße. Wenn es keine Schwierigkeiten gäbe, würde doch das Leben keinen Spaß machen.«

Ich drückte die Glut meiner Zigarette aus und schob sie wieder zurück in die Packung. Ein paar Augenblicke später kam Sam wieder heraus.

»Ich weiß, wo sie ist.«

»Wo?«

»Langsam, Easy. Ich glaube dir, okay, aber du gehst nicht ohne mich zu Clarissa.«

»Das ist kein Restaurantjob, Sam«, sagte ich. »Da draußen werden Leute umgebracht.«

»Clarissa gehört zu meiner Familie«, sagte er. »Doris auch. Als ich Doris gefragt hab, wo ich Clarissa finde, hab ich ihr gesagt, sie soll sich keine Sorgen machen, weil ich selbst zu ihr gehen würde.«

»Okay«, sagte ich. »Es ist deine Beerdigung.«

FÜNFUNDDREISSIG

»Weißt du, Easy«, sagte Sam Houston, »ich war überrascht, als du neulich reinspaziert kamst.«

»Ach ja? Wieso?«

Wir waren auf dem Highway 101 und unterwegs nach Riverside; L. A. lag schon hinter uns, und wir fuhren durch die sanften grünen Hügel von Südkalifornien. Hier und da standen Eichen in der Landschaft. Ich mag die Eiche, weil sie ein grüblerischer, einsamer Baum ist. Sie wächst in Sichtweite ihrer Geschwister, aber nur selten sieht man eine, die sich an eine andere schmiegt.

»Weil ich dachte, du wärst inzwischen tot«, sagte Sam.

»Tot? Wieso tot?«

»Weil es da draußen 'ne ganze Menge Motherfucker gibt, die dich nur aus einem einzigen Grund in Ruhe gelassen haben, nämlich wegen Raymond«, sagte er. »Sie haben dich gehasst, aber ihre Angst vor Mouse war noch größer. Manche von denen waren in meinem Laden und sind wüst über dich hergezogen, aber sie haben sich nicht getraut, auch nur ein Wort zu dir zu sagen. Scheiße. Easy Rawlins hat einen Schutzengel aus der Hölle – das haben sie gesagt.«

Zum Teil fuhr Sam mit mir, weil er eifersüchtig auf meine Freundschaft mit Mouse war – denn das war jeder. Raymond Alexander war der vollkommenste Mensch, den ein Schwarzer sich vorstellen konnte. Er war ein Lover und ein Killer und einer der besten Geschichtenerzähler, den es je gegeben hatte. Er hatte keine Angst vor Weißen im Allgemeinen oder vor der Polizei im Besonderen. Frauen, die jede Woche in die Kirche gingen, schwänzten die Sonntagsschule, um ihre sauberen weißen Höschen für ihn auszuziehen.

Und ich war sein einziger Freund. Ich war der, den er zuerst anrief. Ich war der Einzige, der nein zu ihm sagen konnte. Wenn Mouse vorhatte, jemanden umzubringen, war ich für diese arme Seele die letzte Berufungsinstanz.

Aber das war nicht das Einzige, was Sam umtrieb. Er war ein Redner, ein Denker, ein Mann, der jeden Tag die Zeitung las – aber Sam war kein Mann der Tat. Er blieb hinter seiner Theke und starrte die üblen Kerle, die in seinen Laden kamen, so lange an, bis sie zu Boden schauten. In seinem Restaurant war er der König. Aber auf der Straße war er einer von Tausenden, ein ängstlicher Schwarzer in einer Welt, in der die schwarze Hautfarbe bedeutete, dass man unter der niedrigsten Sprosse der weißen Gesellschaft stand.

Es gab keine Schwarzen im Frack, die im Symphonieorchester Geige spielten oder in den Senat gewählt wurden oder Konzerne leiteten. Es saßen keine Schwarzen im Vorstand, keine Schwarzen vertraten unsere Interessen in Afrika, und nur wenige fuhren mit dem Streifenwagen die Central Avenue rauf und runter. Schwarze waren in der Regel weder Wissenschaftler noch Ärzte, noch Professoren. In der Geschichte der ganzen Welt, wie sie von unseren Universitäten, Bibliotheken und Zeitungen dargestellt wird, gab es nicht einen einzigen schwarzen Philosophen.

Wenn du ein bedeutender Schwarzer sein wolltest, musstest du ein Risiko auf dich nehmen und deinen eigenen Weg gehen. Du musstest dich mit jemandem anlegen, der zehn zu eins in der Überzahl war, und jeder Einzelne dieser zehn war mit den modernsten Waffen ausgerüstet, während du nur eine Schleuder hattest. Deshalb war David in der schwarzen Gemeinde eine so berühmte biblische Gestalt:

Gegen alle Wahrscheinlichkeit streckte er den Riesen zu Boden.

Davon träumte Sam Houston: aufrecht zu gehen und anders zu sein. Er betrachtete sich selbst als bedeutenden und intelligenten Mann, aber er hatte aus gutem Grund Angst, aus der Herde hervorzustechen und gehört zu werden.

»Na ja, weißt du, Sam«, sagte ich, »ich hab auch ohne Raymond an meiner Seite ziemlich harte Zeiten überstanden. Ich meine, ich habe einen ganzen Weltkrieg und fünf Jahre L. A. überlebt, als er noch unten in Texas war. Und dann waren da die fünf Jahre, die er wegen Totschlags im Knast gesessen hat. Nein, Mann. Die Leute, die da mit dir geredet haben, hatten ihre Chance schon früher.«

Es war nicht das, was ich sagte, sondern mein Ton, was Sam an einer seiner gewohnt fixen Antworten hinderte.

»Was willst du von Clarissa?«, fragte er.

»Alles, was sie weiß und ich nicht.«

Sams Gesicht wurde ganz runzlig, und ich wusste, dass er wieder nachdachte.

»Was ist los?«, fragte ich.

»Ist es das, was du früher gemacht hast? Rumlaufen und schnüffeln und rauskriegen, was vielleicht jemand weiß? Von Pontius zu Pilatus fahren?«

»Bevor ich einen ordentlichen Job angenommen hab«, sagte ich. »Ja.«

»Aber einer wie John kann dich doch gar nicht bezahlen. Ich meine, John kann kaum das Material bezahlen, das er für seine Häuser braucht.«

»Das stimmt«, sagte ich. »Manchmal hab ich für jemanden die verschwundene Ehefrau gesucht und nichts weiter dafür gekriegt als 'ne Gratisinspektion für mein Auto. Aber ab und zu kam es vor, dass ich 'ne Tür aufgemacht hab, und dahinter war jemand, der mir tausend Dollar dafür angeboten hat, dass ich sie wieder zumache.«

»Das ist verrückt«, entschied Sam.

»Yeah, das kannst du wohl sagen. Mehr als das. *Verrückt* trifft's nicht annähernd.«

Sam führte mich zu einem kleinen Haus in Riverside, in einer Straße namens Del Sol. Der Rasen war ungepflegt, und die Büsche, die an den Mauern wuchsen, waren struppig. Aufgrund der Ausführung des Hauses war ich mir sicher, dass es von den Leuten gebaut worden war, die zuerst darin gewohnt hatten. Es war halbrund angelegt und hatte mehrere Ebenen: zwei Stockwerke rechts vom Eingang und eins links. Als Clarissa die Tür öffnete, wich sie zurück, und ich bemerkte eine zweite Tür hinter ihr. Durch das Glasfenster darin sah ich einen grünen Garten. Es war ein Heim mit einer eigenen Persönlichkeit. Ich holte eine Zigarette hervor, um meine Freude an diesem einzigartigen Entwurf zu betonen.

»Was wollen Sie hier?«, fragte Clarissa. »Doris hat angerufen, aber sie hat nur gesagt, dass du kommst, Sam.«

»Das ist schon okay«, sagte Sam. »Ich weiß, dass du mich belogen hast, aber Easy hat's mir erklärt. Ich hab ihn hergebracht, weil er sich nach Brawly erkundigen will, aber er wird keinem von euch beiden ein Haar krümmen.«

Mit hängenden Schultern führte Clarissa uns ins Wohnzimmer, das im zweigeschossigen Teil des Hauses lag. Das Zimmer war vor kurzem in Schuss gebracht worden. Ich sah, dass der einst jungfräulich weiße Teppich von Flecken und Brandlöchern übersät war, aber alles war gesaugt und gewischt worden und zeigte sich von seiner besten Seite. Die Rosenholzmöbel waren alt und gut gepflegt, aber früher einmal hatten nasse Gläser ohne Untersetzer auf dem Tisch gestanden, und die Zigaretten, die auf den Teppich gefallen waren, hatte man auf die Tischkante gelegt, wo sie schwarze, gewehrkugelförmige Flecken hinterlassen hatten.

Auf allen erreichbaren Flächen hatte jemand staubgewischt, aber unter der Decke hingen Spinnweben, und die Vorhänge waren oben dick eingestaubt.

Clarissa trug Blue Jeans, ein weißes T-Shirt und keinen BH. Sie war ein gut aussehendes Mädchen. Ihre Haut war dunkel, und sie hatte große, durchscheinende Augen. Hätte ich raten sollen, was sie dachte, dann hätte ich gesagt, sie hoffte, sie könnte die Augen zumachen, und wenn sie sie wieder öffnete, wären wir verschwunden.

»Setz dich hin, Clare«, befahl Sam.

Sie gehorchte.

Sofa und Sessel, braun und flauschig, waren auch mit dem Staubsauger bearbeitet worden; die Saugöffnung hatte gerade Linien auf der Oberfläche der Bezüge hinterlassen. Ich setzte mich in einen Sessel, und Sam nahm neben seiner Cousine auf der Couch Platz.

»Mr. Rawlins hat ein paar Fragen an dich«, sagte Sam.

»Ich rede nicht mit ihm.«

»Warum nicht?« Sams Stimme bekam einen scharfen Ton.

»Darum nicht«, sagte sie, und ich musste an Juice denken.

»Sie haben Henry Strong umgebracht«, sagte ich. »Das weißt du, nicht wahr?«

Clarissa sah mich hasserfüllt an.

»Ich war's nicht, Sugar«, sagte ich. »Aber der, der es getan hat, ist immer noch unterwegs.«

»Was hat das mit mir und Brawly zu tun?«

»Der Erste, der ermordet wurde, war sein Vater«, sagte ich. »Jemand hat ihn in Isolda Moores Haus erschlagen.«

Das Mädchen mit den leuchtenden Augen erstarrte für einen Moment.

»Isolda Moore«, wiederholte ich. »Sie ist Brawlys Cousine, wohnte früher hier oben. Du kennst sie, nicht wahr, Clarissa?«

»Dieses Miststück«, murmelte sie.

»Was ist das für 'ne Ausdrucksweise?«, sagte Sam.

»Sie soll sich ausdrücken, wie sie will, Sam«, sagte ich. »Ist das ihr Haus?«, fragte ich dann Clarissa.

»Nein.«

»Dann muss es BobbiAnne gehören«, sagte ich. »Bobbi-Anne Terrell. Was ist – sind die Eltern tot? Für immer weggezogen? Sie können nicht bloß in Urlaub sein, nicht bei dem Saustall, der hier war, bevor du sauber gemacht hast.«

Clarissa war verdutzt über meine schlichten Schlussfolgerungen. Sam war es auch.

»Woher weißt du das alles?«, fragte er.

»Haben sie die Waffen hier herausgebracht?«, fragte ich Clarissa.

Sie schüttelte den Kopf.

»Was für Waffen?«, wollte Sam wissen.

»Wie lange hat Conrad hier draußen gewohnt?«, fragte ich.

Clarissa fing an zu weinen.

»Ich hab's Ihnen nicht erzählt«, schluchzte sie. »Das würde ich nicht tun.«

»Natürlich nicht«, sagte ich beruhigend. »Du würdest deinen Mann niemals verraten. Aber ihr Kids sitzt tief in der Patsche. Es ist völlig egal, dass er glaubt, er ist unsichtbar, dass er glaubt, die Cops und die Regierung wissen nicht, was er treibt. Er glaubt, sie wissen nicht mal, dass es ihn gibt, aber er ist unübersehbar: eine lahme Ente, ein Fisch in der Tonne, ein …«

»Hören Sie auf«, rief Clarissa. »Was wollen Sie von mir?«

»Was ich euch von Anfang an gesagt hab. Ich arbeite für Brawlys Mutter. Sie glaubt, er ist in Schwierigkeiten, und ich glaube, dass sie Recht hat. Von dir will ich, dass du mir hilfst, ihm aus einem Schlamassel zu helfen, in dem er steckt, ohne es zu ahnen.«

»Er hat mir gesagt, ich soll nicht mit Ihnen reden.«

Sam richtete sich auf und öffnete den Mund, aber ich hob die Hand, bevor er losbrüllen konnte.

»Ich weiß«, sagte ich, »ich weiß. Du liebst ihn, und du glaubst, er liebt dich auch. Und wenn du ihn hintergehst, wird er vielleicht so wütend, dass er einfach weggeht – und vielleicht siehst du ihn nie wieder. Aber das macht nichts. Du bist ein hübsches Mädchen und hast ein gutes Herz. Du wirst einen neuen Freund finden, und Brawly wird weiterleben.«

»Er hat gesagt, Sie sind von der Polizei«, war ihre Antwort.

»Honey«, sagte Sam, »erinnerst du dich an den Mann, von dem ich immer erzählt hab – Raymond Alexander?«

»Den sie Mouse genannt haben?«

»Ja, genau der. Du kennst all die Geschichten, die ich von ihm erzählt hab. Wie er sich im Fifth Ward mit drei bewaffneten Männern angelegt und sie umgebracht hat, obwohl er nur einen Knüppel hatte. Und wie die Polizei erfuhr, dass er sich in einem Haus außerhalb von L. A. verkrochen hatte, und nicht hingehen wollte, weil es jenseits der County-Grenze war?«

»Und wie drei von seinen Freundinnen«, ergänzte Clarissa lächelnd, »ihm mit Schleifen im Haar eine Geburtstagsparty gegeben haben.«

»Genau der.«

Clarissa lächelte. »Und?«

»Dieser Easy Rawlins hier war Mouse' bester Freund. Sie waren fast dreißig Jahre zusammen, seit sie Kinder waren. Und wenn es was gibt, was ich mit Sicherheit weiß, dann das: Mouse hätte sich nie mit einem Mann abgegeben, der einen anderen Schwarzen an die Cops ausliefern würde.«

»Ich dachte, du hättest gesagt, Mouse ist tot«, sagte Clarissa.

»Niemand hat je eine Leiche gesehen, und niemand war bei einer Beerdigung«, sagte Sam. »Und selbst, wenn – damit wäre Easy noch lange kein Verräter.«

Clarissa dachte einen Moment lang nach, und ich tat es auch. Ich staunte über die Charakter- und Willensstärke eines Mannes wie Raymond, der mir noch übers Grab hinaus hier in diesem Versteck in Riverside helfen konnte.

SECHSUNDDREISSIG

»Nein«, sagte Clarissa, »er hat mir nie gesagt, was er machte. Ich weiß nur, dass sie angefangen haben, mit Mr. Strong an irgendwas zu arbeiten. Sie waren so was wie 'ne spezielle Gruppe innerhalb der Partei, und nur wenige Leute wussten, was da im Gange war.«

»Was war denn im Gange?«, fragte ich.

»Ich weiß es nicht. Conrad kam zu allen möglichen Zeiten vorbei und holte Brawly ab. Dann haben sie sich mit Mr. Strong getroffen –«

»Haben sie sich sonst noch mit jemandem getroffen?«

»Ich glaube ja«, sagte sie. »Aber ich wusste nie, mit wem. Ich meine, ich dachte mir, dass sie zur Gruppe gehörten, aber es war alles geheim.«

»Warum sollten sie so was geheim halten?«, fragte Sam.

»Sam«, sagte ich, »ich hab dich mitkommen lassen, aber das hier ist meine Party.«

Das hörte er nicht gern, aber er lehnte sich auf der Couch zurück.

»Aber du wusstest von den Waffen«, sagte ich.

Sie schaute auf ihre verschränkten Hände hinunter und nickte.

»Woher?«

»Einmal hatte Brawly Conrads Cadillac«, sagte sie leise. »Er hatte Conrad irgendwo abgesetzt, und sie wollten nicht, dass der Wagen dort stand, also hat Brawly ihn mitgenommen. Er hat mich rausgeholt und in den Kofferraum schauen lassen. Da waren sechs oder sieben Gewehre, in Militärwolldecken gewickelt.«

»Hat er gesagt, was sie damit vorhatten?«

»Er hat gesagt, aus diesen Gewehren würden die ersten Schüsse der Revolution fallen.« Sie fing an zu weinen.

Ich glaube, als sie es aussprach, ging ihr die ganze Bedeutung dessen auf, was Brawly da gesagt hatte. Manchmal muss man selbst hören, wie man etwas laut ausspricht, ehe man es begreift.

»Hat er gesagt, was sie planten?«

Sie schüttelte den Kopf.

»Hat er dir erzählt, was sie mit den Gewehren gemacht haben, nachdem sie sie aus BobbiAnnes Wohnung geholt hatten?«

Wieder: nein.

»Wie haben BobbiAnne und Conrad sich kennen gelernt?« Ich dachte mir, dass ein Tempowechsel mich vielleicht näher an das heranbringen würde, was ich noch nicht wusste.

»Conrad hatte Ärger mit ein paar Männern, mit denen er gespielt hatte«, sagte Clarissa. »Sie wollten ihn fertig machen, und da rief Brawly seine Freundin von der High School an und bat sie, ihn unterzubringen. Sie haben Recht; ihre Eltern sind beide letztes Jahr gestorben. Er hatte einen Herzinfarkt, und sie ist dann einfach erloschen.«

»Und danach ist BobbiAnne nach L. A. gezogen?«

»Ja«, sagte Clarissa. »Sie wollte in Conrads Nähe sein.«

»Und glaubst du, dass sie zu dieser Spezialgruppe gehörte, die Strong gegründet hat?«

»Nein. Es gab keine Weißen bei den ›Ersten Menschen‹. Weiße durften nicht durch die Tür. Das war die Regel.«

Das Bild der Polizisten, die durchs Fenster hereinkamen, ging mir durch den Kopf.

»Wo ist Brawly?«, fragte ich.

»Ich weiß nicht.«

»Hast du eine Ahnung? Irgendeine Vermutung?«

»Nein, Sir.«

»Was ist mit Isolda?«, fragte ich.

»Mit wem?«, fragte Sam zaghaft.

Ich ignorierte ihn und beobachtete die niedergeschlagene Clarissa.

»Was soll mit ihr sein?«, fragte sie.

»Warum hasst du sie?«

»Wegen dem, was sie mit Brawly gemacht hat.«

»Nämlich?«

»Darüber hab ich nicht zu reden.«

»Wenn du willst, dass ich versuche, ihm zu helfen, solltest du mir lieber was erzählen.«

Clarissa sah mich an, und in ihrem Blick lag echte Gehässigkeit. Ich sah, dass sie mir etwas erzählen würde und dass sie aus irgendeinem Grund glaubte, es werde mir wehtun.

»Sie nahm ihn zu sich, als er und sein Vater sich gestritten hatten, und dann versuchte sie, ihn zu ihrem Mann zu machen.«

»Wen?«

»Brawly«, sagte sie hämisch. »Sie lief nackt im Haus herum und kam nachts zu ihm ins Bett. Sie machte ihn heiß, und dann musste er mit ihr schlafen.«

Ich lehnte mich zurück.

»Was sagst du da?«, fragte Sam.

»Sie hat mit ihm geschlafen, bis er schließlich in irgendeinem Laden ein Radio klaute, damit die Behörden ihn da rausholten«, sagte Clarissa.

»Sie hat mit ihm geschlafen.« Sam wiederholte die Worte, als wären sie ein verzwicktes Rätsel.

»Weißt du, wo Brawly jetzt ist?«, fragte ich noch einmal.

Wieder schüttelte sie den Kopf.

»Wird er sich melden?«

»Nicht vor Sonntag.«

»Das wird zu spät sein«, sagte ich leise.

»Was sagst du, Easy?«, fragte Sam.

Ich holte tief Luft und stand auf. »Wirst du hier oben bleiben?«, fragte ich Clarissa.

Erst jetzt dämmerte ihr, dass sie das Haus verlassen könnte, in dem Brawly sie versteckt hatte.

»Ja«, sagte sie und warf Sam einen kurzen Blick zu.

»Fahr mit uns zurück, Baby«, sagte Sam. »Du kannst bei mir und Margaret wohnen. Da bist du in Sicherheit.«

»Zwei Leute sind schon gestorben«, erinnerte ich sie. »Und keiner von uns weiß, wer der Täter ist.«

Die Rückfahrt nach L. A. verlief fast vollständig schweigend. Clarissa saß auf dem Rücksitz.

Als wir in die Reichweite der Radiowellen von L. A. kamen, hörten wir KGFJ, den Soulsender. James Brown und Otis Redding sangen Serenaden für unsere wunden Herzen. Einmal fragte Sam mich, ob ich noch mal von EttaMae gehört hätte, von Mouse' Frau, der Mutter seines Sohnes LaMarque und einer meiner besten Freundinnen.

»Nein«, sagte ich. »Sie ist verschwunden.«

Er fragte nicht nach, und ich gab keine weiteren Erklärungen zu meiner Schuld.

»Warte noch 'ne Minute, Easy«, sagte Sam zu mir.

Ich parkte gegen acht vor seinem Haus abseits der Denker Avenue. Er führte Clarissa hinein, und ich lehnte mich zurück und schloss die Augen. In meinem Kopf nahm allmählich ein Bild Gestalt an. Es war nicht hübsch und auch nicht besonders klar. Ich wusste immer noch nicht, wie Brawly hineinpasste und ob ich ihn würde retten können.

Aber der Weg meiner Ermittlungen war mir klar. Ich wusste, wohinter ich her war, und ich wusste, wer und was hinter mir her sein konnte.

Sam kam wieder heraus und setzte sich auf den Beifahrersitz.

»Könntest du mich am Restaurant absetzen?«, fragte er.

»Klar.«

Aber ich tat nichts. Ich startete den Wagen nicht, und ich rührte mich auch sonst nicht.

»Also, fahren wir?«, fragte Sam.

Ich zündete mir eine Chesterfield an.

»Das ist kein Stoff für Bargeplauder, Sam.«

»Was?«

»Alles, was du heute gehört hast«, sagte ich. »Das Haus in Riverside, Brawly Brown, Armeegewehre. Ein loses Mundwerk – und der Mann, der über diesen Scheiß quatscht, könnte tot sein.«

Sam hob die Hand an seinen langen Hals und versuchte seine Angst hinter einer kontemplativen Pose zu verbergen.

»Er könnte seine Cousine ans Messer liefern«, fuhr ich fort, »und zu einer Bedrohung für meinen Seelenfrieden werden.«

Ich drehte mich zu ihm um, und mein Gesicht sah aus, wie immer es aussehen mag, wenn ich es todernst meine. »Diese ganze Scheiße kann dich das Leben kosten.«

»Ich sag doch gar nichts, Mann«, beteuerte Sam.

Ich starrte ihn an, bis er wegschaute.

Sam versuchte von da an nie wieder, mich zu ärgern. Wenn ich ins Hambones kam, war er freundlich, aber es gab kein scharfzüngiges Geplänkel mehr, keine Überheblichkeit. Ich vermisste unsere alten Diskussionen, aber andererseits wusste ich seine Angst zu schätzen.

SIEBENUNDDREISSIG

Als ich nach Hause kam, hatten die Kinder schon gegessen und waren im Bett. Bonnie hatte es sich mit einem französischen Roman auf dem Sofa gemütlich gemacht. Sie trug eine enge Hose und ein blaues Samthemd, das nur halb zugeknöpft war.

Sie kam und küsste mich. Sie fragte nicht, warum ich so spät kam oder wo ich gewesen war. Sie wusste es. Es war nicht nötig, dass ich mich entschuldigte, weil ich war, was ich war. In diesem Moment hatte ich das Gefühl, dass Bonnie mich mein ganzes Leben lang gekannt hatte.

Das Essen wartete auf dem Herd. Brathuhn mit Reis unter einer Pfirsichsauce, und dazu Rosenkohl. Wir aßen und unterhielten uns über ihre Reisen durch Afrika und Europa mit Air France. Sie war eine schwarze Stewardess, die in drei Sprachen in einem Land arbeitete, in dem ich einmal hatte leben wollen, weil es mir so viel besser erschien als Amerika.

»In mancher Hinsicht ist es auch besser«, hatte Bonnie mal gesagt, als ich vorschlug, mit ihr nach Paris zu ziehen. »Aber nicht frei von Vorurteilen.«

»Werden Farbige auf dem Land gehängt?«, fragte ich.

»Nein«, sagte sie, »aber das liegt daran, dass sie in Frankreich keine Angst vor Schwarzen haben. Sie sind nur davon überzeugt, dass wir kulturell minderwertig sind. Sie finden uns interessant, aber letzten Endes sind wir Primitive. Hier in Amerika haben die Weißen, die ich kenne, wenigstens Angst vor Negern.«

»Und das ist besser?«

»So seh ich's.« Das war eine Wendung, die sie sich irgendwo angeeignet hatte. Bonnie schnappte die Redeweisen anderer Leute auf und benutzte sie dann auf ihre eigene Art. »Wenn du vor jemandem Angst hast, bist du in gewisser Weise gezwungen, ihn als deinesgleichen zu betrachten. Du hast es nicht mit einem Kind, sondern mit einem Mann zu tun.«

Sie war eine tiefgründige Seele, und ich hatte Glück, dass ich Zeit mit ihr verbringen durfte.

An diesem Abend schliefen wir nicht miteinander, sondern hielten uns nur in den Armen. Ich lauschte ihrem Atem, bis er tief und gleichmäßig wurde und ich wusste, dass sie schlief. Ich driftete hinter ihr her, und Mord war nur ein fernes Donnern in meinen Gedanken.

Ich hatte zu diesem Zeitpunkt siebenundzwanzig Krankheitstage angesammelt und eine ziemlich gute Gewerkschaft; also meldete ich mich am nächsten Morgen wieder krank und fuhr zu John auf die Baustelle.

Er hatte einen weißen Overall und alte Alligatorschuhe an; der eine war am kleinen Zeh zerschlissen. Er trug einen Werkzeuggürtel und eine Uhr mit einem dicken Goldarmband und hämmerte mit einer Hand unbeholfen auf einen Nagel ein.

»Hey, John«, sagte ich.

»Easy.«

»Du sparst bei dieser Bude hoffentlich nicht an Nägeln.«

»Ich musste so viele Nägel kaufen, dass man diese Häuser ruhig gepanzert nennen könnte.«

Wir lachten beide und gaben uns die Hand.

Vermutlich war ich um diese Zeit sensibel. John und ich gaben uns selten die Hand. Wir waren echte Freunde, die es nicht nötig hatten, ihre friedlichen Absichten zum Ausdruck zu bringen. Aber an diesem Tag stand eine Barriere zwischen uns, vielleicht auch mehr als eine. Wir mussten einander festhalten, um sicherzugehen, dass wir nicht getrennt wurden.

»Ich höre, du warst gestern bei mir zu Hause«, sagte er.

»Ich musste die Wahrheit aus ihr rausholen, John. Du weißt, dass das nicht geht, wenn du im Zimmer bist.«

»Wird diese Wahrheit dir helfen, Brawly zu finden?« Seine Stimme hatte einen zornigen Unterton.

»Ihn zu finden wird nicht annähernd so schwer sein, wie ihn zu retten.«

»Was soll das heißen?«

»Alva hatte Recht. Brawly steckt in 'ner üblen Sache.«

»Das sind die ›Ersten Menschen‹«, sagte John.

»Ein paar von ihnen«, bestätigte ich. »Aber es steckt noch mehr dahinter.«

»Was noch?«

»Ich weiß es noch nicht genau«, sagte ich. »Aber wusstest du, dass Henry Strong, einer der Mentoren der ›Ersten Menschen‹, Brawly des Öfteren hier besucht hat?«

Nein.«

»Und wusstest du, dass Aldridge Brown seinen Sohn hier besucht hat? Sie haben mehr als einmal miteinander zu Mittag gegessen.«

»Das glaub ich nicht. Brawly hat Aldridge gehasst.«

»Das hat er gesagt?«

»Alva hat es gesagt. Er ist ihr Sohn. Sie sollte es wissen.«

»Deine Mutter lebt noch, oder?«

»Das weißt du doch.«

»Und du erzählst ihr alles, was dich bewegt? Du sagst ihr immer die Wahrheit? Ich meine, Brawly weiß, wie seine Mutter zu Aldridge steht. Warum sollte er ihr erzählen, dass sie sich vertragen hatten und wieder miteinander sprachen?«

»Vielleicht stimmt es«, sagte er. »Aber selbst wenn – wie hast du es rausgekriegt?«

»Ich war mal hier, als du nicht da warst, und hab mit Mercury und Chapman gesprochen. Sie haben's mir erzählt, weil ich danach gefragt hab.«

»Und das sollen meine Leute sein.«

»Sie hätten nichts gesagt, wenn ich nicht gefragt hätte, John. Und du weißt, dass wir uns schon lange kennen. Ich und Mouse haben ihren Arsch gerettet, als sie die Dockarbeiter beraubt hatten.«

»Okay«, sagte John. »Strong und Brawlys Vater sind also hier gewesen. Na und?«

»Was ist, wenn Brawly Aldridge umgebracht hat? Und Strong vielleicht auch? Ich hab den Mann, der ihn erschossen hat, kurz gesehen. Es könnte Brawly gewesen sein, ich weiß es nicht.«

»Und? Was willst du damit sagen?«

»Wenn Brawly die beiden umgebracht hat, ist er über ein ernstes Gespräch und übers Hörnerabstoßen weit hinaus. Was soll ich machen, wenn er ein Doppelmörder ist?«

John sah mich an und atmete langsam und tief durch. Ich zählte mit: Er hatte sechs Mal ausgeatmet, ehe er fragte: »Wie ist Strong ermordet worden?«

»Er wurde aus dem Hinterhalt angegriffen, gehetzt wie ein Hund und dann in den Hinterkopf geschossen.«

Das gefiel ihm nicht.

»Könntest du einfach aussteigen?«, fragte er.

»Ich stecke schon drin, John. Die Polizei weiß, dass ich drinstecke. Und sie steckt auch drin.«

»Ich weiß, ich hätte dich nicht anrufen sollen, Easy. Ich wollte es nicht, aber Alva musste das Gefühl haben, dass sie was unternahm. Sie hatte ihn so viele Jahre verloren, und jetzt verlor sie ihn schon wieder.« John biss sich auf die Lippe und schüttelte langsam den Kopf. »Sie hat mich gebeten, dich zu fragen. Was hätte ich tun sollen?«

»Ich weiß es nicht.«

»Find's raus, Easy. Finde raus, was passiert ist.«

»Und wenn sie den Jungen verliert?«

»Dann hat sie immer noch mich.«

Mouse war von Kindesbeinen an mein bester Freund gewesen, aber ich hatte niemanden je so respektiert wie John. Er war schweigsam und jähzornig, aber letzten Endes konnte man sich immer darauf verlassen, dass er das Richtige tat.

»Mercury und Chapman in der Nähe?«, fragte ich.

»Chapman ja«, sagte John. »Mercury hat gekündigt.«

Das Fieber, das ich seit Tagen verspürte, war in diesem Moment vorbei. Die Hälfte des Puzzles fügte sich zusammen, und ich fragte mich, wie man es rückblickend so oft tut, warum ich es nicht gleich gesehen hatte.

Chapman bedeckte eine Wand aus drei Balken mit einer Lage Rauputz, als John und ich hereinkamen.

»John«, sagte er. »Mr. Rawlins.«

Er hatte einen Klecks Putz an seiner breiten Nase und Putzspritzer in den Haaren. Chapman hatte geglättetes Haar, das er sich in den Nacken kämmte. Mit seiner hellen Haut, den massigen Gesichtszügen und dem glatten Haar hatten Fremde oft Mühe, sich über seine Rasse klar zu werden.

John lehnte sich Chapman gegenüber an die andere Wand. Er sah, dass wir ihm den Fluchtweg abgeschnitten hatten.

»Ich höre, dass Mercury gekündigt hat«, sagte ich.

»Yeah«, sagte Chapman, »yeah, hat er. Hat so lange damit gedroht, runter nach Texas zu ziehen, dass er vermutlich irgendwann nicht mehr anders konnte.«

»Er hat die Stadt verlassen?«

»Er hat zumindest gesagt, dass er es vorhatte.«

»Aber du bist sein bester Freund«, sagte John. »Da weiß man doch über seinen Partner genauer Bescheid.«

»Warst du bei ihm zu Hause?«, fragte ich.

»Er hat gesagt, er geht nach Texas und sucht sich 'n Job.

Hat mir ’n Drink spendiert und gesagt, er reist am nächsten Tag ab. Wieso soll ich zu ihm nach Hause gehen, wenn er angeblich nicht mehr da ist?«

»Angeblich«, wiederholte ich. »Das heißt, du glaubst ihm nicht.«

»Was ist das? ’n Polizeiverhör?«

»Ich war vorgestern bei Mercury«, sagte ich.

»Und?«

»Weißt du, das ist ein schönes Haus, was er da hat.«

»Und?«

»Wo wohnst du, Kenneth?«, fragte ich den ehemaligen Einbrecher.

»An der Hundertsechzehnten. LaMarr Towers.«

»Das sind Sozialwohnungen.« Ich tat überrascht.

»Und?«

»Wieso hast du ’ne Sozialwohnung, und Mercury hat ein Haus im guten Teil des Slums?«

»Er hat ein bisschen Geld von ’nem Onkel in Arkansas, der gestorben ist.«

»Kanntest du den Onkel?«, fragte John.

»Ja. Ich war mit ihm auf der Beerdigung.«

»War er reich?«, fragte ich.

»Reich genug, um Mercury zehntausend Dollar zu hinterlassen, schätze ich.«

»Er hat das Haus bar bezahlt?«, fragte ich.

»Das hat er gesagt«, antwortete Chapman. Ich sah, dass ein alter Verdacht in seinem Kopf aufflackerte.

»Wie ich höre, fährt die Polizei hier Extrastreifen, weil es auf den Baustellen Diebstähle gegeben hat«, sagte ich.

»Und?«

»Vielleicht seid ihr beide nicht so sauber geblieben, wie ihr behauptet.«

»Jetzt hören Sie mal zu, Easy Rawlins«, sagte Chapman belehrend. »Ich hab mein Einbruchswerkzeug weggeräumt, nachdem Sie und Mr. Alexander uns diese Typen vom Hals geschafft hatten. Ich hab sogar die fünfhundert genommen, die Sie mir gegeben haben, und sie der Kirche meiner Mutter gespendet. Ich hab Ihnen gesagt, was Mercury mir über sein Geld erzählt hat. Und mehr weiß ich nicht.«

»Als ich bei ihm war, hab ich ihn nach dir und Henry Strong und Aldridge Brown gefragt«, sagte ich.

»Wonach haben Sie gefragt?«

»Warst du nicht mit Brawly und den beiden andern unterwegs?«

»Wir haben ein- oder zweimal einen zusammen getrunken, aber es war Mercury, der mit ihnen rumhing. Wieso? Was hat er denn gesagt?«

»Dass ihr mit allen dreien dick befreundet wart. Dass sie euch nach der Arbeit abgeholt haben und dass ihr dann zusammen losgezogen seid.«

»Er. Nicht ich. Ich kann Aldridge nicht leiden; er ist 'n Großmaul. Und bei Strong hatte man immer das Gefühl, dass er einem was verheimlichte. So was kann ich auch nicht ausstehen. Deshalb hab ich mich auch nie mit Ihnen abgegeben, Easy.«

»Wie meinst du das?«

»Man weiß nie, was Sie denken«, sagte Chapman. »Als wir damals zu den Leuten von der Gewerkschaft gegangen sind, da wussten wir nicht, dass Sie Mouse mitbringen würden. Und als Sie sie dann gezwungen haben, uns zu bezahlen … Ich beklage mich nicht über Ihre Hilfe, aber da wusste ich, dass ich mit Ihnen nichts anfangen kann.«

»Und so war es auch mit Strong?«

»Genau.«

»Warum?«

»Er hatte es irgendwie raus, einen zum Reden zu bringen. Merc und ich geben nicht gern mit den alten Zeiten an, aber gleich am ersten Abend mit Strong fing Merc an zu erzählen, wie wir als Teenager in Bonbonläden eingestiegen sind. Strong hat es ihm aus der Nase gezogen. Als ich das gesehen hatte, war ich von da an immer zu beschäftigt, um mit ihnen einen trinken zu gehen.«

Ich warf einen Blick auf Chapmans Putzarbeit. Sie war ausgezeichnet. Die kreisförmigen Bewegungen seines Spachtels waren sauber und makellos, und die Wirbel waren alle gleich groß und dick. Wenn er die Wand nachher glatt spachtelte, wäre sie genau richtig.

»Blesta hat mir erzählt, dass du und Merc ein paar Mal in der Woche nach der Arbeit noch eine Partie Billard gespielt habt.«

»Früher«, sagte Chapman. »Früher, ja, aber schon seit Monaten nicht mehr.«

»Was glaubst du, wo er sich in der letzten Zeit rumgetrieben hat?«, fragte ich.

»Hat sein Rohr verlegt.« Chapman sah mir ins Gesicht.

»Bei wem?«

»Darüber hat er nie ein Wort gesagt«, antwortete Chapman. »Aber an seinem Benehmen hab ich gemerkt, dass er's mit irgend'nem Mädchen getrieben hat.«

Chapman schaute mir eine Sekunde lang in die Augen und dann zu Boden.

»War das alles, Easy?«, fragte John.

»Yeah.«

»Dann hab ich noch 'ne Frage«, sagte der Barkeeper zu Kenneth Chapman. »Warum hast du mir nicht gesagt, dass Brawlys Vater hier war?«

»Brawly ist ein Mann, John«, sagte Chapman. »Ich kann nicht mit ihm zusammenarbeiten und ihn wie ein Kind behandeln.«

»Glaubst du, Merc hat die Stadt verlassen?«, fragte ich ihn.

»Ich weiß es nicht.«

»Willst du mir noch helfen nach dem, was ich dir gesagt hab?«

»Was Sie mir gesagt haben, ist nur Gerede, Easy. Und Gerede kostet nichts.«

Nach unserer Plauderei mit Chapman ging John mit mir zu meinem Wagen.

»Was sagst du zu Mercury?«, fragte er.

»Dieb bleibt Dieb«, sagte ich.

»Was hat das mit der Gruppe zu tun, in die Brawly da verwickelt ist?«

»Ich weiß nicht«, sagte ich. »Vielleicht gar nichts.«

»Was soll das heißen?«

»Vielleicht hab ich die ganze Sache von der falschen Seite betrachtet. Vielleicht hattest du von Anfang an Recht. Vielleicht hängt Brawly mit 'ner Bande von Gangstern und Dieben zusammen.«

»Was wollen die denn klauen?«

»Wenn Mercury mit drinsteckt, wahrscheinlich eine Lohnkasse. Gibt's irgendwelche großen hier in der Gegend?«

»Manelli«, sagte John. »Die sind groß, und sie löhnen einmal im Monat – in bar.«

»O ja«, sagte ich. »Das wäre die Nummer eins auf der Liste. Weißt du, wann der nächste Zahltag ist?«

John schüttelte nur den Kopf und runzelte die Stirn.

ACHTUNDDREISSIG

Als ich an diesem Vormittag an Mercury Halls Haustür klopfte, lag meine Hand auf der .38er in meiner Tasche. Blesta öffnete die Tür, so weit die Sicherheitskette es zuließ. Ihr Gesicht erschien im Türspalt, und einen halben Meter tiefer tauchte der kleine Artemus auf.

»Buh!«, sagte der Kleine.

»Er ist weg«, sagte Blesta.

»Was?«

»Er ist nach Texas und sucht einen Job.«

Sie hatte Ringe unter den Augen, und ihre Stimme klang angespannt.

»Er sagt, er lässt uns nachkommen«, fügte sie hinzu.

»Darf ich reinkommen?«

»Tut mir Leid, nein, Mr. Rawlins«, sagte sie. »Wissen Sie, wenn Merc nicht da ist, muss ich vorsichtig sein.«

»Vorsichtig bei mir?«

Ihr Blick war die einzige Antwort.

»Was ist los, Blesta?«

»Mercury hat gesagt, ich soll nicht mit Ihnen sprechen«, sagte sie. Sie war eine ehrliche junge Frau. Die Wahrheit war wie Balsam für sie.

»Das sagen in letzter Zeit viele Männer. Glauben Sie, ich könnte Ihrem Mann etwas tun?«

»Wo ist Daddy?«, fragte Artemus. Vielleicht wurde ihm erst jetzt klar, dass sein Vater fort war.

»Nicht jetzt, Arty«, sagte Blesta.

»Wenn er von unterwegs anruft, sagen Sie ihm, dass ich ihn suche, okay?«

»Ich glaube nicht, dass er in den nächsten Tagen anruft«, sagte Blesta.

»Nicht vor Sonntag?«

Blesta nickte, aber ich glaube, sie tat es gegen ihren Willen.

»Wo ist Daddy?« Artemus' Ton war jetzt ängstlich.

»Wenn er vorher anrufen sollte, richten Sie ihm aus, was ich gesagt hab.«

Blesta schaute zu Boden, um meinem Blick auszuweichen, und schloss die Tür.

»Wo ist mein Daddy?«, schrie Artemus hinter der Tür.

Ich ging zum Wagen und hoffte, dass Mercury wirklich unterwegs nach Süden war.

Isolda war nur mit einem Bademantel bekleidet, als sie die Tür ihres kleinen Apartments öffnete. Es war elf Uhr vormittags. Ich fragte mich, wie sie es schaffte, ihre paar Cent Miete zu bezahlen – oder übrigens auch ihre paar Dollar Hypothek.

Als sie mich anlächelte, verblassten die Fragen in meinem Kopf ein wenig. Sexueller Charme wirkt so auf einen Mann.

»Mr. Rawlins.«

»Miss Moore.«

Ihr Kussmund lächelte einladend, und ich fand mich in einem Sessel auf ihrer kleinen Insel des Luxus inmitten des trostlosen Apartments wieder. Der Duft von Flieder hing in der Luft, und bald hatte ein beschlagenes Glas Eistee den Weg in meine Hand gefunden.

»Haben Sie Brawly ausfindig gemacht?«, fragte sie.

»Ich versteh's einfach nicht«, sagte ich.

»Was?«

»Warum eine Frau wie Sie – die so schön ist und noch

aus'nem Loch wie dem hier was Schönes machen kann – warum müssen Sie einen vierzehnjährigen Jungen verführen?«

Isolda Moore ließ sich nicht umhauen. Ihr Lächeln schrumpfte ein wenig, und sie legte den Kopf zur Seite.

»Sie haben Recht«, sagte sie. »Das verstehen Sie nicht.« Sieben Wörter – und für sie bedeuteten sie Bekenntnis, Erklärung und Absolution.

Aber das ließ ich nicht mit mir machen.

»Nein«, sagte ich, »ich versteh's nicht. Überhaupt nicht. Ich hab einen Teenager zu Hause, und eins kann ich Ihnen sagen: Ich würd's nicht hinnehmen, dass eine Frau von mehr als dreißig Jahren ihre Hände in seine Unterhose schiebt.«

»Aber so war es nicht«, sagte Isolda. »Es war nicht so, wie Sie sagen.«

»Wie kann's denn sonst gewesen sein?«, fragte ich wütend. Aber ich war nicht wirklich wütend, jedenfalls nicht über das, was vor all den Jahren mit Brawly passiert war.

»Er rief mich aus eine Telefonzelle in der Slauson Avenue an. Per R-Gespräch. Ich war oben in Riverside, und er weinte sich die Augen aus und nuschelte, weil sein Mund so geschwollen war. Ich habe alle Geschwindigkeitsbeschränkungen übertreten, um herzukommen und ihn zu holen. Als ich ihn fand, saß er auf einer Parkbank und hatte immer noch Tränen in den Augen. In der ersten Nacht in meinem Haus wollte er nicht mal allein in seinem Bett schlafen. Er flehte mich an, bei ihm zu schlafen, und als ich nein sagte, kroch er zu mir ins Bett, als er dachte, ich schliefe.«

»Warum haben Sie ihn nicht weggeschickt?«

»Wohin denn? Seine Mutter war im Irrenhaus, und sein Vater hätte ihm beinahe den Kiefer gebrochen. Wenn ich nicht gewesen wäre, hätte man ihn zu Pflegeeltern oder ins Waisenhaus gegeben.« In Isoldas Stimme lag eine Leidenschaft, die sie bisher nicht gezeigt hatte. »Und nachdem wir zwei Nächte im selben Bett verbracht hatten, spürte ich sein Verlangen. Ich wusste, es war nicht richtig, aber er brauchte mich.«

»Seine Freundin sagt, Sie wären nackt herumgelaufen und hätten ihn verführt.«

»So muss er es in Erinnerung haben«, sagte Isolda nickend. »Denn nachdem es eine Weile so gegangen war, sagte ich ihm, es müsste wieder aufhören. Ich sagte, er brauchte ein Mädchen in seinem Alter. Da fing er die Sache mit BobbiAnne an. Aber wissen Sie, selbst wenn er bei ihr gewesen war, kam er nach Hause und wollte mit mir ins Bett.« Es klang stolz, wie sie das sagte. »Und wenn ich ihn abwies, wurde er wütend und gab mir die Schuld an dem, was er fühlte.«

Ihre Argumente waren hieb- und stichfest, gut genug für ein Theaterstück. Manchmal tat man aus Liebe etwas Schlechtes und verletzte den Menschen, der einem am liebsten war. Wenn Isolda eine Grundschullehrerin mit Pferdegebiss gewesen wäre, hätte ich ihr vielleicht geglaubt. Aber ihr ganzes Leben war in jeder Hinsicht so tadellos arrangiert, dass ich mir nicht vorstellen konnte, wie sie sich in die Strudel der Leidenschaft eines anderen stürzte.

»Ist Alva wütend auf Sie, weil Sie mit ihrem Mann oder weil Sie mit ihrem Sohn geschlafen haben?«

»Warum fragen Sie sie nicht selbst?«

»Ich frage Sie.«

»Ich hab ihr von beiden nichts erzählt«, sagte Isolda.

»Kannten Sie Henry Strong?«

»Nie von ihm gehört.«

»Hm.«

»Was?«

»Nichts«, sagte ich. »Da hat mich bloß jemand angelogen.«

»Wer?«

»Vielleicht Kenneth Chapman.«

Zum ersten Mal kam sie ins Stolpern. Sie wandte nur

den Kopf ab, schaute zur Seite und suchte nach einer Antwort, die ihr lässig über die Lippen gehen würde. Dann sah sie mich wieder an, aber sie war immer noch unsicher.

»Was hat er gesagt?«, fragte sie schließlich.

»Dass Sie und er und ein Mann namens Anton Breland mit Strong und Aldridge was getrunken hätten.« Mit dieser Lüge wollte ich sie zwingen, zuzugeben, dass irgendeine Beziehung zwischen den beiden Ermordeten bestanden hatte.«

»Ich weiß nicht, wovon er da redet.«

»Aber Sie kennen Chapman?«

»Einmal, als ich Brawly zum Lunch abgeholt hab, hat er mich ihm und einem stämmigen Mann namens Mercury vorgestellt. Sie waren Arbeitskollegen von Brawly. Aber ich bin nie mit ihnen ausgegangen. Und ich kenne keinen Henry Strong.«

»Verstehe. Yeah. M-hm.« Ich machte nur ein paar Geräusche, während Isolda sich in meinem Misstrauen verhaspelte. Es war die Wahrheit, dass sie nie mit Chapman ausgegangen war, aber was Strong anging, log sie, da war ich mir sicher. Aber ich brauchte mehr.

»Was hat dieser Chapman gesagt?«, fragte sie.

»Nur, dass Sie dabei gewesen wären. Und als ich ihn nach Aldridge fragte, sagte er, Brawly und Aldridge hätten sich prima vertragen, auch nach der Prügelei, von der Sie erzählt haben.«

»Aber sie haben sich geprügelt«, beteuerte Isolda. »Ich lüge nicht.«

»Ja«, sagte ich. »Ja, sicher. Bestimmt hat Chapman mich belogen. Da bin ich mir sicher. Sie wissen, dass er und Mercury vor langer Zeit Einbrecher waren. Ich dachte, sie hätten's aufgegeben, aber bei Gaunern weiß man nie.«

Isolda lockerte ihren Bademantel, sodass ich ihre linke Brust sehen konnte. Sie war mindestens fünfunddreißig, aber die Schwerkraft hatte ihr noch nichts anhaben können.

Es war die Brust einer Zwanzigjährigen. Jeder Mann im Alter zwischen sechs Wochen und neunzig Jahren hätte Mühe gehabt, ihr zu widerstehen. Wenn es Bonnie in meinem Leben nicht gegeben hätte, dann hätte ich diese Grenze vielleicht überschritten – schon für einen Kuss. Aber stattdessen nahm ich eine Chesterfield aus der Packung und lehnte mich zurück, außer Reichweite für ihren Charme.

Sie tat, als habe sich der Mantel versehentlich geöffnet, und zog ihn wieder zusammen.

Ich inhalierte tief und war ziemlich gespalten, was die Vorzüge und die Nachteile des Rauchens anging. Einerseits nahm der Tabak mir meine Ausdauer, aber andererseits gab er mir was zu tun, wenn der Teufel mich in Versuchung führte.

Ich stand auf.

»Zeit zu gehen«, sagte ich lahm.

»Wohin?« Sie stand ebenfalls auf und kam auf mich zu.

»Werde wohl noch mal mit Chapman reden.«

»Was ist mit seinem Partner?«, fragte Isolda. »Mercury.«

»Hat die Stadt verlassen«, sagte ich. »Wahrscheinlich der Gescheiteste von der ganzen Bande.«

NEUNUNDDREISSIG

Jackson Blue war auch im Bademantel.

Ich schüttelte den Kopf, als er mir die Tür aufmachte.

»Was ist los mit dir, Easy?«, fragte er.

»Arbeitet denn kein Mensch mehr?«, sagte ich. »Ich meine, bin ich der Einzige, der glaubt, er muss morgens aufstehen und sich wenigstens 'ne Hose anziehen?«

Jackson grinste. Weiße Zähne und schwarze Haut hatten immer eine beruhigende Wirkung auf mich. Sie machten mich glücklich.

Jackson führte mich die Treppe hinunter in sein Haus.

»Ich arbeite«, sagte er unterwegs. »Lese gerade über einen Typen namens Isaac Newton. Schon mal gehört?«

»Natürlich«, sagte ich. »Jedes Schulkind kennt Newton und den Apfel.«

»Aber weißt du auch, dass er die Mathematik erfunden hat?«

»Nein.« Ich war nicht sonderlich interessiert.

Ich setzte mich an seinen Tisch, und er nahm in der Schulbank Platz. Er räkelte sich wie ein Kater oder wie ein arroganter Halbwüchsiger. »Yeah«, sagte er. »Ich meine, um dieselbe Zeit kam dieser Typ namens Leibniz mit den gleichen Berechnungen an, aber Newton hat sie auch erfunden. Newton war ein Motherfucker.«

»Wann hat er gelebt?«, fragte ich.

»1727 ist er gestorben«, sagte Jackson. »Und als reicher Mann.«

»Dann hat er seine Arbeit getan«, sagte ich. »Während du bloß hier in der Unterhose rumsitzt.«

»Aber, Easy«, sagte er mit diesem Grinsen, »ich lerne. Ich weiß 'ne Menge. Ich weiß Sachen, die neunundneunzig Prozent von deinen Weißen nicht wissen.«

»Ich weiß, was Schwerkraft ist, Jackson. Vielleicht wusste ich das mit der Mathematik nicht, aber was nützt es einem, so was zu wissen?«

»Es ist ja nicht bloß das, Easy. Es geht nicht darum, eine Sache zu wissen. Du musst den Mann verstehen. Wenn du ihn verstehst, hast du in deiner eigenen Welt was zum Nachdenken.«

Jetzt hatte er mich. Genau wie Sam Houston, wenn er über Zeitungsartikel redete, stellte Jackson Behauptungen auf, bei denen ich plötzlich ins Stocken kam und mehr verstehen wollte.

»Okay, Mann.« Ich sah auf meine Uhr. »Du hast zwei Minuten, zu sagen, was du damit meinst.«

Ich rechnete damit, dass er wieder lächeln würde, aber jetzt machte er ein ernstes Gesicht.

»Folgendes«, sagte er. »Newton war religiös, ein so genannter Arianist …«

»Ein was?«

»Ist nicht so wichtig – bloß, dass er damit in England ein Ketzer war, aber er ließ es niemanden wissen. Alchimist war er außerdem. Wollte Blei in Gold verwandeln und so was. Er überlebte die Pestjahre, und am Ende seines Lebens war er Präsident der Wissenschaftsgesellschaft und Leiter der Staatlichen Münze.«

»Das alles?«

Jackson nickte beinahe feierlich. »Als Leiter der Münze war er auch für die Hinrichtungen zuständig. Und alles, was er entdeckte – er behielt es jahrelang für sich, bevor er es der Welt bekannt gab.«

»Na und, Jackson?«

»Na und? Wir reden hier über Schwarze Geschichte, Easy.«

»Willst du mir jetzt erzählen, Newton war ein Schwarzer?«

»Nein, Bruder. Ich will sagen, dass sie dich in der Schule nur lehren, wie Isaac der Apfel auf den Kopf gefallen ist, und damit hat sich's. Sie lehren dich nicht, dass er an Magie geglaubt hat oder dass er heimlich gegen die Kirche von England war. Du sollst nicht wissen, dass du in deinem Zimmer sitzen und ganz allein Sachen rausfinden kannst, die keiner sonst weiß. Ich sitze hier unten und sammele Wissen, während irgendein anderer Neger draußen ist und den Hammer schwingt. Das will ich sagen.«

»Einen Hammer schwingen ist mehr als das, was du tust«, sagte ich reflexartig. In Wirklichkeit glaubte ich es nicht. Jackson Blues Darstellung von Isaac Newton erinnerte mich an mich selbst, einen Mann, der fast jeden Teil seines Lebens im Schatten verbrachte. Einen Mann, der Geheimnisse und Leidenschaften hegte, die ihn das Leben kosten könnten, wenn er sie in die Welt hinausließe.

»Du bist ein Idiot, wenn du das glaubst, Easy.«

»Und du bist nur ein Idiot, Jackson.«

»Wie siehst du es denn?«

»Dieser Mann, von dem du da redest, hat seine Geheimnisse bewahrt – für 'ne Weile. Aber dann hat er sie der Welt mitgeteilt – und nur deshalb weißt du heute davon. Wann wirst du die Welt informieren?«

»Eines Tages werde ich dich vielleicht überraschen, Easy. O ja.«

»Na schön«, sagte ich. »Aber bis der Tag kommt, musst du noch was für mich tun.«

»Was denn?«

»Bevor ich dazu komme, solltest du mir meine Frage beantworten.«

»Welche Frage?«

»Wieso du nachmittags in der Unterhose zu Hause hockst. Ich meine, wer zahlt denn deine Miete?«

»Jemand, der findet, dass meine Studien wichtig sind, der zahlt meine Miete.«

Ich merkte, dass er seine goldene Gans nicht preisgeben würde. Und es ging mich eigentlich auch nichts an. Also kehrte ich zu dem Grund meines Kommens zurück.

»Ich möchte, dass du dich um einen Job bewirbst, Jackson.«

»Um einen Job? *Fuck*, ich weiß nicht, was in dich gefahren ist, Bruder, aber ich hab in meinen zweiundvierzig Jahren mehr gearbeitet als die meisten Weißen, die doppelt so alt sind. Und ich bin ein fauler Motherfucker.«

Ich musste lachen. Es war komisch, und es war wahr. Ich feierte den Augenblick des Vergnügens, indem ich mir eine Zigarette anzündete.

»Ich will ja nicht, dass du arbeitest. Ich meine, vielleicht mal einen Tag, höchstens. Ich will nur, dass du dich um einen Job bewirbst und dass du ihn annimmst. Du brauchst nicht zu schwitzen oder so.«

»Was für'n Job?«

»Auf 'ner Baustelle.«

»Auf 'ner Baustelle. Verflucht, Easy, das ist die härteste Arbeit überhaupt. Ich brauch doch nur einen Tag in dieser Sonne zu verbringen und krieg 'n Hitzschlag.«

»Zweihundertfünfzig Dollar für einen Tag.«

»Wo muss ich mich melden?«

»Manelli Construction Company, unten in Compton. Du kannst John als Referenz angeben.«

»Was willst du von denen?«

»Alles, was du rausfinden kannst. Wer das Kommando hat. Wer da arbeitet. Ich will alles über Lohnlisten und Lunchwagen wissen und wer wann Dienst hat. Ich will was über ihre Security wissen, und ich will wissen, was irgendjemand über den Mord an Henry Strong vor drei Nächten weiß.«

Jackson verdaute diesen Auftrag und nickte.

»Geht's um Brawly und die ›Ersten Menschen‹?«

»Strong wurde da draußen umgebracht. Johns Crew hat für Manelli gearbeitet, als er die Löhne nicht zahlen konnte und Manelli Hilfe brauchte. Mercury und Chapman haben irgendwas mit dem zu tun, was mit Brawly im Gange ist. Ich muss einfach mehr wissen.«

Jackson nickte wieder und streckte die Hand aus. Ich legte einen von Mr. Strongs 100-Dollar-Scheinen hinein. Das brachte Jackson zum Lächeln.

Danach waren wir uns schnell einig. Er würde noch am Nachmittag zu Manelli gehen und am nächsten Tag mit der Arbeit anfangen. Weil der Zeitaufwand sich über zwei Tage erstreckte, versprach ich, für seine Spesen aufzukommen, solange sie nicht aus dem Ruder liefen.

Danach unterhielten wir uns noch ein bisschen über Newton, und Jackson erzählte mir, dass die Art Mathematik, die Newton erfunden hatte, Infinitesimalrechnung hieß. Er versuchte mir zu erklären, dass Mathematik die Sprache dafür war, wie die Dinge funktionierten, und dass darin das eigentliche Geheimnis bestand, das die Menschen immer ergründen wollten: die Sprache der Dinge. Ich verstand selbst auf der Alltagsebene kaum, wovon er redete, aber ich wusste, dass er da etwas erzählte, was für mein Leben wichtig war.

VIERZIG

Ich kam nach Hause und fand Jesus und Feather mit Bonnie im Vorgarten. Sie stutzten Rosenbüsche, die ich zu beiden Seiten der Haustür gepflanzt hatte. Bonnie liebte die apfelgroßen, rot und gelb gefleckten Rosen, und als sie bei mir eingezogen war, hatte sie gesagt: »Nur, wenn du mir versprichst, dass du die Rosen an der Tür behältst. Dann kann ich denken, dass du mir jeden Tag Blumen schenkst.«

Feather sammelte die Rosen in einem Blecheimer, der viel zu groß aussah, als dass sie ihn tragen könnte. Sie lachte, und Jesus arbeitete mit seiner Schere an einem der Sträucher. Es war kurz vor Sonnenuntergang, und der Himmel war voll von Wolken, die leuchtend orange und schwarz und von hinten beleuchtet waren.

»Daddy!«, krähte Feather, und sie umschlang meine Beine. »Ich hab wieder 'ne Zwei plus!«

»Das ist toll, Baby.« Ich hob sie hoch über den Kopf und ließ sie dann wieder runter, um ihr einen Kuss auf die Wange zu drücken.

Bonnie zog ihre dicken Gartenhandschuhe aus, aber Jesus schnitt weiter am Strauch herum. Er machte seine Sache gut. Ich hatte es ihm beigebracht, als er in Feathers Alter gewesen war. Meinetwegen brauchte er nicht zu arbeiten, aber er wollte es. Er wollte mit mir arbeiten, mit mir essen, mit mir die Straße hinuntergehen. Wenn er draußen in der Welt in Schwierigkeiten war, würde ich alles tun, um ihn zu retten.

Inzwischen küsste Bonnie mich.

»Alles okay?«, fragte sie und schaute mir tief in die Augen.

»Alles okay«, sagte ich und wandte mich ab, während ich sprach.

Ich ging ins Haus, und Feather kam hinterher. Ihr Zweiplus-Aufsatz handelte von »Betsy Washington« und der Flagge.

Ich machte uns gegrillte Käsesandwiches, und Bonnie und Jesus kamen zu uns in die Küche. Ich bot ihnen von den Sandwiches an, aber Jesus hatte nie viel Appetit, und Bonnie aß nicht zwischen den Mahlzeiten.

»Ich weiß was«, sagte Feather, als wir alle zusammen waren. »Ich könnte euch meinen Aufsatz vorlesen.«

»Nicht jetzt, Baby«, sagte ich. »Vorher hab ich was zu sagen.«

Feather warf mir einen wütenden Blick zu. In ihrem Gesicht flackerte einen Moment lang die Frau auf, die sie werden würde. Sie zog einen Schmollmund und schaute zu Boden. Dann nahm sie Jesus' Hand und lehnte sich an ihn.

»Ich möchte mit der Familie sprechen«, sagte ich. »Ich hab den Kids was zu sagen.«

Alle schauten mich an. Ich biss in mein Sandwich, und mir war ein bisschen schwindlig.

»Die Schule ist das Wichtigste auf der Welt«, sagte ich. »Ohne Ausbildung könnt ihr nichts tun. Ohne Ausbildung behandelt man euch wie einen Hund.« Ich schaute zum Schrank hinüber und sah die Schnauze des kleinen gelben Hundes, der meine Witterung aufnahm. »Ich erwarte, dass du aufs College gehst, Feather. Entweder wirst du Lehrerin oder Schriftstellerin oder noch was Besseres. Hast du gehört?«

»Ja, Daddy«, sagte sie.

Wir starrten einander an.

Jesus starrte zu Boden und ballte die Fäuste.

»Okay«, sagte ich. »Das ist wichtig, denn Juice wird jetzt auf andere Weise lernen. Von jetzt an wird er lernen, wie man Boote baut. Darin hat er seine Berufung gefunden, und ich werde ihm nicht im Weg stehen. Aber wenn er das macht, muss er noch fleißiger lernen als in der Schule. Ich kenne die ganzen Lehrpläne für die Schule, und du wirst mir jeden Abend fünfundvierzig Minuten lang vorlesen. Und wenn du gelesen hast, werden wir noch mal fünfundvierzig Minuten über das reden, was du vorgelesen hast. Verstanden? Und wenn du je aufhörst, an deinem Boot zu arbeiten, gehst du sofort wieder zurück zur Schule. Es ist mir egal, dass du gerade achtzehn geworden bist – du gehst trotzdem wieder zurück. Hast du gehört?«

Jesus hob den Kopf und nickte mit einer Überzeugung, wie sie nur junge Männer aufbringen können. Wenn er ein anderes Kind gewesen wäre, hätte ich den harten Ausdruck in seinem Blick einfach abgetan. Aber ich kannte meinen Jungen. Er würde das Boot nicht nur fertig bauen, sondern es würde seetüchtig sein, und er ebenfalls. Und er würde mir jeden Abend vorlesen. Und er würde es gern tun. Mir war klar, dass er nicht der Typ Kind war, der von weißen Fremden, die ihre natürliche Verachtung für Mexikaner nicht verhehlten, irgendetwas lernen konnte. Das hatte ich auch schon an der Sojourner Truth Junior High gesehen. Die meisten Kinder ignorierten die Signale, oder sie hängten sich an die zwei oder drei Lehrer, denen wirklich etwas an ihnen lag. Aber so war Jesus nicht. Er hing an mir, und ich hatte die Aufgabe, dafür zu sorgen, dass er lernte, was er brauchte, um es im Leben zu schaffen.

»Mir wär's lieber, du würdest auf der Schule bleiben«, sagte ich. »Denn du weißt, es wird nicht leicht sein, jeden Tag deine Lektionen durchzuarbeiten. An manchen Tagen komme ich vielleicht erst spät nach Hause, und manchmal werde ich überhaupt nicht da sein, und dann musst du am nächsten Abend die doppelte Arbeit machen.«

Jesus grinste, und ich begriff, dass es genau das war, was er sich immer gewünscht hatte.

»An den Abenden, wo du nicht zu Hause sein kannst, werde ich helfen«, sagte Bonnie.

»Hast du die Papiere oben in deinem Zimmer?«, fragte ich Juice.

Er nickte.

»Leg sie mir auf den Tisch. Ich lese sie, wenn du im Bett bist.«

»Willst du das wirklich alles machen, Easy?«, fragte Bonnie, als ich die Papiere unterschrieben hatte und wir im Bett lagen.

»Was?«

»Jeden Abend mit Jesus lesen.«

»O ja. Jetzt hab ich's versprochen, und dann muss ich es auch tun. Das ist die Abmachung.«

»Was meinst du? Was für eine Abmachung?«

»Als er zu mir kam. Er konnte nicht mal sprechen, so viel hatte er durchgemacht. Aber er saß neben mir und hörte sich jedes Wort an, das ich sagte. Und wenn ich was sagte, hielt er es für die Wahrheit. Wenn ich ihm sagte, er sollte vom Haus springen und er würde sich nicht das Bein brechen, dann sprang er. Und wenn er sich trotzdem verletzte, wusste er, dass ich versucht hatte, ihm das Richtige zu sagen, und bloß einen Fehler gemacht hatte. Und wenn ich ihm dann noch mal sagte, er sollte springen – dann tat er es wieder. Diese Art von Vertrauen macht dich zu einem wahrheitsliebenden Mann.«

»Aber was ist, wenn du es nicht kannst?«

»Wenn ich was nicht kann?«

»Dein Wort halten.«

»Aber ich werde mein Wort halten«, sagte ich. »Du verstehst das nicht. Ich muss bei diesem Jungen Wort halten.«

»Aber was willst du mit ihm durchnehmen?«

»Die *Ilias*, die *Odyssee*, *Zwanzigtausend Meilen unter dem Meer*, die *Schatzinsel*. Alles, worin ein Boot und ein Mann vorkommt. Das werde ich ihm als Erstes beibringen. Und dann kommt die Mathematik, die er braucht, um ein Boot zu bauen; ich werde versuchen, dafür zu sorgen, dass er es versteht. Du musst arbeiten mit dem, was du hast; so hab ich's immer getan.«

»Aber wär es nicht einfacher, wenn er auf der Schule bliebe?«

»Nein, Baby. Ich meine, ich verstehe schon, was du sagen willst, aber was der Junge und ich gemeinsam haben, ist eine steinige Straße, so weit wir zurückdenken und so weit wir jemals gehen können. Wenn Jesus dir nicht vertraut oder dich nicht mag, dann lässt er dich nicht zu sich rein. Und er wird verdammt noch mal nichts lernen von Lehrern, die er nicht respektiert. Überhaupt – bei der Suche nach Alvas Sohn hab ich ein, zwei Dinge rausgefunden, die mir bei dieser Entscheidung geholfen haben.«

Bonnie war schon überzeugt. Ich merkte es daran, wie sie den Kopf auf meine Schulter legte. Trotzdem fragte sie: »Was denn?«

»Erst mal Brawly selbst. Ich hab den Jungen nicht länger als fünf Minuten gesehen, aber danach wusste ich schon, dass er im Arsch ist, weil er keine Mutter und keinen Vater hatte, die so waren, wie ein Junge seine Eltern braucht. Er wurde allein gelassen, und als er gefunden wurde, hat man ihn missbraucht. Er könnte die beste Ausbildung der Welt haben, das würde ihm nicht helfen. Das wusste ich, als ich die Diplome sah, die bei dem Killercop an der Wand hingen. Der hat 'ne Ausbildung, aber gelernt hat er nicht die Bohne.«

Als Bonnie eingeschlafen war, stand ich auf und rief Liselle Latour an.

»Ja?«, sagte sie mit schlaftrunkener Stimme.

»Hey, Liselle. Easy hier.«

»Wie spät ist es?«

»Ungefähr halb elf.« Es war zehn vor elf. »Tut mir Leid, wenn ich störe, Honey, aber ist Tina zurückgekommen?«

»Sie war im Gefängnis.«

»Sagen Sie ihr, ich komme morgen früh vorbei, gegen halb neun. Wenn sie nicht mit mir sprechen will, sollte sie dann vielleicht schon weg sein.«

»Okay«, sagte Liselle.

Ihr Atem klang, als hätte sie vielleicht noch eine Frage, aber ich schnitt ihr das Wort ab, sagte danke und legte auf.

EINUNDVIERZIG

Tina erwartete mich an der Tür. Das gefiel mir. Ich war immer pünktlich. Das war mein Armeetraining. Wenn ein Mann sagte: Sieben Uhr neunundfünfzig, dann warst du pünktlich da, denn um acht warst du vielleicht tot.

Als sie aufmachte, sah ich, dass sie einen geschwollenen Bluterguss an der rechten Schläfe hatte. In der Mitte war eine kleine Kruste, umgeben von gelblicher Haut.

»Lassen Sie uns hier verschwinden«, sagte sie auf der Schwelle.

»Wohin?«

»Ich weiß nicht«, sagte sie gleichgültig. »Die Central runter.«

Wir gingen zum Wagen und fuhren los.

»Wie lange sind Sie schon draußen?«, fragte sie.

»Sie haben mich nach ein paar Stunden wieder laufen lassen«, sagte ich. »Und Sie?«

»Nach etwas mehr als einem Tag. Ich war in einer Zelle mit Betrunkenen und Frauen, die auf der Straße leben.«

»Haben Sie daher die Beule?«

Instinktiv hob Tina die Hand, um die Verletzung zu verdecken.

»Ja«, sagte sie. »Ja. Ich hatte eine Prügelei mit einer Frau, die wütend wurde, weil ich keine Zigarette hatte.«

»Tut mir Leid«, sagte ich. »Das hätten die nicht mit Ihnen machen dürfen.«

»Wie sind Sie so schnell rausgekommen?«, fragte Tina.

»Ich hab den Mann angerufen, den die City Hall auf Sie angesetzt hat. Er hat die Sache nach oben gemeldet, und die haben dafür gesorgt.«

»Sie haben also mit den Leuten, die uns verhaftet haben, zusammengearbeitet?« Sie machte mir keinen Vorwurf, sondern wollte bestätigt haben, was sie sowieso geglaubt hatte.

»Nein«, sagte ich. »Die Leute, die uns verhaftet haben, glauben nur, dass sie hinter euch her sind. Aber in Wirklichkeit ist eine Geheimabteilung zuständig; ich hab Ihnen davon erzählt. Sie wird von einem Soldaten geführt, der in Vietnam war, und sie ist es, die euch Sorgen machen sollte. Sie haben mich angezapft, weil sie glauben, ich liefere euch ihnen aus.«

»Wenn das stimmt, warum erzählen Sie es mir dann?«

»Aus demselben Grund, weshalb ich gestern Abend Liselle angerufen hab«, sagte ich. »Weil ich euch nicht übers Ohr hauen oder austricksen will. Euch sitzen genug Leute im Nacken.«

»Wer denn noch?«

»Obwohl er tot ist, wäre da Henry Strong. Was immer er getrieben hat, es hat vielleicht so ausgesehen, als täte er es für euch, aber in Wirklichkeit hätte es euch ins Unglück geführt. Ich bin mir zu neunundneunzig Prozent sicher, dass er ein Polizeispitzel war. Und dann wäre da die geheime Gruppe innerhalb der ›Ersten Menschen‹, mit der er zusammengearbeitet hat …«

»Was für eine geheime Gruppe?« Die Frage klang leblos, fast so, als wäre es ihr egal, ob ich antwortete.

»Conrad, Brawly und Strong sind die Einzigen, von denen ich sicher weiß, dass sie dazugehören. Und was immer sie geplant haben, es hat was mit den Waffen zu tun, die Brawly und Conrad bei BobbiAnne versteckt hatten.«

Christina Montes schwieg eine Weile. Sie starrte durch das Beifahrerfenster hinaus auf die Geschäfte an der Central Avenue.

»Ich musste ein Haus für sie mieten«, sagte sie schließlich.

»Was?«

»Für Brawly und Conrad. Ich musste ein Haus in der Hundertsechsunddreißigsten mieten.«

»Wann?«

»Gestern. Conrad hat mir zweihundertfünfzig Dollar gegeben.«

»Das ist praktisch der Beweis«, sagte ich.

»Aber Sie sagen doch, Henry hätte für die Cops gearbeitet.«

»Yeah«, sagte ich. »Was immer sie da planen, ich bin mir sicher, dass die Polizei jeden ihrer Schritte kennt und dass sie vorhaben, Ihre Gruppe in Misskredit zu bringen.«

»Das glaube ich nicht.«

»Das sollten Sie aber. Ich bin der Einzige, der Ihnen die Wahrheit sagt.«

»Das ist zu verrückt. Warum sollten sie sich die ganze Mühe machen?«

»Damit es aussieht, als ob ihr verrückte Killer und Kriminelle wäret. Damit die Leute, Schwarze wie Weiße, froh sind, wenn ihr wie die Hunde gehetzt und für den Rest eures Lebens ins Gefängnis gesperrt werdet.«

Da saß ich nun, der konservative Veteran, und erklärte einer Revolutionärin, was eine Diskreditierungskampagne war.

»Wo ist das Haus, das Sie gemietet haben?«, fragte ich.

»Ich … ich weiß nicht, ob ich Ihnen das sagen sollte.«

»Ich sag Ihnen, was Sie tun sollten«, sagte ich. »Geben Sie mir die Adresse, schnappen Sie sich Ihren kleinen Xavier, und ziehen Sie Leine. Gehen Sie nach San Diego oder nach Frisco, irgendwohin, aber bleiben Sie nicht hier.«

»Sie wollen mir nur Angst machen.«

»Warum haben Sie heute Morgen gewartet, bis ich kam, Tina?«

»Weil … weil Sie mich drum gebeten hatten.«

»Das bedeutet doch, das Sie mir in gewisser Weise vertrauen, nicht wahr? Ich meine, Sie haben drauf vertraut, dass ich komme. Und Sie haben drauf vertraut, dass ich keine Cops mitbringe.«

»Nein«, sagte sie in einem ziemlich eigenartigen Ton. Ich drehte mich um und sah, dass sie mit einer kleinen Pistole auf meine Brust zielte.

»Wollen Sie mich erschießen?«, fragte ich sie.

»Sie sind derjenige, der die ganze Zeit gegen uns gearbeitet hat«, sagte sie. »Sie haben Henry ermordet und wahrscheinlich auch Brawlys Vater. Henry hat mich angerufen und wollte wissen, was Sie auf dem Meeting gesagt hätten, bevor die Cops kamen. Ich habe ihm gesagt, Sie hätten mit Clarissa gesprochen und sie hätte mir Ihre Nummer gegeben. Im Gefängnis hab ich angefangen, darüber nachzudenken. In der Nacht, als er ermordet wurde, wollte Henry sich mit Ihnen treffen. Deshalb war ich einverstanden, Sie zu sehen.«

»Um mich umzubringen?«

Die Tatsache, dass sie nicht antwortete, ließ mir Schweißperlen auf die Stirn treten.

»Was haben Sie vor?«, fragte ich.

»Fahren Sie einfach.«

Wir fuhren immer noch in südlicher Richtung auf der Central, in Höhe der Sechziger. Ich atmete tief durch die Nase und knirschte mit den Zähnen.

Ich hatte im Leben ein paar Mal böse in der Klemme gesteckt, mit und ohne Mouse. Und ich wusste, dass es nicht die schwersten Augenblicke waren, in denen man damit rechnen musste, wirklich ums Leben zu kommen. Ein kleines Mädchen mit einer Babykanone hätte den meisten Leuten wahrscheinlich keine Angst eingejagt. Aber mir war klar, dass sie mich ebenso leicht umbringen konnte, wie der kürzlich abgesetzte Champion Sonny Liston mir den Kopf von den Schultern schlagen könnte.

»Sie haben also die ganze Zeit zu der geheimen Gruppe gehört?«, fragte ich.

»Nein. Conrad und die andern haben's mir erst gesagt, als ich aus dem Gefängnis kam. Sie haben mir von Ihnen erzählt. Conrad hat erzählt, wie Sie Henry nach Compton hinausgebracht und in den Hinterkopf geschossen haben.«

»Ach ja?«, sagte ich. »Und woher weiß Conrad das?«

»Er hat Sie gesehen. Er hatte sich im Haus versteckt. Er meinte, Sie müssten ihm was vorgemacht haben, um ihn dahin zu bringen, wo sie sich trafen – genauso, wie Sie mir und Xavier was vorgemacht haben, um uns verhaften zu lassen.«

»Und dann haben sie Ihnen aufgetragen, mich zu kidnappen?«

»Nein«, sagte Tina verachtungsvoll. »Sie sind doch zu mir gekommen. Ich hätte mich von Ihnen fern gehalten, aber Sie haben Ihre Nase einmal zu oft rausgestreckt.«

»Und jetzt gehören Sie zu der Gang«, sagte ich. »Jetzt werden Sie die Gewehre benutzen, die Conrad und Brawly gestohlen haben.«

»Diese Gewehre sind nur zur Verteidigung.«

»Weiß Xavier das alles auch?«

»Nein. Sie haben es nur mir gesagt. Xavier ist für Gewaltlosigkeit. Seine Pistole war nicht mal geladen an dem Abend, als Sie bei ihm waren.«

»Haben Sie sich deswegen zu Strong ins Bett gelegt?«, fragte ich. »Weil Sie einen Mann brauchen, der auch mal zur Gewalt greift?«

»Sie wissen nichts über mich«, sagte sie übellaunig. »Ich tue, was ich tun muss.«

»Haben Ihre Freunde Aldridge Brown umgebracht?«

»Nach allem, was ich weiß, haben Sie und Ihre Kumpane bei den Cops auch ihn umgebracht.«

Jetzt waren wir an der 90. Street. Ein nichtsnutziger Plan war alles, was ich hatte. Mein altes Haus stand in der 116.

Street. Es gehörte mir immer noch. Mein Freund Primo wohnte da, umsonst.

»Wo fahren wir hin?«, fragte ich.

»Fahren Sie nur weiter«, sagte sie.

Zwei grüne und vier rote Ampeln später waren wir an der Kreuzung mit der Hundertsechzehnten. Die Ampel wurde gelb, als ich vielleicht einen Meter vom Zebrastreifen entfernt war. Ich gab Gas, um über die Ampel wegzukommen, und bog dann plötzlich durch den Gegenverkehr nach links ab. Ich lenkte mit der linken Hand und schlug Tina mit der rechten sehr viel härter an den Kopf, als ein Mann eine Frau jemals schlagen sollte. Ihr Kopf knallte gegen das Fenster, und es gab ein leises, knackendes Geräusch. Ich hoffte, dass es Glas war, was ich gehört hatte, während ich durch gellendes Gehupe auf die tiefe Einfahrt und den Vorgarten meines alten Hauses zuraste.

Primo saß auf der Veranda mit seiner ebenholzschwarzen panamesischen Frau Flower. Ringsherum wimmelte es von Babys und Kindern – zum Teil ihre eigenen Kinder zum Teil die Kinder ihrer Kinder.

»Easy«, rief mein alter Freund.

»Komm schon rüber, Mann«, schrie ich.

Wir schleppten die bewusstlose Frau ins Haus, während Spanisch sprechende Babys und Kleinkinder um uns herumtollten und mitspielen wollten. Tinas Schädel hatte die Scheibe zerbrochen, aber sie war anscheinend nicht weiter beschädigt. Flower legte sie aufs Bett, und ich durchwühlte ihre Handtasche.

Sie war die gleiche Sorte Lügnerin, zu der auch ich immer gehört hatte: Sie log, indem sie die Wahrheit über irgendetwas Ablenkendes sagte, während sie ihre eigenen Schlüsse zog. Das Problem war nur, dass ihre Schlüsse über mich die falschen waren.

Aber sie hatte eine Quittung für die Miete eines Hauses

auf der 116. Street. Der Vermieter, Jaguar Immobilien, hatte sein Büro in der Crenshaw.

Primo und ich standen vor dem Haus neben meinem Wagen. Ich rauchte eine Zigarette, und Primo paffte einen dünnen Zigarillo.

Primo war kleiner als ich und hatte breite Schultern und Hüften. Er war dick, aber das einzige Fett an seinem Körper befand sich an seinem Bauch. Eine volle schwarze Mähne bedeckte seine Stirn zum Teil, und seine kohlschwarzen Augen funkelten normalerweise voller Heiterkeit – aber ich hatte auch schon ein scharfes, mörderisches Glitzern darin gesehen.

Heute war er ernst, aber seine Augen lächelten immer noch.

»Wollte sie dich umbringen?«

»Kidnappen trifft's eher«, sagte ich. »Wollte mich zu ein paar Leuten bringen, die mich gern erledigen möchten.«

»Was sind das für Leute?«

»Revolutionäre. Wie Zapata.«

»Oh«, sagte Primo. »Gute Leute für Geschichten, aber wenn sie noch leben, will man nicht in ihrer Nähe sein.«

Ich gluckste, und dann musste ich lachen. Primo lachte eine Weile mit.

»Kannst du sie ein, zwei Tage hier behalten?«, fragte ich dann. »Schlafend?«

»Na klar«, sagte er ohne Bedenken, Überlegung oder Nachfragen. »Ich ruf dich an, wenn es nötig ist.«

Wir gaben uns die Hand und verabschiedeten uns.

ZWEIUNDVIERZIG

Das Haus, das Christina Montes bei Jaguar Immobilien gemietet hatte, stand mitten in einer sehr ruhigen Wohnstraße. In der Nähe gab es nirgends einen Winkel, wo ein Spitzel sich hätte verstecken und sie beobachten können.

Am Ende des Blocks war eine Lücke zwischen zwei Häusern. Ich fuhr rückwärts hinein, teilweise verborgen von einer Gruppe kleiner Immergrünbüsche, die der Bewohner des letzten Hauses gepflanzt hatte, um die Lücke zu verdecken. Ich behielt das weiß-blaue, zweigeschossige Haus im Auge und rauchte Zigaretten.

Ich hatte über eine Stunde auf meinem Posten gesessen, als Conrad mit seinem Cadillac angefahren kam. Brawly war bei ihm, und BobbiAnne. Dann stieg noch ein Mann aus, aber ich kannte ihn nicht.

Ich versuchte mir vorzustellen, was drinnen vor sich ging. Nicht die Übeltaten, die sie planten, sondern die Umgebung, in der sie sie planten. Aus der Mietquittung ging nicht hervor, dass das Haus möbliert war. Also mussten sie in einem großen, leeren Zimmer auf dem Boden sitzen, umgeben von Essenskartons und Flaschen. Vielleicht hatten sie die Gewehre in einer Ecke gestapelt. Den Plan hatten sie wahrscheinlich an die Wand gepinnt, damit sie ihn alle sehen konnten, während sie die Operation wieder und wieder durchhechelten, was immer es sein mochte.

Weil die Zimmer leer waren, würden ihre Stimmen leicht widerhallen, und das Echo würde die Inbrunst ihrer Überzeugungen verstärken. Telefon oder Fernsehen gab es nicht, aber wahrscheinlich ein Radio. Würden sie Musik hören? Ich bezweifelte es. Wahrscheinlich hatten sie einen Nachrichtensender eingestellt. Sie mussten befürchten, dass man ihnen auf die Spur kommen würde, und außerdem fragten sie sich, wo Tina war. Wussten sie, dass sie mich zu ihnen bringen würde, wie Strong mich zu der Baustelle in Compton gebracht hatte? War sie am Mord an Strong beteiligt? Nein. In ihrer Stimme klang die Liebe zu ihm durch. Sie liebte die älteren und die jüngeren Führer.

»Was machen Sie hier, Mann?«, fragte eine Stimme hinter mir.

Ich war nicht beunruhigt. Wenn es einer der Revolutionäre gewesen wäre, wäre ich jetzt schon tot oder bewusstlos gewesen.

Der Mann, der mich angesprochen hatte, war klein und trug ein ockergelbes Hemd und eine dazu passende ockergelbe Hose. Er hatte einen vorstehenden Bauch und kleine Hände mit Stummelfingern. Nur in seiner Stimme lag etwas Bedrohliches.

»Hey«, sagte ich und streckte die Hand aus. »Ich bin Troy. Ist das Ihr Haus?«

»Ja«, sagte der kleine Mann. Reflexhaft nahm er meine Hand, ließ sie aber wieder los, ehe ich den routinemäßigen Händedruck vollenden konnte.

»Sie müssen sich fragen, was ich hier draußen mache«, sagte ich.

»Ja«, sagte der kleine Mann.

»Ist wegen meines Mädchens – Royetta.«

»Ich kenne keine Royetta.«

»Ist mein Mädchen«, sagte ich. »Sagt sie zumindest. Aber von Lucas hab ich gehört, dass sie sich mit 'nem Mann aus der Straße hier trifft. Yeah, jeden Tag, sagt Lucas, fährt sie hierher, um sich mit 'nem Mann zu treffen. Er hatte aber keine Adresse, und da dachte ich, ich komme mal her und nutze Ihre schönen Bäume hier, damit sie mich und meinen Wagen nicht gleich sieht, wenn sie zu ihrem Zweitmann kommt.«

Es war ein gutes Gefühl, wieder zu lügen. Es war, als verschwände ich hinter einer Wolke von schwarzer Tinte – wie ein Oktopus.

Der Mann, mit dem ich da redete, war schlammbraun und hatte jede Menge Falten im Gesicht. Sein Kopf verbreiterte sich zum Hals hin, und mit all den Falten sahen Kopf und Gesicht aus wie eine braune Kerze, die langsam auf seinen Schultern zerschmolz.

»Ich will keinen Ärger«, sagte der Mann. »Das hier ist mein Grundstück.«

Die Lücke war öffentliches Gelände und nicht sein Grundstück, aber das sagte ich nicht.

»Ich will auch keinen Ärger«, sagte ich. »Aber, wissen Sie, Royetta hat eine Schwester namens Cindy, und ich und Cindy treiben's auch miteinander. Wenn ich Royetta jetzt beweisen kann, dass ich von ihrem Kerl weiß, dann kann sie nicht ganz so sauer werden, wenn ich sie verlasse und zu Cindy gehe.«

»Können Sie denn nicht Ihren Freund, diesen … diesen …«

»Lucas«, sagte ich. »Lucas.«

Aus dem Augenwinkel sah ich einen goldfarbenen Ford Galaxy vorbeifahren. Ich drehte mich nach rechts, um zu sehen, wo er hinfuhr.

»Kann Lucas nicht einfach sagen, dass er sie mit diesem Mann gesehen hat, und fertig?«, sagte der kleine Mann eben.

Aber ich beobachtete, wie Mercury Hall aus seinem Wagen stieg und zum Haus der Revolutionäre ging.

»Nein«, sagte ich und kehrte zu meiner Geschichte zurück. »Lucas möchte sich nicht persönlich einmischen. Nein. Das muss ich schon selbst sehen.«

»Tja«, sagte der kleine Mann, »aber ich will Sie hier nicht haben.«

»Ich sag Ihnen was«, sagte ich. »Wie heißen Sie?«

»Foreman.«

»Ich sag Ihnen was, Foreman …« Ich griff in die Tasche und holte einen 20-Dollar-Schein heraus. »Ich zahle Ihnen diesen Zwanziger für das Recht, in dieser öffentlichen Durchfahrt zu stehen und auf meine Freundin zu warten.«

Wenn er abgelehnt hätte, wäre ich ans andere Ende der Straße gefahren, aber Henry Strongs Geld war gut. Foreman schnappte sich den Zwanziger und steckte ihn ein.

»Wie lange wollen Sie hier bleiben?«, fragte er.

»Zwei Stunden, höchstens«, sagte ich.

Wir plauderten noch einen Augenblick, und dann zog er sich mit seiner Belohnung zurück.

Ich war mehr als drei Stunden da gewesen, als die Bande sich endlich wieder zeigte. Mercury ließ BobbiAnne in seinen Ford steigen, und Conrad stieg mit Brawly und dem Mann, den ich nicht kannte, in den Cadillac. Sie fuhren an mir vorbei, Richtung Central.

Als sie weg waren, hätte ich John anrufen sollen. Ich hätte die Cops anrufen sollen. Ich hätte nach Hause fahren und mit Jesus' Unterricht anfangen und früh ins Bett gehen sollen, damit ich am nächsten Morgen pünktlich zur Arbeit erscheinen könnte.

Stattdessen ging ich geradewegs zu ihrem Versteck. Ich ging durch die Einfahrt in den Garten. An der Rückseite des Hauses war eine große Veranda mit einer Mauer und einer eigenen Tür. Die Tür war nicht verschlossen. Auf der Veranda standen eine Waschmaschine und ein Trockner, bescheidene Luxusartikel unten im Ghetto. Ein Radio spielte laut, zu laut, sodass man wahrscheinlich nicht gehört hätte, wie ich das Schloss aufbrach, wenn jemand zu Hause gewesen wäre.

Die Hintertür führte in einen schmalen Gang, der auch die Küche enthielt – ein kleiner Herd auf der einen Seite, die Spüle auf der anderen.

Ich hatte mit meiner Vorstellung von der Umgebung der Revolutionäre richtig gelegen. Das große Wohnzimmer war leer bis auf ein paar weiße Essenskartons und Pappteller, die als Aschenbecher gedient hatten. An der Wand hing ein blau liniertes Notizblatt. Darauf war mit Bleistift ein Quadrat gezeichnet, das ein Gebäude darstellte. Ein Laster fuhr darauf zu, und ein Auto parkte auf der anderen Straßenseite. Die Wachen, die überwältigt werden mussten, waren hier und da mit einem X markiert.

Es war ein erschreckendes Dokument – vor allem, weil es aussah wie die Skizze eines Grundschülers, der auf dem Papier Räuber und Gendarm spielte.

Im Wandschrank im Eingangsflur waren Armeeseesäcke, im Badezimmer Zahnbürsten und Handtücher und unter der Spüle versteckt ein Stapel Pornohefte.

Einer der Seesäcke gehörte Brawly. Er hatte ein Paar schwarzweiße Tennisschuhe, ein Taschenmesser, ein paar Hemden, Hermann Hesses *Steppenwolf* und einen kleinen Spiralblock. Als ich darin blätterte, erfuhr ich mehr über Brawly, als irgendjemand sonst zu wissen schien.

Es war streng genommen kein Tagebuch, aber ab und zu fand sich ein Eintrag mit einem Datum am Anfang. Der erste – auf der dritten Seite des zweihundertseitigen Notizblocks – datierte vom 19. Januar 1958. Das war mehr als sechs Jahre her.

Er schrieb von BobbiAnne und dass er sie nur in der Schule sehen konte, weil er um vier Uhr nachmittags im Sunrise House sein musste, in seinem Bewährungsheim. Er schrieb außerdem: *Ich vermisse Tante Isolda, aber ich weiß, dass es besser ist, wenn ich sie nicht sehe. Sie wird nur wütend, wenn ich ihr sage, was ich fühle …*

Die ersten dreißig Seiten waren mit sehr dunkler blauer

Tinte geschrieben, immer mit demselben dicken Kugelschreiber. Die nächsten zirka vierzig Seiten waren in Schwarz geschrieben. Danach hatte er wieder einen blauen Stift benutzt. Ich fand es erstaunlich, wie der junge Mann an diesem einen kleinen Notizbuch hatte festhalten können; jede Seite war mit seiner winzigen Handschrift voll gekritzelt.

Neben seinen sporadischen Tagebucheinträgen hatte er kleine Zeichnungen von Gebäuden gemacht und Schulaufgaben notiert; ich sah Listen von Vorsätzen, wie man ein besserer Mensch wurde (ein paar handelten auch davon, wie man Isolda ein *guter Freund* sein konnte), und hier und da auch schlichte Notizen, wo er hingehen, was er einkaufen, was er sagen sollte.

Vor weniger als sechs Monaten hatte er einen Eintrag verfasst, der in der Mitte der Seite geteilt war. Auf der oberen Hälfte stand eine Liste der Anforderungen für den Dienst bei den Fallschirmjägern: das Idealgewicht, die Zahl der Liegestütze, die er schaffen musste, das Lektüreniveau, das von neuen Rekruten erwartet wurde. Was die untere Hälfte enthielt, sah aus wie ein Vergleich zwischen Superhelden. Auf der linken Seite hatte er Superman, Plastic Man und Batman aufgeführt, auf der rechten Thor, Mister Fantastic und Spiderman.

Drei Monate später schrieb er über die schwarze Revolution in Amerika. Henry Strong hatte ihm Privatunterricht gegeben und ihm erklärt, dass ihm durch seine Kraft und seine Intelligenz eine schwere Verantwortung auferlegt sei.

»Es liegt bei uns jungen Männern«, schrieb Brawly, »die Übrigen in die Freiheit zu führen. Stark müssen wir sein und bereit zu sterben für das, was Recht ist.«

Ein wenig später hatte er den Befehl erhalten, »Kontakt mit Freunden aufzunehmen, die bei der Beschaffung revolutionärer Mittel und bei der Unterhaltung von Zufluchtsstätten für den Notfall behilflich sein können«.

Brawly kam aus einer völlig anderen Generation als ich.

Er war intelligent und ehrgeizig; ich dagegen war raffiniert gewesen und froh, wenn ich einen Tag überstanden hatte. Die Autorität des Weißen hatte ich nie in Frage gestellt, sondern als gegeben hingenommen.

Aber was uns wirklich unterschied, war das Bedürfnis nach Liebe und sein Vertrauen in die Menschen. Er glaubte daran, dass es auf der Welt einen Platz für ihn und die Seinen gab. Als ich seine Worte gelesen hatte, wusste ich, dass ich ihn nur dann wirklich würde retten können, wenn ich diesen Glauben zerschmetterte.

In einem der Schlafzimmer stand eine Segeltuchpritsche, auf der Laken und ein Kissen verstreut waren. Ich stellte mir vor, wie Conrad und BobbiAnne sich ab und zu davonschlichen, um auf dieser Pritsche miteinander zu schlafen. Aus irgendeinem Grund erinnerte mich das an Isolda und an die Bilder in ihrem Schlafzimmer. Und jetzt wurde mir klar, wo diese Bilder aufgenommen worden waren.

Ich verdrückte mich durch die Hintertür und ging über die Straße zu meinem Wagen.

DREIUNDVIERZIG

Jesus saß vorn auf der Veranda und wartete auf mich, als ich nach Hause kam. Er hatte schon einen Platz im Wohnzimmer vorbereitet, wo ich sitzen sollte, während er dastand und vorlas.

»Du könntest dich auch setzen, Juice«, sagte ich. »Fünfundvierzig Minuten sind eine lange Zeit, und du sollst dich auf den Text konzentrieren, nicht auf deine Beine.«

Jesus grinste. Wie hatte ich dieses Grinsen vermisst. Es war eine kurze Erscheinung – wie wenn man im dichten Wald einen seltenen, scharlachroten Vogel entdeckt: ein kurzes Flattern, und weg war er wieder.

Für unsere erste Lektürestunde hatte ich eine große Hardcover-Ausgabe von *Moby Dick* aus der Robertson-Bibliothek geholt. Während Feather und Bonnie in der Küche herumwerkelten und spielten, las Jesus mir von Ismael und seiner unheilvollen Reise vor.

Die Lektüre war schwierig. Bei vielen Wörtern musste er sich unterbrechen und in *Webster's Dictionary* schauen, das unter dem Couchtisch lag. Aber am Ende war ich überrascht, wie gut Jesus die Geschichte und ihre Bedeutung verstand. Schon nach den ersten zwölf Seiten seiner Ausbildung waren wir erfolgreich.

Ein paar Minuten nach dem Abendessen rief Jackson an. Jesus und Feather spülten das Geschirr, und Bonnie stand dabei und passte auf, dass ihnen kein Flecken entging.

»Wie läuft's so, Easy?«, fragte er, und bevor ich antworten konnte, fuhr er fort: »Ich hab mir für die zweihundertfünfzig wirklich den Arsch abgearbeitet.«

»Ich muss jetzt nur wissen, wie es mit der Löhnung aussieht.«

»Manelli bezahlt seine Leute einmal im Monat. Zahltag ist immer samstags.« Jackson machte eine Pause und fügte dann hinzu: »Nur nicht diese Woche.«

»Was heißt das?«

»Ich war bei der Sekretärin im Bürobungalow und hab mich mit ihr angefreundet. Sie sagte, sie macht ein zweijähriges Studium für ein Buchhalterdiplom, und ich hab ihr gezeigt, wie sie bei der Jahressteuererklärung ein paar Abkürzungen nehmen kann, indem sie dies und jenes absetzt.«

Ich war nicht überrascht, dass Jackson etwas von Buchhaltung verstand. Weil er sowohl ein brillanter Kopf als auch ein Dieb war, leuchtete es ein, dass er das Stehlen von innen heraus studiert hatte.

»Nachdem ich so hilfsbereit gewesen war«, fuhr Jackson fort, »hab ich sie gefragt, ob ich morgen wohl einen Vorschussscheck kriegen könnte, weil meine Miete fällig wäre und der Hauswirt zumindest 'ne kleine Kostprobe kriegen müsste. Sie meinte, den könnte sie vielleicht am Montag ausstellen; sie hätte nämlich gehört, dass die morgige Löhnung auf Montag verschoben worden wäre. Aber das dürfte ich keinem erzählen, weil es geheim wäre. Sie war beunruhigt, weil sie wusste, dass die Leute das Geld brauchten, zumal weil sie alles auf die monatliche Lohnzahlung ausgerichtet hätten. Ich hab sie nach dem Grund für die Verzögerung gefragt, aber den wusste sie nicht. Ich hab allerdings 'ne Vermutung.«

»Nämlich?«

»Na ja, Easy«, sagte er, »ich weiß ja nicht, worauf du es abgesehen hast, aber wenn die Lohnzahlung in letzter Minute heimlich verschoben wird, dann muss es schon 'ne große Sache sein. Du weißt, dass die Bauarbeiter wahrscheinlich ’n Aufstand machen, wenn sie morgen die Kohle nicht kriegen. Ich glaube, das ist ’ne Finte, und ich glaube, du weißt, wieso.«

»Danke, Jackson«, sagte ich. »Ich bring dir in zwei Tagen dein Geld.«

»Was hast du vor, Easy? Fängst du jetzt mit Lohndiebstählen an?«

»Jackson, wie kannst du bloß gleichzeitig so gescheit und so blöd sein?«

Im Laufe des Abends fuhr ich noch einmal am Versteck der Bande vorbei, aber das Haus schien leer zu sein. Ich ging über die hintere Veranda hinein. Alles bis auf die Essenskartons war weg – sogar die Pornohefte unter der Spüle.

Aber Isolda war zu Hause. Sie war noch im Bademantel, aber sie hatte sich frisiert und geschminkt. Ich hatte eine kleine Aktentasche bei mir; sie war offen, sodass ich schnell an meine Pistole kommen konnte.

»Mr. Rawlins?« Ihr Blick fiel auf die braune Ledertasche. »Was gibt's?«

»Kann ich reinkommen?«

Ihr Schmollmund kräuselte sich zu einem Lächeln, aber ich fühlte nichts. Junge Männer reagieren mit rein animalischem Instinkt auf Frauen. Aber wenn wir reifer werden, ist unser Verstand manchmal in der Lage, diese Impulse kurzzuschließen.

Wir gingen zu ihrem Fenster. Die Sonne war untergegangen, aber das helle Licht einer Neonwerbung leuchtete von der Straße herein. Sie goss mir Eistee ein, und ich stellte das Glas auf den verhängten Klapptisch.

»Ich bin überrascht, dass Sie noch mal kommen«, sagte sie.

»Warum?« Mein Blick wanderte durch die Ecken des Zimmers. Ein erwachsener Mann schien sich hier nirgends verstecken zu können.

»Sie waren so zornig – Sie wissen schon, über mich und Brawly.«

»Ja«, sagte ich, »Brawly. Deshalb bin ich hier.«

»Was ist mit ihm?«

»Wo ist er?«

»Das weiß ich wirklich nicht«, sagte sie, und ihr Tonfall offenbarte sie als Tochter des Südens.

»O yeah, Baby«, sagte ich. »Du weißt verdammt genau, wo er ist. Zumindest weißt du, wer es weiß. Also verarsch mich nicht weiter.«

»Mr. Rawlins«, protestierte sie.

»Ich hab gesagt, du sollst mich nicht verarschen, Issy. Dies ist nicht der Augenblick für Spielchen. Jetzt wird geredet.«

»Was wollen Sie damit sagen?«

»Ich will damit sagen, dass du diejenige bist, die alles zusammenhält.«

»Die was zusammenhält?«

»Du bist diejenige, die alle kennt. Brawly.« Ich hielt einen Finger in die Höhe. »Mercury …«

»Ich hab doch gesagt, ich hab ihn nur flüchtig kennen gelernt.«

»… Henry Strong.« Ich hielt den dritten Finger hoch. »Und du warst über Jahre hinweg immer wieder mit Aldridge zusammen.«

»Aldridge, ja«, sagte sie. »Aber mit den andern hab ich nichts zu tun.«

»Nein«, sagte ich. »Du warst mit Henry Strong zusammen. Du hast ihn über Brawly kennen gelernt, und du hast ihn ein oder zwei Nächte hier bleiben lassen. Aber er wusste nicht, dass Brawly dir alles erzählt hatte. Er wusste nicht, dass Brawly dir erzählt hatte, dass er einen Raubüberfall plante, genau wie sein Vater damals.«

»Sie sind verrückt.« Isolda wollte aufstehen.

»Ich hab heute schon eine Frau k. o. geschlagen«, sagte ich. »Und die mochte ich.«

Daraufhin setzte Isolda sich wieder.

»Wie gesagt«, fuhr ich fort, »Brawly hat dir erzählt, was er vorhatte, und ich wette Dollars gegen Doughnuts, du hast rausgefunden, dass Henry ein Spitzel war. Er wollte am Tag vor dem Raubüberfall mit dir abhauen.«

»Das ist verrücktes Gerede.« Isolda schaute nicht mal in meine Richtung.

»Dein Bikini sagt was anderes.«

Sie drehte sich zu mir um und sah mich fragend an.

»Ich hab die Bilder gesehen«, sagte ich. »Du in einem braunen Bikini auf einem Bett, das ich erst ein paar Tage später gesehen hab. Erst ist es mir nicht aufgefallen, aber dann war ich in einem anderen Schlafzimmer, und es fiel mir wieder ein.«

»Was zum Teufel reden Sie da?«

»Strong hat dich in seinem Schlafzimmer fotografiert«, sagte ich. »Ich wette, du hast für ihn posiert, hast schon mal geübt, wie es unten auf den Inseln sein würde.«

»Wer hat Ihnen das erzählt?« An Isoldas Hals zuckte etwas.

»Dasselbe kleine Vögelchen, das mir auch erzählt hat, dass Aldridge der Partner von Brawlys Onkel bei dem Bankraub war.«

»Was meinen Sie damit, dass Hank ein Spitzel war?«

»Das wusstest du nicht?«, fragte ich, aber dann sagte ich: »Natürlich nicht. Wenn du es gewusst hättest, hätten sie den Raubüberfall längst abgesagt.«

»Wovon reden Sie?«, fragte Isolda. Aber jetzt waren es nur noch Worte. Sie wusste, dass ich sie hatte. Jetzt suchte sie nur noch nach einem Ausweg.

»Er hat sich in dich verknallt«, sagte ich. »Er wollte mit dir abhauen, für immer verschwinden, runter an den Strand. Aber er hat dir nicht gesagt, dass er ein Verräter war. Nein. Das würde ein stolzer Mann wie der alte Hank niemals tun.«

»Ich weiß nicht, wovon Sie reden, Mr. Rawlins.«

»Nein. Aber es dämmert dir. Das seh ich dir an den Augen an. Strong hat dir erzählt, dass ihr einen Tag vor dem großen Ding an Bord geht. Nach allem, was er wusste, konnte er nicht ahnen, dass du in seine Pläne mit Brawly und Conrad eingeweiht warst. Er brauchte dir nicht zu erzählen, dass er die ganze Zeit als Informant gearbeitet hatte. Er brauchte dir nicht zu erzählen, dass er Mitglieder der ›Ersten Menschen‹ zu einem Lohngeldraub angestiftet hatte, bei dem sie erwischt werden und die ganze Organisation diskreditieren sollten.«

Mein kleiner Vortrag machte Isolda unruhig. Ich lag vielleicht nicht hundertprozentig richtig, aber ich hatte so viel, dass sie es nicht mehr einfach abtun konnte. Sie verschränkte die Hände und drehte den Kopf hin und her. Dann war sie plötzlich ernst und ruhig.

»Was wollen Sie?«, fragte sie.

»Ich hab die Umrisse«, sagte ich. »Was ich von dir brauche, sind Namen und Adressen, um sie auszufüllen.«

»Und was kriege ich dafür?«

»Zunächst mal werde ich nicht Hanks Herrchen bei der Polizei anrufen und ihnen sagen, dass du in den Plan eingeweiht bist. Zweitens werde ich nicht John anrufen und ihm erzählen, dass du versucht hast, Brawly den Mord an seinem Vater anzuhängen.«

»Aber davor hab ich keine Angst«, log sie. »Ich bin unschuldig.«

»Nein«, sagte ich. »Unschuldig warst du zuletzt als Schulmädchen. Du glaubst, du kannst weglaufen. Aber du irrst dich. Wenn du mir nicht sagst, was ich wissen will, schlage ich dir eins über den Schädel, schnür dich zusammen wie ein Schwein und fahr dich im Kofferraum zum Polizeirevier.«

Ich log nicht, und Isolda wusste es. Ich wollte nicht gern so gewalttätig werden, aber andererseits hatte ich keine andere Chance, wenn ich rausfinden wollte, was hier vorging.

Offenbar hatte ich sie beeindruckt. »Und wenn Sie hören, was Sie wissen wollen, lassen Sie mich in Ruhe?«

»Mal hören, was du zu sagen hast.«

Was ich jetzt zu sehen bekam, war erstaunlich. Die Schönheit in ihrem Gesicht versickerte einfach. Sie war wie eine Fassade, eine Maske. Plötzlich sah sie hart und böse aus – beinahe hässlich.

»Sie hatten Recht, was mich und Hank angeht«, sagte sie. »Ich wusste auf den ersten Blick, dass er der Mann für mich war. Er hatte die Stimme, und er wusste, wie man sich kleidet. Wissen Sie, die meisten Neger hier sind Jungs vom Lande mit Löchern in den Jeans und Scheiße am Schuh. Das gefällt ihnen so.«

»Aber nicht Henry«, drängte ich.

»Brawly brachte ihn mit ...«

»Das heißt, ihr habt noch miteinander gesprochen, du und Brawly?«

»Natürlich. Ich stand dem Jungen so nah wie eine Mutter. Er wurde eifersüchtig, wenn ich einen Mann dahatte. Deswegen haben er und Aldridge Streit bekommen –«

»Das ist also wirklich passiert?«

»Ja«, sagte Isolda. »Aber es war nur 'ne Schubserei. Sie kamen sich schon wieder näher. Es war bloß der Whiskey, der sie wütend machte.«

»Und wie ging's mit Henry weiter?«

»Er sagte, er hätte keine Lust mehr, für die Gleichberechtigung zu kämpfen. Er wäre jahrelang politisch aktiv gewesen, und im Grunde hätte sich nichts geändert. Er sagte, er würde ein großes Ding abziehen und dann in ein Land gehen, wo Schwarze Bankiers und Präsidenten werden könnten. Und er sagte, er wollte mich mitnehmen.«

»Er hat nicht gesagt, dass er sein Geld in Wirklichkeit von den Cops bezog?«

»Er hat nur gesagt, dass er ein Geschäft machen würde. Aber jetzt, wo Sie es sagen, leuchtet es ein. Sie haben Recht, ich wusste, was im Gange war, weil Brawly es mir erzählt hatte. Brawly erzählt mir alles.«

»Was hat Aldridge mit all dem zu tun?«

»Ihm hat Brawly es auch erzählt«, sagte Isolda leise. »Er wusste, dass Aldridge bei dem Bankraub vor all den Jahren mit seinem Onkel zusammen gewesen war. Deswegen hatten er und sein Daddy sich damals geschlagen. Er war wütend auf Aldridge, weil er wusste, dass Alva verrückt geworden ist, weil ihr Bruder tot war. Er war lange wütend, aber dann erzählte er Aldridge, dass er das Gleiche vorhatte. Er wollte Lohngelder rauben.«

Das Gespräch geriet ins Stocken. Isolda war jetzt auf dünnem Eis, und ich hatte Angst davor, zu erfahren, wer mit ihr durchbrechen würde.

Schließlich fragte ich: »Hat Brawly es getan?«

»Nein.«

Ich konnte nicht anders, ich musste lächeln. Selbst wenn Isolda log, versuchte sie doch wenigstens, Brawly zu schützen.

»Sondern?«, fragte ich.

»Mercury.«

Ich war nicht überrascht. Mercury hatte die Figur für die Sorte Gewalttätigkeit, die Aldridge umgebracht hatte.

Ich war nicht überrascht, aber ich fragte trotzdem. »Wie zum Teufel ist Mercury da hineingeraten?«

»Er war mit uns allen befreundet. Und eines Tages fand ich einen Baumwollslip mit dem Namen dieses kleinen Luders Tina Montes – in Hanks unterster Schublade.«

»Oh.«

»Er hatte mir ja keinen Ring auf den Finger gesteckt, und deshalb hab ich manchmal Mercury angerufen und herkommen lassen, wenn Hank sagte, er wäre zu müde oder zu beschäftigt.«

»Und dabei hast du Mercury von dem Raub erzählt?«

»Nein. Er hing schon mit drin. Brawly hatte Hank von

Mercury erzählt, und der hatte ihn gebeten, uns bei der Planung zu helfen. Dann erfuhr Merc, dass Aldridge sich aufplusterte; er würde nicht zulassen, dass Brawly sich an einem Raubüberfall beteiligte. Er sagte, ich sollte ihn zu mir nach Hause kommen lassen, damit er unter vier Augen mit ihm reden könnte.«

»Du warst also beteiligt an dem Plan, ihn umzubringen?«

»Nein. Ich war nicht mal in der Stadt. Ich war in Riverside, wie ich's gesagt hab. Ich wusste nicht, was Merc vorhatte.«

»Was dachtest du denn, was er vorhatte?«

»Reden«, sagte sie klagend. »Das hatte er gesagt. Aber nachher … nachher erzählte er mir, Aldridge hätte ihn angegriffen. Es war Notwehr.«

»Und Henry Strong war auch Notwehr?«

»Ich hab Merc erzählt, dass Henry abhauen wollte. Das musste ich. Henry wollte mir ja nicht verraten, was sie planten. Er wollte mich mitnehmen, aber er wollte mich nicht heiraten. Was hätte ich machen sollen, wenn er mich in Jamaika sitzen ließe?«

»Und was sollte ich da auf der Baustelle?«

»Mercury erzählte Henry, dass Sie hinter Brawly und Conrad her waren, und man sollte Sie so übel zusammenschlagen, dass Sie aufhören, bis das Ding gedreht wäre. Und dann erzählte er Conrad, dass Henry und Sie vorhätten, sie hochgehen zu lassen.«

»Dann wollten sie also auch mich umbringen?«

Isolda schaute weg.

VIERUNDVIERZIG

»Wo ist Brawly?«, fragte ich, nur um zu sehen, was sie sagen würde.

»Ich weiß es nicht.«

»Wenn du in den Plan eingeweiht bist, warum weißt du es dann nicht?«

»Sie waren alle beunruhigt über die Razzia und Ihre Schnüffelei. Der Boden wurde ihnen zu heiß, und sie wollten sich verstecken. Mercury sagte, er würde mich holen, wenn alles vorbei wäre. Wir würden zusammen nach Texas fahren und uns seinen Anteil teilen.«

Die Tatsache, dass sie diese Worte aussprechen konnte, erstaunte mich. Ich starrte sie an und fragte mich, wie sie sich so tief in Bosheit verstricken konnte, ohne erkennbare Reue zu empfinden.

»Was denn?«, fragte sie. »Was ist?«

»Warum wollte Strong sich eigentlich überhaupt mit Mercury einlassen?«, fragte ich. »Ich meine, Merc ist doch kein Rassenkämpfer.«

»Darüber hat Henry nicht mit mir gesprochen. Er ahnte nicht mal, dass ich etwas wusste«, sagte sie. »Aber Brawly hat mir erzählt, dass er sich von Anfang an für das Baugeschäft interessiert hatte. Er redete mit ihm über Lohngelder und Polizei. Und als er hörte, dass Mercury und Chapman auf Lohngelder spezialisiert waren, sagte Hank, er wollte sie kennen lernen.«

Ich schüttelte wortlos den Kopf.

»Es ist nicht so, wie Sie denken«, sagte sie. »Ich versuche nur, mich durchzuschlagen.«

»Indem du Brawly ans Messer lieferst?«

»Ich hab versucht, ihn zu retten.«

»Wie denn zu retten? Indem du ihm einen Mord anhängst?«

»Das hab ich doch nur so gesagt. Ich wusste, dass er ein Alibi hatte. Er war bei mir. Er war derjenige, der mich nach Riverside raufgefahren hatte. Alle möglichen Leute hatten uns gesehen. Ich dachte, wenn ich John und Alva erzähle, dass er Aldridge umgebracht haben könnte, würden sie ihn wegbringen. Ich wollte nicht, dass er mit Merc und den andern in sein Unglück rennt. Ich wusste, dass es gefährlich werden würde.«

»Wieso war Brawly überhaupt dabei?«

»Er dachte, sie wollten Geld für die ›Ersten Menschen‹ auftreiben. Damit sie ihre Schule bauen könnten.«

»Wo ist Brawly?«, fragte ich noch einmal.

»Ich weiß es nicht. Sie haben sich versteckt, das sagte ich doch. Sie waren in ’nem Haus unten in Watts, aber sie kriegten Angst, weil dieses Miststück Tina da aufkreuzen sollte und nicht kam. Sie nahmen an, Sie hätten sie gegriffen.«

»Und dann haben sie den Raub abgeblasen?«

»Sie haben ihr nie erzählt, worum es ging«, sagte Isolda. »Sie haben mich gebeten, ein Haus für sie zu mieten, aber ich hab's abgelehnt. Ich wollte mich nicht in einen Raubüberfall reinziehen lassen. Da sind sie zu ihr gegangen, aber sie wusste nicht, was dahinter steckte.«

»Wenn du weißt, wo sie nicht sind, warum weißt du dann nicht, wo sie sind?«

»Ich weiß es nicht«, wimmerte sie. »Sie sind abgehauen und haben sich versteckt. Mir haben sie nur gesagt, sie würden irgendwo unterkriechen; davon hat Strong immer geredet. Sie werden erst wieder rauskommen, wenn sie ihr Ding drehen.«

Schon eine ganze Weile verspürte ich den Wunsch, Isolda Moore zu ohrfeigen. Das Verlangen wurde mit jeder Minute stärker. Schließlich stand ich auf. Die plötzliche Bewegung erschreckte sie so sehr, dass sie zurückfuhr und mit ihrem Stuhl umkippte.

Ich half ihr nicht auf.

»Du sollest lieber verduften, Baby«, sagte ich. »Denn ich werde dafür sorgen, dass dieser Raub nicht stattfindet. Und wenn sie deinen Mercury Boy schnappen, wird er dich verpfeifen; da kannst du dir sicher sein.«

Als ich wieder auf der Straße und in meinem Wagen war, wusste ich nicht, was ich machen sollte. Ich hatte ein Verbrechen aufgeklärt, um dessen Aufklärung mich niemand gebeten hatte. Es war nicht meine Aufgabe, Mörder zu überführen oder Raubüberfälle zu vereiteln. Ich hatte nur dafür zu sorgen, dass Brawly nicht in Schwierigkeiten kam. Aber das war unmöglich, weil er schon drin gewesen war, bevor man mich gerufen hatte.

Ich fuhr im Kreis herum und überlegte, was ich tun sollte. Zu John zu gehen wagte ich nicht, denn er würde womöglich sein eigenes Leben riskieren, um den Jungen zu retten. Lakeland hatte vor, sie in flagranti hochzunehmen, da war ich mir sicher. Er würde sein Problem lösen, indem er sie in die Falle gehen ließ.

Tina würde nicht mit mir sprechen, und Xavier auch nicht.

Clarissa war bei Sam zu Hause, aber sie wollte nicht ans Telefon kommen.

Schließlich entschied ich mich dafür, zu Johns Baustelle zu fahren. Er und Chapman arbeiteten am Unterbau der Veranda für ein Haus im Ranchostil. Es kam mir plötzlich sinnlos vor, dass jemand arbeitete, während so viel Unrecht im Gange war. Wie konnten diese Männer immer noch ihren

Hammer schwingen, wenn sie wussten, dass ihre Freunde und Geliebten so weit vom Weg abgekommen waren?

»Easy«, sagte Chapman. Er sah mich als Erster.

»Ken. John.«

»Was willst du, Easy?« John klang genervt – als wäre er Hiob, der schon wieder Ärger mit Gott hatte.

»Was hast du denn?«, fragte ich.

»Alva ist im Krankenhaus.«

»Was ist passiert?«

»Die Nerven. Sie haben sie unter Beruhigungsmittel gesetzt, weil sie sich solche Sorgen um Brawly macht und weil sie wegen Aldridge ganz fassungslos ist.«

»Das tut mir Leid, John. Ich hab nur versucht, zu tun, worum ihr mich gebeten habt.«

Das trug mir einen wütenden Blick ein. John ballte die Fäuste und zog die Schultern hoch. Chapman wich einen Schritt zurück. Aber John würde mich nicht schlagen. Er wusste, dass ich Recht hatte.

»Ich wollte euch noch ein paar Fragen stellen«, sagte ich.

»Was denn?«, fragte Chapman.

»Ich suche Brawly. Könnte sein, dass er sich irgendwo verkrochen hat, für den Tag und einen Teil der Nacht. Habt ihr 'ne Ahnung, wo er sein könnte?«

»Wenn ich es wüsste, wäre ich da«, sagte John.

Chapman schaute zu Boden.

»Ja?«, fragte ich ihn.

»Ich weiß nichts über Brawly, Ease«, sagte er. »Wenn ich was wüsste, würde ich's Ihnen sagen.«

Ich wusste nicht, ob Chapman mich belog oder nicht. Nach allem, was ich wusste, steckten er und Mercury bei dem Unternehmen unter einer Decke. Sie waren seit Jahren Partner, von Kindheit an.

Ich hatte keine Ahnung, wie ihre Kindheit ausgesehen hatte, und deshalb ging mir ein Bild aus meinen eigenen Kindertagen durch den Kopf. Meine Mutter war tot, mein

Vater verschwunden. Meine ältere Halbschwester und mein Halbbruder wohnten bei Verwandten ihrer Mutter in El Paso. Mich hatte man zu einem Mann namens Skyles gegeben. Er war mit einer Schwester meiner Mutter verheiratet und hatte eine Farm. Er machte mich zu seinem Sklaven.

Skyles ließ mich von Sonnenaufgang bis Sonnenuntergang arbeiten und gab mir dann nur die Überreste von seinem Abendessen. Nach drei Wochen beschloss ich wegzulaufen. Den Entschluss fasste ich an einem Dienstag, aber der Zug, auf den ich aufspringen musste, fuhr erst am Donnerstag. Ich stahl einen ganzen Sack Lebensmittel und versteckte mich in einer aufgelassenen Scheune auf der anderen Straßenseite.

In diesen zwei Nächten beobachtete ich durch die losen Bretter, wie er brüllte und seine eigenen Sachen zertrümmerte – so wütend war er, weil ich ihn beklaut hatte und weggelaufen war.

»Geh ein Stück mit mir, John«, sagte ich zu meinem Freund.

Wir gingen auf die Straße zu meinem Wagen.

»Gib mir deinen Wohnungsschlüssel«, sagte ich.

»Wozu?«

»Frag nicht, Mann. Vertrau mir einfach.«

Er zögerte kurz und zog dann einen Stahlring mit Dutzenden von Schlüsseln aus der Tasche. Er machte einen Messingschlüssel ab und reichte ihn mir.

Ich setzte mich mit dem Schlüssel in meinen Wagen und fuhr hinüber zu John.

Ich fand die Nummer in Johns kleinem Telefonverzeichnis in der obersten Schreibtischschublade. Ich wählte sie. Er meldete sich beim zweiten Klingeln.

»Hallo?« Die Stimme klang düster und verschlossen. Fast sah ich das Gesicht des wortkargen jungen Mannes in diesem Wort.

»Rita da?«, fragte ich mit einer Stimme, die hoffentlich ganz anders klang als meine eigene.

»Falsch verbunden.« Er knallte den Hörer auf die Gabel.

Ich war seit über einem Jahr nicht mehr bei Odell zu Hause gewesen. Seine Frau Maudria war sechzehn Monate zuvor verstorben. Ich war bei der Beerdigung gewesen, und dann hatte ich bei ihnen zu Hause Salamisandwiches gegessen und bei Odell gesessen.

Er war fast siebzig, aber er sah nicht viel älter aus als zwanzig Jahre früher. Nur sanfter und ein bisschen kleiner – und seine Ohren waren größer.

»Easy«, sagte er durch die spröde Fliegentür. »Wie geht's?«

»Gut.«

Er musterte mich kurz und sagte dann: »Komm rein.«

Das Haus war zu einem Mausoleum geworden. Die schweren braunen Vorhänge waren geschlossen. Die Möbel waren adrett und großenteils unbenutzt. In der Luft hing der Geruch von Mottenkugeln und Scotch.

Er führte mich zu einem narbenbedeckten Ahorntisch neben der Spüle in der Küche. Die ungeputzten Fenster ließen nur wenig Sonnenlicht herein, aber es genügte. Er goss mir ein Glas Limonade aus gefrorenem Konzentrat ein und holte für sich eine Flasche Scotch aus dem Schrank.

»Wie läuft's?«, fragte ich meinen ältesten lebenden Freund.

»Oh, ganz okay«, sagte er. »Gibt nicht viel. Wie Maudria immer sagte: Hörst du nichts Neues, hörst du nichts Schlechtes.«

»Gehst du noch aus'm Haus?«, fragte ich. »Triffst Leute?«

»Nein. Ist keiner mehr da. Weißt du, wenn du in meinem Alter bist, sterben alle. Sterben oder sind tot. Wenn ich da zur Tür rausgehe und Jeans anhab mit Busgeld in der Tasche, dann heißt das, ich fahre ins Krankenhaus und besuche 'n Freund. Und wenn ich 'n Anzug anhab, heißt das: Beerdigung.«

So redeten wir eine Zeit lang. Odell zitierte seine verstorbene Frau oder sprach von Beerdigungen und Krankheiten. Es machte mich traurig, meinen alten Freund so kaputt zu sehen. Ich dachte an Brawly, während wir uns unterhielten. Wenn ich den Jungen rettete, würde er so enden wie mein Freund? Traurig und erschöpft am Ende seines Lebens?

»Aber du bist nicht hier, um mich jammern zu hören«, sagte Odell. »Was kann ich für dich tun, Easy?«

»Ich brauche ein Paar von deinen dünnen Baumwoll-Jagdhandschuhen und die Karnickelflinte«, sagte ich.

»Wofür?«

»Etwas, das Mouse mir gesagt hat. Im Traum.«

Er nickte, als wäre das eine völlig einleuchtende Antwort.

Ich erzählte ihm von John und Alva und dem eigensinnigen Brawly Brown.

»Brawly ist so groß wie ein Grizzly«, sagte ich, »und mindestens so stark. Ich kann ihn weder aufhalten noch zu irgendwas zwingen. Ich glaube, nicht mal John und ich zusammen könnten ihn festhalten. Deshalb musst du noch mal was für mich tun.«

Odell nahm noch einen Scotch, während ich an meiner Limonade nippte. Als wir getrunken hatten, holte er mir Handschuhe und Flinte. Die Flinte war zerlegt in einem Lederetui. Ich gab ihm die Telefonnummer und eine kleine Rede, die er um halb acht hersagen sollte.

Ich parkte in einer Seitengasse hinter dem leer stehenden Bürohaus bei dem Gebrauchtwagenplatz auf der anderen Straßenseite, Johns Haus gegenüber. Ich fummelte die Hintertür auf und brach dann in ein Büro im zweiten Stock ein. Es war achtzehn Uhr fünfunddreißig.

Ich machte das Fenster auf, und dann saß ich in der Dämmerung und dachte daran, dass Mouse mich immer noch beriet, obwohl er nicht mehr da war.

Ich dachte an ihn und Etta und an ihr verrücktes Leben. Meine Gedanken waren ohne Groll und Missbilligung. Wir alle hatten es nur durch blindes Glück geschafft. Jedes arme schwarze Kind im Süden, das morgens aufwachte, konnte von Glück sagen, wenn es lange genug lebte, um abends wieder ins Bett zu gehen. Es war unausweichlich, dass du geschlagen, niedergestochen oder angeschossen wurdest, mindestens ein oder zwei Mal. Die Frage war nicht: Würdest du umgebracht werden? Die Frage war nur: Würdest du an diesem Tag umgebracht werden?

»Easy«, sagte Mouse immer zu mir, »weißt du, du bist einfach zu empfindsam. Du glaubst, du kannst hier oder da verhindern, dass was Übles passiert. Aber das liegt nicht in deiner Macht. Das ist alles längst erledigt. Was mit dir passiert – wann du geboren wirst, wann du stirbst, wen du umbringst, wer dich umbringt –, das alles steht geschrieben in deinen Schuhen und in deinem Blut. Du läufst als Paria die Straße runter und hoffst, dass New Orleans gleich da hinten hinter den Eichen liegt. Aber da liegt es nicht. Nein, Baby, das wünschst du dir, das wünschst du dir sehnlichst, aber hinter den Bäumen liegt noch ein Sumpf, und dann noch einer.«

Mein Respekt vor Raymond war so groß, weil er sich über die Welt um ihn herum niemals den Kopf zerbrach oder sie kritisierte. Ab und zu war er vielleicht müde, aber er gab nie auf. Und als ich darüber nachdachte, wusste ich, dass ich mich auf die Suche nach seinem Grab machen musste.

Um neunzehn Uhr fünfzehn legte ich meine Armbanduhr auf das Fensterbrett und öffnete Odells Gewehretui. Diese .25er Kaninchenflinte war sein Stolz und seine Freude. Ich schraubte den Lauf ein und setzte den Kirschholzschaft an seinen Platz. Das Beste an diesem Gewehr war das Zielfernrohr. Als ich damals neu in L. A. war, ging Odell damit auf die Jagd und kam mit so vielen Kaninchen zurück, dass Maudria, er und ich davon satt wurden – und noch zwei oder drei andere.

Ich lud das Magazin und richtete die Mündung durch das Fenster auf die Haustür gegenüber. In dieser Haltung blieb ich, und ab und zu warf ich einen Blick auf meine Uhr. Um halb acht wusste ich, dass Odell jetzt anrief.

»Die Cops!«, würde er schreien. »Die Cops kommen!«, und dann würde er auflegen.

Um zwei Minuten nach halb acht flog die Tür auf. Brawly kam heraus; er hatte eine große Papiertüte im Arm. Als er sich zur offenen Tür umdrehte, schoss ich zum ersten Mal. Er schrie vor Schmerz auf und fiel zu Boden. Ich schoss noch einmal. Aus der offenen Tür kam Conrad. Er schrie irgendwas und wollte Brawly beim Arm packen. Ich schoss wieder. Die Kugel verfehlte Conrad. Vor lauter Angst ließ er die Tüte fallen, die er trug, und rannte die Straße hinunter.

Ich richtete mein Zielfernrohr auf das obere Stockwerk. John kam heraus. Als er den Jungen am Boden liegen sah, rannte er zur Treppe. Ich hatte John noch nie rennen sehen.

Ich wandte mich ab, zerlegte das Gewehr, packte es ein und ging zur Treppe. Ein paar Minuten später saß ich in meinem Wagen und fuhr zurück zu meinem eigenen Heim und meinen eigenen Kindern.

FÜNFUNDVIERZIG

Jesus las mir aus *Moby Dick* vor, und Feather prahlte mit ihrer guten Mathearbeit. Bonnie servierte mir eine aufgewärmte Lammhachse in Cognacsauce, und ich fing an, Dinge zu erledigen, die ich seit Tagen ignoriert hatte.

Niemand rief an. Am nächsten Morgen würde es einen Raubüberfall geben, aber daran konnte ich nichts ändern.

Bevor ich ins Bett ging, rief ich Primo an.

»Hey, Easy. Wie geht's?«

»Was macht das Mädchen?«, fragte ich.

»Ist immer noch ein bisschen benommen«, sagte er. »Flower hat ihr einen speziellen Tee gemacht, von dem sie schläft.«

»Morgen früh könnt ihr damit aufhören«, sagte ich.

»Easy?«, fragte Bonnie, die neben mir lag. Ich starrte an die Decke und fragte mich, ob ich wohl ein Auge zutun würde.

»Yeah?«

»Hast du die Sache mit Alvas Sohn erledigt?«

»Ja. Ist erledigt.«

»Ist er in Schwierigkeiten?«

»Jetzt nicht mehr.«

»John kann wirklich von Glück sagen, dass er einen Freund wie dich hat.«

»Yeah«, sagte ich. »So viel Glück wie eine prämierte Sau nach dem Jahrmarkt.«

Um halb elf hörte ich es im Radio. Drei Schwarze und eine weiße Frau waren in Compton in eine Schießerei mit der Polizei und den Leuten vom County Sheriff geraten. Die unidentifizierten Männer hatten die Lohngelder für die Manelli Construction Company rauben wollen. Sie hatten versucht, den gepanzerten Geldtransporter von der Straße zu drängen, ohne zu ahnen, dass die Behörden einen Hinweis bekommen hatten und dass im Wagen lauter bewaffnete Polizisten saßen. Die Möchtegernräuber waren noch in ihrem Fahrzeug erschossen worden; die Polizisten hatten das Feuer eröffnet, als klar war, dass der schleudernde Wagen sie bedrohte.

Ich dachte an den Plan, der im zeitweiligen Versteck der Diebe an der Wand gehangen hatte. Sie hatten nicht vorgehabt, den Geldtransporter zu rammen. Sie hatten die Wachleute auf dem Weg ins Bürogebäude überwältigen wollen.

Am Nachmittag setzte ich mich in meinem Büro an die Underwood-Schreibmaschine und verfasste einen Brief an Teaford Lorne, den Captain der Spezialeinheit zur Verbrechensbekämpfung. In diesem anonymen Brief berichtete ich ihm von Lakeland und Knorr und der Extra-Spezialeinheit der Polizei, die den Auftrag hatte, die Urban Revolutionary Party auszuschalten. Kopien dieses Briefes schickte ich an das Regionalbüro des Nationalen Verbandes zur Förderung Schwarzer, an den *Los Angeles Examiner* und an das Büro des Bürgermeisters.

Ich las nie etwas davon in der Zeitung, aber drei Wochen nachdem ich die Briefe verschickt hatte, fuhr ich an Lakelands ehemaligem Hauptquartier vorbei. Das Gebäude war zu vermieten. Vielleicht hatten sie sowieso vorgehabt, den Laden dichtzumachen, nachdem sie Mercury und seine Gang umgebracht hätten. Vielleicht hätte ich mehr tun müssen, um die Öffentlichkeit auf ihr Verbrechen aufmerksam zu machen, aber mir wäre nichts eingefallen, was nicht auch meine Familie in Gefahr gebracht hätte.

Zwei Monate später fuhr ich mit meiner kleinen Brut rüber zu Johns neuem Haus in Compton. Er hatte uns zu einem sonntäglichen Nachmittagsessen eingeladen. Auf Johns Seite des Tisches saßen lauter Rekonvaleszenten. Er selbst hatte sich den Rücken verknackst, als er vom Dach des Hauses gefallen war, in dem wir jetzt aßen; er hatte nur noch letzte Hand anlegen und die Fernsehantenne anbringen wollen, und dabei hatte er das Gleichgewicht verloren und war heruntergefallen.

Alva war seit zwei Wochen wieder aus der psychiatrischen Abteilung zurück. Als wir kamen, war sie noch im Bademantel, und ihr Haar war wirr und zerzaust. Bonnie und Feather gingen mit ihr ins Schlafzimmer, und als sie wieder herauskamen, war sie angezogen und gekämmt und geschminkt, und wie erschöpft sie war, sah man nur an ihrem gequälten Blick.

Brawly hinkte noch von den Kugeln, die ihm in Gesäß und Oberschenkel gefahren waren. John hatte ihn schleunigst ins Krankenhaus gebracht und war zwei Tage bei ihm geblieben.

»Wie läuft's mit dem College?«, fragte ich den Jungen.

»Gut«, sagte er. »Sie lassen mich meine High-School-Kurse zu Ende machen. Nächstes Semester fange ich am College mit Geschichte an.«

Es war eine einfache Mahlzeit; sie kam von Sam Houston, und Clarissa hatte sie geliefert, aber sie hatte nicht bleiben können, weil sie am Nachmittag arbeiten musste. Huhn und Klöße mit Preiselbeer-Orangen-Chutney und Farmersalat.

Jesus erzählte John von seinem Boot und von seinen Plänen, an der Pazifikküste rauf und runter zu fahren. Er würde sich aus dem Meer ernähren und Fisch und Seetang essen, wie der Vater seines Freundes Taki Takahashi es von seinen Großeltern erzählt hatte, als die nach Amerika gekommen waren. Das war mehr, als er mir je erzählt hatte.

»Der Pfarrer sagt, das Gebet zerfrisst die Sünde, die die Welt in ihren Klauen hält«, erklärte Alva irgendwann. Sie hatte jeden Tag in der Bibel gelesen, während John und Chapman den Bau zu Ende brachten.

Nach dem Essen gingen John und ich nach draußen, um zu rauchen. Lange starrten wir bloß in den Himmel. Wegen seiner Rückenverletzung lehnte er an der Wand, und ich saß auf einem Stuhl.

»Schönes Haus«, sagte ich, nachdem wir ein paar Minuten geschwiegen hatten.

»Ja.«

»Du sagst, du arbeitest immer noch mit Chapman?«

Jetzt sah er mich an. »Ja. Warum?«

»Oh. Ich weiß nicht. Ich meine, nachdem Mercury bei diesem versuchten Raubüberfall dabei war … Ich weiß nicht … Ich dachte, du wolltest ihn vielleicht loswerden.«

»Er hatte nichts damit zu tun.«

»Hat er das gesagt?«

»Brawly hat es mir erzählt.«

»Oh.« Es war das erste Mal, dass John andeutete, dass er etwas über Brawlys Unternehmungen mit Mercury und der Gang wusste.

»Er hat mit dringesteckt«, fuhr John fort. »Alva hatte Recht mit dem, was sie über die Leute sagte, mit denen er sich rumgetrieben hat.«

»Ich schätze, der Mann, der ihn an dem Tag angeschossen hat, hat ihm das Leben gerettet.«

»Er hätte ihn umbringen können«, sagte John. »So, wie es ist, wird er den Rest seines Lebens hinken. Der Arzt sagt, die Kugel in seinem Hintern ist um einen halben Zoll am Hauptnerv vorbeigegangen.«

»Besser lahm als tot«, sagte ich.

Ein rauer Laut kam aus seinem Mund. Wer ihn nicht kannte, hätte es für einen höhnischen Ausruf halten können, aber ich erkannte den barschen Humor in seinem Ton.

»Was ist mit Isolda?«, fragte ich.

»Was soll mit ihr sein?«

»Hat Brawly noch Kontakt zu ihr?«

»Er sagt, sie ist aus L. A. weggegangen. Die Polizei wollte mit ihr über Aldridge reden, und sie hat ihn um Geld für den Bus nach Süden gebeten.«

John stieß sich von der Wand ab und schwankte an mir vorbei. An der Tür blieb er stehen.

»Du bist ein guter Freund, Easy Rawlins«, sagte er. »Aber wennn's nach mir ginge, würde ich dich nie wieder rufen.«

Er ging ins Haus, und ich blieb draußen in der Wüstendämmerung und rauchte.